LES BATISSETTE
1. L'ÉPICIER

MICHELINE DALPÉ

Roman

Graphisme :
Marjolaine Pageau

Couverture :
Jessica Papineau-Lapierre

Révision, correction :
Fleur Neesham

© Les Éditions Coup d'œil, Micheline Dalpé, 2013

Dépôt légal : 1er trimestre 2013
Bibliothèque et Archives nationales du Québec
Bibliothèque et Archives Canada

Imprimé au Canada

ISBN : 978-2-89731-016-5

Micheline Dalpé

Les Batissette

1. L'épicier

Les Éditions
Coup d'oeil

DE LA MÊME AUTEURE

Les Batissette, T. 2 L'habitant, roman, Éditions Au Pied de la Lettre, 1999 (réédition Les Éditions Coup d'œil, 2013).

La fille du sacristain, roman, Éditions Au Pied de la Lettre, 2002 (réédition Les Éditions Coup d'œil, 2012).

Joséphine Jobé, Mendiante T. 1, roman, Éditions Au Pied de la Lettre, 2003 (réédition Les Éditions Coup d'œil, 2012).

La chambre en mansarde, Mendiante T. 2, roman, Éditions Au Pied de la Lettre, 2005 (réédition Les Éditions Coup d'œil, 2012).

L'affaire Brien, 23 mars 1834, roman, Éditions Au Pied de la Lettre, 2007 (réédition Les Éditions Coup d'œil, 2012).

Marie Labasque, roman, Éditions Au Pied de la Lettre, 2008.

Les sœurs Beaudry, T. 1 Évelyne et Sarah, roman, Les Éditions Goélette, 2012.

Les sœurs Beaudry, T. 2 Les violons se sont tus, roman, Les Éditions Goélette, 2012.

L'histoire se déroule en 1863, sur la terre des Lamarche située dans le bas du ruisseau Vacher à Saint-Jacques-de-l'Achigan, aujourd'hui Sainte-Marie-Salomé.

Dans cette petite campagne éloignée, se trouvait une maison en crépi blanc, et dans cette humble maison vivaient mes ancêtres. Trois générations, de père en fils, qui ont porté le nom de Jean-Baptiste; de là, le surnom de Batissette. Mes personnages évolueront sur la terre même où ont vécu mes aïeux.

I

Le coq chantait. C'était l'heure du train. Dans son lit, Moïse bâillait à s'en décrocher les mâchoires. Il sauta sur ses pieds et descendit à la cuisine. En passant devant l'évier, il pompa un peu d'eau dans ses mains et en aspergea sa figure.

Les vaches beuglaient au bout de la terre.

Moïse s'engagea allègrement sur la petite route en terre battue. Les mains au fond des poches, il sifflait. Toutes ses pensées allaient vers Jeanne, sa gentille blonde au sourire triste. Encore un peu et elle serait à lui pour de bon.

* * *

Moïse venait d'atteindre ses dix-sept ans. Tout comme la lignée des Lamarche, il mesurait six pieds. Ses yeux verts reflétaient une droiture de caractère et de cœur et sa bouche un peu tordue semblait faite pour le rire. Il sifflait. Le bonheur lui sortait par tous les pores de la peau.

* * *

Depuis quelque temps, Moïse pensait à s'établir. En tant qu'aîné, le bien paternel lui reviendrait, mais ce n'était pas demain la veille ; son père était encore vert. Moïse aurait préféré une petite ferme un peu en retrait, où il vivrait avec Jeanne, seuls, elle et lui, mais c'était malheureusement impossible ; ses vues étaient plus grandes que l'épaisseur de son portefeuille. Et s'il emmenait Jeanne vivre à la maison ? Ils étaient déjà dix avec l'oncle aveugle ; les chambres étaient remplies. Mais s'il regardait autour, à toutes les portes, les garçons se mariaient et emmenaient leur jeune femme vivre chez les beaux-parents, la plupart du temps dans une maison déjà pleine à craquer.

* * *

Midi. En moins de deux, toute la famille se retrouvait dans l'immense cuisine qui embaumait le thym à plein nez. Le repas s'étirait dans un tourbillon de plaisanteries. À la fin, d'une bouchée de pain, Moïse imbibait dans son assiette les dernières gouttes de sirop d'érable. Sa tignasse était en broussaille, et ses mains terreuses mal lavées. Sa mère, offusquée de son laisser-aller, s'arrêta à le dévisager.

— Moïse ! Ça fait combien de fois que je te répète de te présenter à la table les mains propres ?

Azarie, un gamin de douze ans, ajouta d'une petite voix moqueuse :

— Vous prêchez dans le désert, m'man.

— Des fois, je me le demande. Les animaux doivent avoir dédain de lui.

— Les bêtes s'en plaignent pas, rétorqua Moïse.

Jean-Baptiste se leva.

– Hourra, tout le monde, dit-il. Amenez-vous, on va finir le sarclage.

Chez les Lamarche, dès que les petits savaient tenir une pioche, qu'ils le veuillent ou non, ils devaient suivre leur père aux champs.

Moïse observait Claudia qui se pressait de desservir pour aller atteler.

* * *

À dix-huit ans, Claudia mesurait presque six pieds et elle travaillait comme une forcenée. Moïse la détaillait. Sa sœur était bien différente des autres filles. Aucun amoureux n'avait encore franchi le seuil du salon. Moïse cherchait ce qui clochait chez elle. Malgré sa carrure, sa sœur avait tout pour plaire : des cheveux d'or, un visage gracieux. En plus, c'était une travailleuse acharnée, d'un dévouement qui irait jusqu'au sacrifice. « Si je lui présentais quelqu'un ? » se dit-il. Dès lors, Moïse passa en revue les garçons des rangs et ceux du village au complet. Mais restait à savoir si Claudia était intéressée.

Moïse sortit.

Sur le banc, qui s'étendait le long du mur, restait Thomas, l'air maussade. Celui-là, la ferme ne l'intéressait pas.

À seize ans, Thomas dépassait Moïse d'à peine un pouce. Pour le reste, il était tout le contraire de son frère. Ses cheveux souples, d'un blond cendré, retombaient sur ses oreilles et son front, ses traits délicats et ses yeux bleus laissaient entrevoir une belle sensibilité. Thomas avait toutes les filles à ses pieds, mais il n'en était pas conscient.

Parmi les miettes de pain, il dessinait sur la table des ronds d'ennui avec le manche de sa cuillère. Depuis des mois, il mûrissait un projet secret. Il savait d'avance que ses parents s'y opposeraient, alors il attendait d'atteindre sa majorité pour les mettre au courant ; malheureusement, il n'aurait vingt et un ans que dans cinq ans seulement. Cinq longues années à travailler contre son gré, esclave de la ferme. Il se demandait quelle réaction aurait sa mère quand elle apprendrait son choix de quitter le pays pour aller chercher de l'or en Californie. Il la regardait se démener.

Elle essuya ses mains sur son tablier et prit place en face de lui. Thomas toucha son assiette du doigt.

– Votre dîner est froid.

Justine affecta une attitude évasive, mais au fond, elle était touchée : enfin quelqu'un s'apercevait qu'elle existait.

– C'est pas d'aujourd'hui, dit-elle, je mange toujours froid !

Thomas s'en faisait pour sa mère ; elle se fatiguait à servir les siens et, quand venait son tour de manger, elle se tenait assise sur le bout de sa chaise, prête à bondir à tous leurs caprices, comme la dernière des dernières. Elle avalait sans prendre le temps de mastiquer. Thomas lui retira l'écuelle d'étain bosselée des mains.

– Donnez, m'man, je vais vous la réchauffer.

Mais Justine la retenait si fermement que Thomas dut lâcher prise.

– Vous devriez laisser votre assiette sur le réchaud du poêle pendant que vous servez tout le monde, comme ça, elle garderait sa chaleur.

– Je sais ben, mais j'ai pas le temps de me dorloter. Regarde la pile de vaisselle sale qui m'attend.

– Je peux rester pour vous aider. Vous savez, aux champs, c'est pas moé qui en casse le plus.

– Ben non ! Tu verrais ça asteure, un homme laver la vaisselle ? Comme si ça aurait de l'allure.

Justine se donna un moment de réflexion.

– Non ! C'est pas moé qui va changer l'ordre des choses. Ton père a besoin de bras. Pis, ici-dedans, y a Fabien qui me donne un coup de main à l'occasion.

– Fabien, c'est pas un homme ?

– Oui, mais lui, c'est pas pareil. T'es ben de service mon garçon, mais comme je te dis, ça ira de même.

Dans le jour doré de la vieille chaumière, Fabien l'aveugle berçait une petite fille en chantonnant tout bas. Ses doigts caressaient la tête blonde. Les yeux du bébé caillaient, ses cils battaient au ralenti, et son pied potelé, levait et chutait à chaque va-et-vient de la berceuse.

Jean-Baptiste entra.

– Mouve, Thomas, dit-il.

– Moé, je reste.

– Si tu veux manger l'hiver prochain, ça peut pas aller autrement, viens.

Thomas regardait son père froidement. Il espérait qu'on le laisse tranquille.

– Tantôt, j'ai vu quelques éclairs à l'ouest.

Jean-Baptiste ne tolérait ni qu'on lui tienne tête ni qu'on discute ses décisions ; c'était lui le chef de famille.

Thomas se leva et sortit en claquant la porte. Il s'assit sur la marche la plus basse du perron pour se faire oublier.

La liberté accaparait ses pensées et le poussait comme un emballement puissant qui dégénérait en idée fixe. « Si je peux vieillir », pensait-il. L'attelage attendait devant la grange. Moïse chargea deux sacs d'atox, un poison pour bêtes à patates. Son père le rejoignit et ajouta des poches de jute et des pioches, dont quelques-unes avaient le manche coupé à la taille des enfants.

Ils n'étaient pas partis que le cheval étirait l'encolure, hennissait et raclait le sol de son sabot. Jean-Baptiste le tenait à l'œil. Si la bête avait les oreilles dans le crin, c'était qu'elle ressentait quelque chose. En fait, au coin de la maison, se pointait une belle jument blanche. C'était son beau-frère, Donat, avec sa femme et sa fille Jeanne.

Jean-Baptiste serra les lèvres de dépit devant la visite qui surgissait en pleine semaine. Il fit mine de ne voir personne et secoua les guides sur la croupe de Galopin pour le commander. Moïse, le cœur palpitant, sauta de voiture et croisa l'oncle Donat. Celui-ci courait derrière l'attelage et criait :

– Hé, Jean-Baptiste ! Attends-moé ! Je viens te donner un coup de main.

– Whô ! Harrié !

Dans la cour de l'étable, Moïse alla retrouver Jeanne.

Restée dans la voiture, Jeanne attendait que Moïse la rejoigne. Elle sauta dans ses bras et posa sur lui ses yeux candides. Il serra sa taille et ne se décida pas à lâcher son étreinte. La belle se dégagea en souriant ; quelqu'un pourrait les voir de la fenêtre. Moïse devait freiner ses élans. Il s'efforça de ne pas laisser voir sa déception. Et c'est avec un bien triste soupir qu'il laissa tomber ses mains. Jeanne avait comme l'impression de manger un fruit défendu. Elle ne pouvait s'abandonner dans les bras de Moïse sans encourir un blâme; son père était contre les fréquentations entre cousins germains. Il l'avait avisée à maintes reprises de cesser ces amours impossibles et, ces derniers temps, il se faisait plus sévère.

Thomas, qui moisissait dans le petit escalier, se déplia de tout son long et, d'un pas désespérément lent, il suivit l'attelage de loin.

Moïse et Jeanne montaient aux champs à pied. Donat se trouvait déjà à une bonne distance d'eux. Jeanne espérait un geste affectueux, mais c'était au tour de Moïse de se retenir. Si au moins il comprenait, s'il savait ce que Jeanne attendait de lui. Mais non! Il s'en attristait; peut-être s'imaginait-il qu'elle ne faisait que le manipuler. Il se retenait de l'embrasser. Chaque fois qu'il la voyait, il en mourait d'envie.

– Quand on sera mariés, faudra garder l'habitude d'échanger du temps.

« Quand on sera mariés ! » Jeanne sourit et une infinie tendresse se dessina sur son visage.

– Tu serais l'homme tout désigné pour prendre la relève sur la terre, vu que chez nous y a pas de garçon. Ça arrangerait p'pa pis y deviendrait peut-être plus commode.

– Je me vois mal proposer ça à ton père; y pourrait croire que c'est juste sa terre qui m'intéresse. Si encore l'offre venait de lui…

Jeanne ne dit rien, mais Moïse sentait battre son cœur déréglé. Il la regarda de profil. Une frisette blonde s'échappait de son fichu blanc. Sa petite robe bleue lui allait à merveille. Sa Jeanne, douce comme une soie, devenait morose. Discrètement, il prit sa main et, sans la quitter des yeux, il lui posa la question qui le tourmentait.

— T'as parlé de nos projets à tes parents ?

Elle hocha la tête en soupirant.

— Pas encore

— Tu veux qu'on le fasse ensemble ?

— Non, non ! Je m'en occuperai. J'attends juste le bon moment.

— T'es heureuse ?

— Quand t'es là, oui.

Le cœur sur le bord des lèvres, Jeanne retenait son envie de se jeter dans ses bras, de lui crier son angoisse, de lui avouer qu'hier encore son père l'avait avisée de mettre fin à ce qu'il disait être des amourettes dangereuses.

— On dirait qu'y a une petite tristesse là, derrière ton front, lui dit Moïse. Tu m'aimes encore ?

— Tu sais ben que je t'aimerai toujours !

— Ben, qu'est-ce qui te tracasse d'abord ?

— Rien ! Rien pantoute !

Ils dépassèrent Thomas qui ne fit aucun cas d'eux. Il ne tourna même pas la vue.

À peu de distance, Claudia suivait. Cette terre, elle la voulait ardemment. Sinon elle resterait au crochet de ses frères pour le restant de ses jours, à les servir sans jamais être rémunérée, à élever leurs enfants, comme toutes les vieilles filles, comme une servante. Toutefois, elle n'était pas sans savoir qu'après elle, six frères et sœurs devaient se rendre à leur majorité. Elle tirait des plans. «Si Moïse prenait la relève sur la ferme des Landry ?» Elle regardait venir Thomas qui marchait à une distance respectable, la pioche sur l'épaule. Il semblait compter ses pas comme s'il marchait à l'échafaud.

II

Huit heures moins vingt.

Les portes de l'église de Saint-Jacques étaient grande ouvertes sur le vestibule au plancher déformé par l'usure. Dans un commun élan de foi, tout le défilé de villageois et de paysans s'ébranlait dans le même sens. Les fidèles trempaient le bout des doigts dans le bénitier, se signaient et filaient à leur banc. Suivait une ribambelle d'enfants en culottes bouffantes et en robes empesées. L'odeur des vêtements frais repassés se mêlait à l'arôme de cire des bougies dansantes. Dans les transepts, des pénitents faisaient la queue près du confessionnal.

La petite porte en frêne verni s'ouvrait sur Pierrine, une adolescente aux yeux brillants de jeunesse. Une crinière rousse éclairait sa figure sage où deux grosses lèvres charnues trahissaient un petit air boudeur. Sa jupe de coton rapiécée démarquait sa taille fine et retombait sur ses petits souliers en peau de bœuf. En toute humilité, Pierrine baissa la tête pour retourner à son banc.

Le dimanche, la rouquine se levait tôt. Elle maquillait son visage de poudre de riz et accrochait un pendentif à son cou. Son souci de plaire l'occupait tout entière, depuis qu'elle avait jeté son dévolu sur un garçon. Il serait bientôt là.

Dans l'attente, son regard se promenait sur les filets d'or qui enluminaient les piliers jusqu'à la voûte du toit où des peintres avaient sculpté des femmes et des angelots ailés à demi-nus qui prenaient une vertigineuse envolée vers les cieux. Un long moment, Pierrine resta ainsi, les yeux accrochés à la coupole du plafond, à ressasser son tendre souvenir à fleur de mémoire. C'est bête, ce que ce garçon l'avait troublée.

* * *

Ce jour-là, le soleil tournait au coin de la maison quand un grincement de roues sur le gravier attira son attention. C'est en passant par hasard devant la fenêtre ouverte qu'elle avait aperçu une voiture sous le gros érable. Sur la banquette avant, deux hommes prenaient place. Le père entrait à la forge, laissant à son fils le soin de retenir sa bête. Le garçon était grand, au moins six pieds, et elle lui donnait un bon seize ans, peut-être même dix-sept. Postée dans l'angle, un peu en retrait des carreaux, elle l'avait regardé un moment et avait senti un déclic dans son cœur. C'était le coup de foudre. Un sentiment, une douceur indéfinissable s'empara de tout son être. Elle trouvait le garçon séduisant et imprimait chaque clignement de ses yeux, chaque mouvement de sa tête, chaque expression plus ou moins durable de son visage, dans son cerveau. S'il n'avait pas bougé, si son père n'avait pas crié : « Thomas, rentre le cheval en dedans », elle serait encore là, cramponnée aux rideaux, à le dévorer des yeux.

* * *

Comme elle regrettait en ce jour béni de ne pas avoir traversé à la forge; le beau Thomas l'aurait sûrement remarquée. Son épaisse crinière de feu ne pouvait quand même pas passer inaperçue! Depuis, elle le revoyait tous les dimanches à la messe de huit heures, mais lui ne la regardait jamais.

Aujourd'hui, le banc numéro dix-neuf était vide. Pierrine soupirait, inquiète du retard de Thomas. Dans l'attente interminable, elle se bourrait la tête d'illusions. Un bruit venu de la sacristie, comme si deux vases sacrés s'entrechoquaient, lui fit échapper son rêve. Où en est-elle rendue de cet amour à sens unique? Trois interminables mois! N'y aura-t-il donc jamais rien entre eux?

Sa cousine Marguerite fit une génuflexion, la tassa au fond du banc et ébaucha un signe de croix distrait.

Marguerite était courte et grassouillette. Son corps avait la forme d'un pot à lait, d'où son surnom de Poucette. Ses façons rustres n'en finissaient pas d'étonner Pierrine. Elle la regardait d'un sourire tranquille. Il lui faisait bon de la côtoyer. Gaie et attachante, Marguerite ajoutait un peu de légèreté à son univers restreint et monotone.

En surveillant l'arrivée de Thomas, Pierrine promenait un index distrait sur le prie-Dieu. La mélancolie l'emportait. L'idée la prit de partager son secret avec sa cousine. Poucette pouvait-elle la comprendre? En quoi les histoires de garçons pouvaient-elles intéresser une fille comme elle, qui n'avait jamais eu de soupirant?

Mais c'était plus fort qu'elle, la langue lui démangeait. Pierrine parlait bas avec une façon dormante de traîner ses phrases.

— Tantôt, je vais te montrer un beau gars. Y vient de la campagne. Peut-être que tu le connais.

— Je connais pas tout le genre humain, moé!

Sur l'entrefaite, monsieur Blouin surgit. Le forgeron refoula les filles au fond du banc et suspendit son chapeau noir au crochet de métal. Il s'agenouilla et, le front appuyé sur ses mains jointes, il se recueillit. En présence de son père, Pierrine afficha aussitôt une attitude dévote. Dire que l'an dernier encore, elle entrait dans l'église avec une piété toujours grandissante. Maintenant, elle se complaisait sans aucun remords à se languir d'amour tout le temps que duraient les messes. Puis lui revint le fameux jour où elle avait demandé son nom à son père; il avait répondu «Batissette» et il avait souri.

— Batissette! C'est un vrai nom?

— Non, pas vraiment! C'est un surnom qu'on a donné aux Lamarche à cause de trois Jean-Baptiste qui se sont succédé de père en fils.

C'est ainsi qu'elle avait appris son nom. Depuis, elle l'écrivait un peu partout avec le sien juste à côté, comme si elle voulait les souder. Mais pourquoi s'amouracher d'un garçon inaccessible? Elle surveillait le banc numéro dix-neuf, inquiète de ce que les gens allaient penser d'elle à la voir toujours regarder dans la même direction.

Enfin, les Lamarche arrivaient. Thomas et son frère montaient la grande allée. Suivait une petite femme d'un certain âge que Pierrine présuma être leur mère.

Aussitôt, l'air devint léger. Du bas-côté, elle observait Thomas, comme si elle ne le connaissait pas par cœur pour l'avoir dévoré des yeux chaque dimanche.

Thomas se tenait très droit dans le vaisseau central, parmi la crème de la société, là où l'odeur de la savonnette ne rencontre pas celle du fumier.

* * *

Loin de viser à s'élever au-dessus de sa condition, Jean-Baptiste Lamarche avait loué le banc par pur hasard. Celui-là, personne ne le misait à l'enchère. Depuis, ce marché était devenu pour Justine la belle occasion de porter le menton haut. En dépit de sa petite taille, la femme essayait d'être hautaine. À la maison, elle professait ouvertement : « Asteure que c'est fait, y faudra tenir notre rang. » Tenir son rang : trois petits mots qu'à l'avenir, elle servirait régulièrement aux siens pour les amener à monter d'un cran. Et les voilà maintenant, mi-bourgeois, mi-manants. Justine ne négligeait rien pour que sa famille soit à la hauteur des gens de prestige. Elle y mettait le paquet. Elle poussait même jusqu'à cacher des sachets de lavande dans les tiroirs de sous-vêtements, et insistait auprès de ses grands sur leur manière de bien se tenir.

* * *

Pierrine pencha sa tête rousse sur la tignasse brune.

– Regarde, Poucette, c'est lui, le grand là-bas, à côté de la petite femme au chapeau vert, juste devant m'sieur

David à Jonas. Y me revire toute à l'envers. À vrai dire, je pense que j'en suis amoureuse.

Pierrine rougit aussitôt de cet aveu. Il lui semblait avoir mis son cœur à nu en révélant à Marguerite ce qui se passait au tréfonds de son âme.

«Maintenant que la gaffe est faite, c'est un peu tard pour reculer.» Poucette affichait un sourire qui lui fendait la bouche jusqu'aux oreilles. Elle étira le cou.

— C'est-y le gars au veston gris ?

— Oui ! Comment cé que tu le trouves ?

— Oh, je pourrais pas dire, moé, je le vois juste de biais. Pis l'autre à côté de lui, c'est-y son frère ?

— Je suppose que oui.

— Vu de côté, y a pas l'air trop mal lui non plus, hein ? C'est quoi son nom à ce grand-là ?

— Je sais pas, pis je vois pas à qui je pourrais le demander.

— Ah, pis comme ça, tu te penses en amour ?

— Je vendrais mon âme au diable pour lui. Tu dois me trouver folle, hein ?

— Venant d'une bonne chrétienne, oui.

Les deux filles, la bouche dans les mains, étouffaient leurs rires déplacés. En entendant les adolescentes dissipées, le père poussa un son rauque, chargé de blâme. Pierrine baissa la tête et, tout en faisant semblant de prier, elle laissa son cœur ballotter au gré de sa distraction. Elle avait la complaisance de rêver à ce que pourrait être sa vie avec Thomas, dans une cuisine ensoleillée, aux rideaux à volants, où des fleurs sur toutes les fenêtres embaumeraient les pièces. Mais qu'est-ce qui lui prenait d'aller si loin ?

Qui était au juste ce garçon qui la chavirait à la moindre pensée?

Tout le monde se leva. Une forte voix de chantre ébranla le jubé.

— *Kyrie eleison.*

Pierrine suivait les mouvements de Thomas, jusqu'au détail le plus insignifiant. «S'il savait qu'il est épié de la sorte! Je me demande ce qu'il en penserait.» Pierrine aurait voulu arrêter les aiguilles de l'horloge, rester des heures entières dans le silence, à le regarder, à rêver, à espérer. Quand elle revint sur terre, le curé montait l'escalier en colimaçon qui menait en chaire.

Pierrine n'entendit pas l'homélie. Elle passait le plus clair de son temps à échafauder des plans pour attirer l'attention du jeune Lamarche. Thomas n'avait qu'à être là et elle devenait langoureuse. Dire qu'un simple regard de lui la contenterait. C'était insupportable ce mal d'amour, ça frisait le supplice. Pessimiste, Pierrine fermait les yeux. Pourquoi fallait-il que tout soit si compliqué? Et si, par malheur, Thomas détestait les rousses? Elle en voulait à ses joues grenues, comme une peau de banane trop mûre, qui rougissaient à propos de tout et de rien. Elle décida d'aller communier par la grande allée; ainsi, elle passerait tout près de Thomas et elle lui adresserait un sourire. «Avec Poucette, se dit-elle, ce serait plus facile.» Poucette, simple et à l'aise partout, ne faisait pas tant de chichi. Elle se fendait en dix pour lui faire plaisir. Et voilà que Thomas bougeait. Il croisait les bras et laissait pendre une main nonchalante qu'on aurait dit trop délicate pour le gros ouvrage. Le bout de son élégant soulier en maroquin touchait le banc du docteur Marion.

Face aux fidèles, le prêtre secouait la cassolette d'encens à pleines volées. Pierrine aspira et s'emplit les narines de cette odeur pénétrante que Thomas respirait aussi. Le moment de l'eucharistie arrivé, Poucette revint vers l'arrière pour remonter la nef centrale. Pierrine, au pas de somnambule, la suivait sur les talons et, au moment où elle allait s'engager dans la grande allée, d'un coup la panique la gagna.

« Si Thomas allait remarquer mon dessous de manche rapiécée, lui si impeccable ! » Elle se désista, fit demi-tour et remonta l'allée latérale, celle des gens du peuple. Au retour de la communion, elle fila à son banc. Elle se désolait, se détestait. Poucette, déjà là, lui chuchota à l'oreille :

– Lâcheuse !

Pierrine haussa les épaules sans répondre. Elle regrettait assez son recul sans qu'en plus sa cousine lui tourne le fer dans la plaie. Elle avait beau s'exténuer, Thomas Lamarche ne lèverait jamais les yeux sur elle sans que quelqu'un intervienne. À l'*ite missa est*, elle quitta l'église avec l'image de son dos.

Sur le chemin du retour, la gorge serrée, elle ne fit que peu de cas de Poucette. Elle se parlait à elle-même.

– Un autre dimanche gaspillé !

Poucette la sermonna, cherchant à lui ouvrir les yeux.

– Quand même, Pierrine, tu vas à l'église pour prier.

– Ben là, pour être franche, j'avoue être un peu distraite.

– Y a Clément Laurin qui te fait de la façon. Tu vois donc rien ?

Pierrine ne répondit pas. Son esprit, comme une grosse éponge gonflée, était imbu de Thomas Lamarche.

– J'en ai pour toute une semaine avant de le revoir, une éternité.

– Faut que tu l'aimes en mosus pour te revirer à l'envers comme ça ! Tu vois même pus ce qui se passe autour de toé. Je te dis, c'est pas à moé que des affaires de même pourraient arriver.

Pierrine avança une lippe boudeuse.

– Y me regarde même pas ! Ça existe l'amour à sens unique ?

– C'est à sc demander si c'est de l'amour ou de l'obsession, mais laisse-moé te dire que tu me surprends, Pierrine Blouin ; je t'aurais crue plus indépendante.

Soudain consciente qu'elle faisait une folle d'elle, Pierrine prévient sa cousine :

– Au fait, je veux pas que t'en parles, à personne, t'entends ? S'il fallait que l'histoire fasse le tour de la paroisse, je saurais de qui ça vient.

– Wô ! Tu me connais mal, Pierrine Blouin. Plutôt me faire couper la langue que de saboter une belle amitié. Et pis tiens, je sais des choses qui pourraient t'intéresser.

Marguerite lui expliqua que certaines filles écrivaient aux garçons et, sans signer leur nom, déposaient la lettre dans le missel de leur banc à l'église. Pierrine, complètement étrangère à ces pratiques, l'écoutait religieusement. Le truc l'étonna d'abord, puis la passionna. Elle invita Poucette à la maison pour en causer plus longuement.

– Tu tiens ça de qui ?

– Ça vient de mes sœurs mariées. Elles disent que c'est chose courante par icitte, pis que le mystère ajoute toujours un peu de piquant. Ça aurait l'air que souvent les garçons s'amourachent des lettres avant de s'éprendre de la correspondante. Toé non plus, va pas colporter ça d'un bord pis de l'autre ! Si t'es amoureuse, comme tu dis, rien t'empêche d'essayer, pis si tu réussis, en retour tu me présentes son frère !

Une cascade de rires ajouta un peu de légèreté à son marchandage sans scrupule. Pierrine était trop préoccupée pour s'y attarder. Enfin une possibilité ! Un espoir insensé, qui prenait la forme d'une lettre, l'occupait tout entière. Elle sauta au cou de sa cousine qu'elle trouvait formidable et, en reconnaissance de l'idée géniale, elle l'embrassa sur les deux joues. Pourtant, comme un intrus, un doute se mêlait de rabattre sa joie. Pierrine se sentait tiraillée entre la réserve et l'attrait. Toujours cette peur de se com-promettre ou que la lettre tombe aux mains d'un autre. Elle réfléchit un moment et s'imagina rejetée, l'âme en bouillie, alors qu'il serait trop tard pour reculer.

– J'ai peur d'être ridicule.

– Ridicule ! Pourquoi ? Au début, tu te gardes de signer ! T'as qu'à t'arranger pour aller chercher la réponse à des heures où l'église est vide. T'habites juste à côté, ce sera pas ben malaisé.

– Y a pas de problème. Tous les samedis, je me rends à la pratique d'harmonium. J'adore lire au son de la musique.

– Je te pensais pas si rêveuse ! T'arrêteras ben jamais de m'étonner, toé.

Pierrine arbora un sourire.

Lorsqu'elle arriva chez elle, la maison était déjà bondée de monde. Le dimanche après la messe, bon nombre de paroissiens avaient coutume de se retrouver dans la cuisine du forgeron. S'y joignaient quelquefois le notaire, le médecin, l'agronome. Dès qu'elles passaient à la cuisine, les classes différentes de la société devenaient familières.

Enceinte de neuf mois, d'un douzième enfant, madame Blouin se déplaçait avec peine. Elle écoutait vaguement les braves gens rapporter : chicanes, mariages, naissances, décès. Les rumeurs qui, en temps ordinaire, captaient son intérêt, ce jour-là, l'énervaient. Elle aurait voulu qu'on lui fiche la paix. Elle passa une main épuisée sur son front. « Si les gens continuent d'envahir la maison, bientôt ce sera de ma propre mort qu'on parlera. » Le notaire Dufresne se pointa. Landry lui céda poliment la berçante, quand ç'aurait plutôt été elle qui en aurait eu besoin. Les uns se tassaient en rangs d'oignons sur toute la longueur du banc rouge, les autres s'appuyaient au mur. Les paysans employaient leur parler rude de tous les jours pour s'entretenir de la culture et du bétail. La pauvre femme regardait l'horloge. Les aiguilles avançaient à peine. C'était à qui lancerait la nouvelle la plus sensationnelle. Les garçons ne se privaient pas pour exagérer leurs exploits en les racontant. Ainsi, l'immense pièce ensoleillée était à la rumeur et à l'écho des événements récents, heureux ou fâcheux. La bouillotte sifflait entre les voix. On levait le ton pour mieux s'entendre. Madame Blouin servait le café à tout ce beau monde endimanché, comme on le fait pour la grande visite. Elle regrettait d'avoir encouragé ces rendez-vous après les messes. Maintenant, elle se trouvait embarquée dans une galère et il ne lui restait qu'à ramer. Mais les rames allaient-elles tenir ? Elle se sentait la dernière des servantes.

À travers les bruits de vaisselle et de cuillères, Pierrine et sa cousine s'éclipsèrent sur la pointe des pieds. Si sa mère les apercevait, elle allait encore exiger de se faire aider. Traversée la cuisine, les filles montèrent en flèche pour semer deux enfants qui les talonnaient jusqu'en haut de l'escalier. Pierrine eut tout juste le temps de refermer derrière elles et de pousser le mentonnet de la serrure pour s'assurer leur tranquillité. Les adolescentes avaient le souffle rapide d'un petit chien qui court. Elles riaient, pliées en deux, les mains sur le ventre. L'espace d'un moment, elles collèrent l'oreille à la porte pour écouter les pas d'enfants s'éloigner. Poucette s'allongea sur le lit défait et se cala dans le confort de deux oreillers de plumes.

— Tu veux pas laisser entrer les petites ?

— On voit ben que t'es la plus jeune de la famille, toé ! Tu sais pas ce que c'est que d'avoir des sœurs qui gobent pis rapportent tout ce qu'on dit à m'man ; elle qui comprend déjà rien à l'amour. V'là ce que c'est de coucher quatre par chambre ! Pas moyen d'avoir la paix pour rêver, pis moé, le rêve ça me fait vivre. C'est comme un soleil qui me réchauffe le corps pis le cœur. Ma vie était assez plate avant.

En bas, on l'appelait. Pierrine étira le cou. À peine la main sur la rampe, elle aperçut Clément Laurin. « Ah non ! Pas lui ! » Le garçon se tenait assis, les jambes écartées, comme pour y rester. Sa bonne face de chien, rasée de frais, lui déplaisait. Pierrine se tourna vers sa cousine sans dire un mot. Son regard en disait long. Le garçon bourrait une pipe et craquait une allumette sous sa semelle. Il étirait le temps. Devant les filles, il afficha un large sourire que seule Poucette lui renvoya.

– J'espère que je vous dérange pas, dit-il?

Oui, il dérangeait, et Pierrine essaya de le lui faire comprendre sans ambages.

– Un peu! C'est-à-dire…

Elle restait là, plantée devant lui, les bras croisés. Le garçon n'était pas sans comprendre par la tenue de Pierrine sa hâte de le voir déguerpir. Le bout de son pied qui tambourinait le sol renforçait son soupçon. Chose rare chez Pierrine; ses réactions étaient habituellement si lentes qu'elles laissaient supposer un manque.

– Y a donc ben du monde icitte! C'est-y comme ça tous les dimanches?

Pierrine avait la tête ailleurs, à quelque chose de très important, de très doux. «Qu'y s'en aille donc!» Elle lui en voulait d'interrompre ses confidences avec Poucette, au moment où elles allaient peut-être décider de son sort.

– Vous m'avez demandée?

Clément insistait, attendant un encouragement à rester.

– Bon, j'espère que je vous dérange pas trop! Je voulais vous dire que…

Poucette lui souriait à pleines dents.

– Ben non, voyons! Vous dérangez pas pantoute!

Un coup de coude de Pierrine rappela sa cousine à la discrétion. Clément Laurin n'avait d'yeux que pour la rouquine. Il fouilla dans la poche de son veston et en sortit un pendentif qu'il lui tendit. Pierrine, surprise, passa machinalement une main sur son cou pour s'assurer que le bijou était toujours là. Elle était tout étonnée de l'avoir perdu.

— C'est le mien.

— Je sais ben. C'est pour ça que je suis icitte! Pierrine se souvenait maintenant, en allant communier, d'avoir nerveusement tripoté le bijou sans délicatesse.

— Ah ben! L'attache a lâché.

— Je l'ai ramassé dans l'église et comme je l'avais déjà vu à votre cou, j'ai pensé venir vous le porter en personne. J'espère que vous m'en voudrez pas?

Lui en vouloir… Pauvre sot! Elle ne répondit pas. Et lui restait là, à attendre en guise de pourboire un signe ou une invitation qui ne venait pas. Finalement, le pauvre se leva bredouille. Il aurait tellement aimé que la fille de la maison le retienne en lui offrant une tasse de café. Lui qui voulait lui demander la permission de venir veiller au salon. Il tortillait son béret brun.

— Eh ben, bonjour mam'zelle Pierrine, j'espère qu'on se reverra.

Sitôt la porte refermée, Pierrine reprit l'escalier.

— Viens, monte! Je pensais qu'y partirait jamais! Tu l'entendais pas? Un j'espère par-ci, un j'espère par-là… Y en finissait pus d'espérer.

À entendre Poucette rire, Pierrine sourit. De la fenêtre de la chambre, les filles regardaient Clément Laurin s'en retourner chez lui. Il tournait la tête du côté de la forge. Son regard était furieux, ses lèvres bougeaient. Pierrine était prête à jurer qu'il allait lever le poing, et que c'était contre elle qu'il bougonnait. En bas, les voix s'espacèrent jusqu'à ce que la cuisine se vide. Les filles descendirent déjeuner.

Les semaines qui suivirent, Pierrine fit plein de projets concernant Thomas. Ensuite, hésitante, elle les remit à plus tard. Une peur la tiraillait d'agir comme une enfant. Arriverait-elle à prendre une décision ?

* * *

Le soleil d'été plongeait à pleines fenêtres dans l'humble cuisine des Blouin. Le poêle chauffait à plein pour bouillir l'eau du lavage et il y faisait une chaleur écrasante. Pierrine suait. Et même si les fenêtres étaient ouvertes, les courants d'air n'avaient aucune emprise sur la pièce. Devant l'adolescente, une montagne de couches sales la déprimait. La lessive lui avait toujours déplu, et ce jour-là davantage. C'était samedi, et elle tremblait à l'idée de rater la pratique d'harmonium. Sa mère, encore pâlotte du dernier accouchement, s'affairait dans la cuisine. Elle avançait un peu courbée, d'un pas lent qu'on ne lui connaissait pas. Les mains sur son ventre bombé laissaient deviner une convalescence incomplète. Le travail commandait et, même épuisée, la femme transgressait les ordres du médecin. Impossible de décharger toute sa besogne sur les épaules de cette pauvre Pierrine ; elle était si lente. Sa mère la talonnait.

– Dépêche-toé un peu, sapré bon sens, au train que tu vas, t'arriveras jamais à joindre les deux bouttes avant la nuite.

Pierrine détestait être bousculée. Elle n'avait jamais su courir.

– Vous, deboute? Allez vous recoucher, m'man. Le docteur vous a ben défendu de vous lever avant dix jours. S'il apprenait que vous faites la folie de pas l'écouter…

– J'irai sitôt le repas servi. Mets tes couches à tremper pendant le dîner; tu verras comme ça peut faciliter le lavage. Pis grouille si tu veux manger pendant que c'est encore chaud.

– Je peux pas aller plus vite que le violon.

– Oh! Pour ça, non.

Une tablée de têtes plus ou moins orangées jacassait joyeusement en attendant la soupe.

Pierrine n'en faisait qu'à son gré. Elle répliqua.

– Tant qu'à avoir les mains dedans, autant en finir.

Elle courba à nouveau l'échine sur la cuvette de bois et les jointures rougies, elle se remit à frotter sur la planche à laver les couches en fine toile du pays. Elle avait la manie de les compter pour s'encourager.

– Trente-neuf, quarante! Quand on pense, trois petits aux couches! Quand cé qu'Edouard sera propre?

La mère soupira.

– Voyons Pierrine, faut pas trop y en demander à cet enfant-là, y a à peine deux ans. Laisse-moé le temps de me remettre pis je m'en charge. Tu sais, c'est pas par fantaisie que je me fais servir.

– Allez vous recoucher, m'man, je m'arrangerai ben tout seule.

En plus de lambiner, ces derniers temps, Pierrine partait dans la lune à tout bout de champ. À la lenteur de sa fille, madame Blouin reconnaissait sa belle-sœur. Elle s'en désolait.

– Mouve un peu. Si on dirait pas la vraie Germaine tout crachée !

La comparaison n'offensait pas Pierrine. Elle l'acceptait plutôt comme un compliment. Sa tante Germaine, plutôt lente, était dotée d'une beauté qui faisait le poids. Et puis, ce n'était pas le temps de faire la tête ; elle brûlait tellement de questionner sa mère sur ses sentiments. Elle était mal à l'aise de le faire, mais l'envie d'en savoir davantage, l'emportait.

– M'man, dans votre temps, ça vous arrivait d'écrire des lettres aux garçons ?

Sa mère la dévisagea un moment, le temps de lire dans ses pensées. Pierrine sentait son regard mécontent peser sur elle.

– Jamais ! Pis je te défends ben de le faire. C'est bon juste pour les filles en l'air, les étourdies.

La phrase était dure. Pierrine en resta estomaquée. Sa gorge se serrait. Pourquoi sa mère était-elle si agressive ? Avait-elle déjà oublié toute l'aide qu'elle lui apportait ?

– Vous êtes fâchée, m'man ?

– C'est pas ça ! Tu me déçois. À ton âge, applique-toé plutôt à mettre de l'ordre dans la maison, pis essaie donc de prendre un peu d'allant plutôt que de rêvasser à cœur de jour.

– Vous voudriez quand même pas que je me mette à courir ? Y a pas de mal à rêvasser quand le vent m'y pousse.

Pierrine essayait de refouler les larmes qui embrouillaient sa vue. Sa mère connaissait donc ses pensées ?

– Je suis pas étourdie ni en l'air pantoute, si c'est tout ce que vous pensez de moé ! Je demandais ça juste de même. À qui vous voudriez que j'écrive ?

– Je serais pas surprise qu'une idée te trotte par la tête. Les garçons, pour vous autres, les filles, on dirait que c'est une question de vie ou de mort ! Le jeune Laurin, le gars d'Arthur à Médor, qu'est-cé qu'y te voulait dimanche ?

– Vous le savez, vous étiez là.

– J'étais occupée à servir le café à toute la paroisse. Au fait, t'aurais pu me donner un coup de main.

Le mécontentement se lisait sur les traits tirés de la mère. Ce dimanche-là, vers la fin de l'après-midi, elle avait accouché de la petite Cécile. Le travail avait commencé tôt le matin et c'était entre les douleurs sans que personne ne s'en rende compte qu'elle s'était démenée au service de tout le monde, seule, sans aide. Et en dernier, ce sacré menteur de Bastien ne se décidait plus de partir ! Elle lui en voulait encore. Pour comble, le jeune Laurin…

– Ben, allez pas vous faire d'idées m'man : y est juste venu porter mon pendentif. Je l'avais perdu pis c'est lui qui l'a retrouvé à l'église. Le gars d'Arthur à Médor, comme vous l'appelez, c'est pas mon genre.

Sa mère la voyait renifler dédaigneusement, et ça la rassurait.

– Avec Marguerite, je me doute que vous mijotiez quelques petites manigances, toutes les deux.

– Vous vous cassez ben la tête pour rien.

D'un geste familier, l'adolescente accrocha à son oreille une mèche de cheveux roux qu'elle n'arrivait jamais à dompter. « M'man devine tout. C'est rare qu'elle se trompe, mais pour Clément Laurin, elle y va un peu fort. »

Pierrine ne quittait pas son travail des yeux. Tenace, elle insistait malgré les doutes de sa mère.

Madame Blouin se tracassait. Sa fille commençait seulement à aider et déjà elle en était rendue à penser aux garçons. Tous ces noms de Thomas et Pierrine, gribouillés à gauche et à droite, ne parlaient-ils pas d'eux-mêmes ?

Pierrine, bien loin des préoccupations de sa mère, l'assommait de questions.

– P'pa, vous l'avez rencontré où ?

– Lui ? Je l'ai toujours connu. Y venait à la maison, comme ça, aider mon père.

Pierrine faisait attendre son travail. Elle sentait sa mère réticente à se dévoiler.

– Pis comment y en est venu à vous demander en mariage ?

– Bon, ça va ! On n'en parle plus. Regarde, tu laisses encore traîner ton ouvrage.

Pierrine n'était pas surprise. C'était exactement ce qu'elle voyait venir. Ça finissait tout le temps comme ça avec sa mère ; le travail prenait toujours l'avantage sur l'agréable.

Elle restait là, à se demander ce que ses parents connaissaient aux sentiments, s'ils s'aimaient ou s'ils se supportaient. Pierrine avait beau ne rien connaître à l'intimité d'un couple, elle n'était pas sans voir les naissances se succéder. Soudés par dix-sept ans de vie commune, ses parents avaient douze enfants.

Et si sa mère soupçonnait ce qu'elle savait au sujet des bébés? Sa tante l'avait renseignée sur ce sujet délicat, interdit chez les Blouin. Elle lui avait fait jurer le silence là-dessus.

Dans un coin de la pièce, en retrait de l'escalier, une petite fille de six jours pleurait dans un panier de jonc qui servait de ber. C'était l'heure du boire. La mère souleva le nourrisson avec précaution et l'emporta vers sa chambre. En la voyant passer devant l'armoire et saisir un lange, Pierrine échappa un soupir qui s'entendit à travers toute la cuisine.

— Encore une couche à laver!

— Bon, vois donc à débarbouiller les enfants pendant que je m'occupe de la petite. Tu sais que j'aime pas les voir courir dehors le bec sale.

Pierrine détestait se faire presser. Depuis la naissance de Cécile, sa mère ne la lâchait pas d'une semelle. Et tout ce lavage qui s'accumulait, c'en était trop. Après un début de journée chargé, elle était sur le point d'éclater.

— Ben là, m'man, une affaire à la fois, je peux pas tout faire en même temps! Vous voyez ben que j'ai les deux mains dans l'eau jusqu'aux coudes. Les petits, y attendront. Y avaient beau pas se salir.

— C'est-y Dieu possible? Pis ça se mêle de penser aux garçons. Saprée tortue!

— C'est pas moé qui est lente, c'est vous qui êtes trop vite.

La pauvre Pierrine sentait une souffrance l'envahir. Sa gorge se contractait. Elle ne put s'empêcher de répondre.

– Ça vaut ben la peine de me démener!

La réplique avait surgi incontrôlable, au même rythme que les larmes qu'elle écrasait sur sa joue. Pierrine s'en voulait de tenir tête. Si elle regardait autour d'elle, toutes les filles aidaient leur mère à la besogne.

La cuisine se vida d'un coup. Seul un enfant de deux ans suçait son pouce, à moitié endormi sur une chaise à trou. Sa petite frimousse joufflue reposait sur son bras potelé. Du coin de son tablier, Pierrine essuya une tache de carotte qui colorait le nez mignon. Elle souleva l'enfant avec mille précautions pour le transporter à son lit. Deux pattes, bien en chair, pendaient mollement sous son bras.

Pierrine passa ensuite la même débarbouillette humide sur toutes les petites figures et retourna à la cuve. Elle fit tremper les couches dans le lessi, le temps de se servir un repas sans façon. Le fait de penser à Thomas la réconfortait. Sitôt le linge étendu sur la clôture, la pièce rangée, la jeune fille échangea son tablier contre un chapeau de toile à rebord biscornu et quitta la maison. Une sortie suffisait pour effacer sa fatigue. Ses yeux brillaient à nouveau. Son sac à main sous le bras, elle se dirigea vers l'église comme si la liberté et l'amour l'attendaient dans le sanctuaire. Le cœur léger, d'humeur à folâtrer, elle monta l'escalier qui menait au jubé et, à l'instant où sa bottine toucha le plancher de l'étage, une planche gémit sous son pas. L'organiste sursauta.

– Ciel! Vous m'avez fait peur!

Pierrine détourna aussitôt la tête pour éviter de justifier sa présence et se réfugia dans le dernier banc. «Si la Beaupré me questionne, j'y dirai que je suis venue écouter sa musique. Elle pis sa grande pie! Et puis tiens, qu'elle aille au diable! Après tout, l'église ne lui appartient pas en propre.»

Pierrine réfléchit. Ses yeux clignaient, ses méninges travaillaient fort. Elle, de nature si raisonnable, en était rendue à se jeter follement aux pieds d'un garçon. L'amour pouvait-il la chambarder au point de lui faire commettre des bêtises? Mais comment capter l'intérêt de Thomas autrement que par lettre? Elle n'était pas sans ressasser les reproches de sa mère. Elle était peinée qu'elle en ait contre son idée. «Qu'est-ce que je fais maintenant? Je vais attendre, pis réfléchir.» Et elle réfléchit tant qu'à la fin, sa conscience ramollit et elle envoya tout foutre en l'air: doutes, interdictions, risques. Elle lui écrirait qu'elle désirait le connaître davantage, que depuis des lunes, elle surveillait ses moindres gestes, qu'elle aimerait entendre le son de sa voix, l'inviter au salon, que toutes ses pensées tendaient vers lui. Et puis non! Elle ne réussirait qu'à l'effaroucher. Après mûre réflexion, le bon sens lui dicta de s'abstenir de tout ce qui pouvait porter à jugement. Elle prendrait garde de ne pas y aller trop raide. Déjà qu'elle détestait devoir prendre les devants, vu qu'il n'appartenait qu'aux garçons de faire des avances. Tout était si compliqué. Ce serait tellement facile de tout lui avouer sans devoir user de ruses et de détours pour arriver à se rencontrer sans cette peur cruelle de le perdre avant même de l'avoir saisi.

Était-ce le lot de toutes les filles qui tombaient en amour de faire tant de mystères ?

Pierrine retira d'un sac qui ressemblait à une sacoche d'écolier un calepin et un bout de crayon. Sa manière de se tenir était digne de remontrances. Les pieds juchés sur la planchette du prie-Dieu, ses genoux relevés lui servaient de pupitre. Les yeux rivés au plafond, le crayon dans la bouche, elle attendait que les phrases se forment toutes seules. Pierrine avait beau essayer de se concentrer, le rêve l'emportait et chaque fois, c'était pour se retrouver dans les bras du garçon. Lorsqu'elle revint à elle, un temps précieux avait filé. Comment commencer ? Elle griffonna un brouillon. Elle se tracassait, c'était évident, par contre, chaque fois, son emballement l'emportait et elle repoussait tout ce qui se mettait en travers de son caprice. À la fin, son crayon flaira le papier et se mit à courir comme une araignée. Puis, insatisfaite, Pierrine roula la page en boule, la flanqua dans la poche de son manteau et recommença. La lettre terminée, elle la relit cent fois. Elle attendit le départ de la Beaupré pour se rendre au banc des Lamarche et, d'une main mal assurée, elle déposa le pli à la première page du livre liturgique en prenant soin de le laisser dépasser un peu, histoire d'attirer l'attention de Thomas.

III

La semaine se traînait à plat ventre. Pierrine comptait les jours qui la séparait du dimanche et n'en voyait pas la fin. C'était presque insupportable, quasi cruel, cette attente, et chaque heure redoublait son anxiété. Elle anticipait, espérait, mesurait les conséquences à court et à long terme. Enfin, elle laissa tout en plan pour filer à la messe.

L'office terminé, des deux escaliers une file bruyante refoulait les fidèles dans les portiques. Ici et là, des marmots échappés se glissaient, telles des couleuvres, entre les habits du dimanche. Thomas et Moïse, en vestes serrées, boucles blanches au col et bérets noirs, attendaient la criée qui était l'agrément populaire. Le perron de l'église était en effervescence. Il demeurait le centre de la vie sociale. On y voyait des groupes d'hommes s'obstiner et gesticuler pour donner plus de force à leurs propos. Quelques filles chuchotaient et balançaient des hanches devant des garçons prétentieux qui, gênés de courtiser, crânaient un peu. À l'écart, quelques rares femmes causaient en gardant un œil vigilant sur leurs enfants agités.

Gaudet fendit la foule pour s'entretenir avec le crieur.

– Dugas! Cinq cennes pour crier mes petits cochons?

– Non, dix. Les autres paient dix.

– J'ai rien que cinq cennes. Peux-tu me les crier quand même ?

– Ben sûr, mais paie-moé tout de suite, comme ça, l'affaire sera réglée.

Monsieur Dugas, un homme bedonnant, à la figure joviale, devait élever la voix pour obtenir le silence. Il fixa avec insistance les hommes qu'il ne parvenait pas à contrôler. À la fin, il cria :

– Tremblay, ferme-là !

Tremblay faisait le sourd. Dugas patienta et, dès que la foule se calma un peu, le crieur s'époumona afin de couvrir les murmures qui, graduellement, s'éteignaient.

– Demain, un inspecteur du gouvernement visitera les champs de patates. Il commencera par les terres du bas du ruisseau Vacher. Ceux qui auront des questions…

Justine Lamarche se trouvait mêlée à la foule. La petite femme, le ventre comprimé dans un corset, donnait l'impression d'être guindée. Sa figure délicate était entourée d'une auréole de cheveux bruns où reposait une coiffe paysanne. Elle regardait ses garçons avec fierté, surtout depuis que madame notaire lui avait fait cette remarque : « Avoir des garçons, je les voudrais beaux comme les vôtres ; mais comme ça se commande pas, le bon Dieu m'a donné juste des filles. »

Depuis ce compliment, Justine regardait ses fils d'un œil différent. Madame notaire les vantait-elle au nom de ses filles ?

L'encanteur baissa le ton pour crier les petits gorets de Gaudet. Ce dernier rageait de mécontentement. Il s'approcha.

– Tu le fais exprès, maudit Dugas! Reprends-toé, pis crie plus fort, personne t'a entendu.

– J'ai crié pour cinq cennes, mon Gaudet! C'est ben ce que tu voulais?

Gaudet fulminait. Il lui glissa alors une autre pièce dans la main et le crieur reprit, avec force cette fois.

– Dix petits gorets, pétants de santé.

À deux pas de lui, Donat Landry misait.

– Soixante cennes chaque.

– Soixante cennes une fois, soixante cennes, deux fois.

Quelqu'un dans l'assistance levait un bras et surenchérissait. Et l'encan continuait dans l'entrain.

Quelques groupes se défaisaient. Moïse et Thomas Lamarche attendaient la fin de la criée. Justine les pressait:

– La vente aux enchères m'intéresse pas. Allez chercher l'attelage. Faites ça vite! Je vous attends icitte.

Justine se remit à jaser avec la femme du notaire jusqu'à en perdre la notion du temps. Claudia se tenait près d'elle. Un peu à l'écart, quelques filles de son âge jacassaient joyeusement. Elles l'invitaient à grands signes d'approcher.

– Claudia! Viens nous montrer ton bavolet de dentelle.

Claudia les gratifia d'un sourire et secoua les épaules, leur faisant comprendre d'un léger coup de tête qu'elle ne pouvait pas bouger. Sa mère la retenait discrètement par la manche de sa robe et lui jetait un air pointu qui condamnait d'avance.

À dix-huit ans, Claudia n'était pas libre d'agir à sa guise. Réduite à perdre toute liberté d'action et de mouvement, elle se sentait prisonnière. Pour quelle raison lui refusait-on le plaisir de causer ? Sa mère vivait en solitaire et, même si elle parlait avec madame notaire, elle ne prenait aucune part aux affaires publiques en tant que simple citoyenne.

Claudia aurait aimé s'approcher du groupe de filles, jaser, se distraire un peu. Existait-il autre chose que de consacrer tout son temps au travail ? Sa mère surveillait à la loupe ses moindres faits et gestes.

— Reste icitte, on s'en va dans deux minutes.

— Les autres ont le droit, elles !

— T'as pas à copier les autres filles. Y a pas une maison où les choses sont pareilles.

Justine n'aimait pas voir sa fille se mêler aux nymphettes du village. Elle s'imaginait que celles-ci ne cherchaient qu'à attirer l'attention des garçons et elles pourraient lui en apprendre trop sur l'amour. D'un mouvement rapide, sans prendre la peine de réfléchir, Claudia déjoua sa mère. Elle enleva sa coiffe et la lança au groupe de filles. Les bras en l'air, c'était à qui la saisirait. Le bonnet blanc fit le tour des têtes et revint de la même façon. À entendre les rires sonores, on aurait cru que le bavolet semait la joie sur son passage. Justine roula de gros yeux à sa fille.

— T'attraperas des poux.

* * *

Des crottes fumantes empestaient les écuries et l'odeur s'étendait à quelques lieues. Les deux longues bâtisses situées entre l'église et le cimetière comprenaient une centaine de stalles chacune, toutes à la disposition des paroissiens. Moïse entra dans le box étroit et appliqua une tape sur la croupe de son cheval pour se frayer un passage. La bête se cambra. Les étalons excités par les juments se déchaînèrent, risquant à tout moment de briser leurs courroies. Les hommes avaient peine à les retenir. Moïse tira Galopin par la bride pour le forcer à reculer, mais déjà, l'allée était pleine d'attelages, toutes plus belles et plus colorées les unes que les autres. Les charretiers, que la faim tiraillait, tentaient de sortir tous en même temps. Moïse les regardait se bousculer. Il se demandait ce qui pouvait tant les presser, un jour de repos.

Près de lui, Thomas se concentrait sur une petite enveloppe trouvée dans son banc. Elle devait venir d'une fille ; il ne voyait rien d'autre. Des filles, Thomas en rencontrait bien quelques-unes ; celles du rang par exemple et, à l'occasion, quelques cousines. Jusqu'alors, aucune n'avait retenu son attention, mais depuis quelque temps, il se surprenait à toiser les tailles, les courbes, les cheveux longs. Son corps subissait des transformations ; des poils de barbe lui poussaient au menton. Dernièrement, il s'était servi de son propre chef du rasoir de son père dont la lame courbée, mince et coupante ressemblait à une serpe. En le retirant de l'étui de cuir, Thomas avait fait un faux mouvement et s'était infligé une légère entaille sur l'aile du nez. Depuis, il était extrêmement prudent.

Thomas fronça les sourcils. « Pourquoi une simple lettre peut-elle me déranger à ce point ? » Il s'en remit à Moïse en faisant danser l'enveloppe devant ses yeux.

– Regarde ce que j'ai trouvé à la première page de notre missel.

Moïse avança une main pour la saisir, mais son frère tenait l'enveloppe si serrée que ses doigts en devenaient cireux.

– Touches-y pas! Elle est à moé; regarde, mon nom est là.

Moïse mena la voiture devant l'église et attendit.

– C'est de qui?

– Je sais pas encore; je la lirai à la maison quand je serai seul.

– Crains pas! Je te la volerai pas. Moé, j'ai Jeanne.

Moïse provoquait Thomas, histoire de s'amuser un peu.

– Ouvre-là donc! Fais ça vite. J'ai hâte de connaître le nom de ma belle-sœur!

– Nigaud!

– Prends garde de pas faire rire de toé! C'est peut-être juste un tour qu'on essaie de te jouer. Ça s'est déjà vu qu'une fille se fasse passer pour une autre, juste pour le plaisir de faire marcher un gars. De toute façon, les correspondances de missel, on sait ce que ça veut dire, hein!

Moïse s'attribuait en tant qu'aîné un privilège de supériorité que Thomas n'acceptait pas. C'était sans doute encore son droit d'aînesse que Moïse sentait menacé et qu'il brandissait fièrement pour rappeler à son frère qu'il le devançait d'un an. Thomas se méfiait de Moïse, qui pouvait avoir raison, comme il pouvait être jaloux; mais jaloux ou pas, son frère avait réussi à éteindre le charme de la correspondance.

– Qu'est-ce que t'entends par : « On sait ce que ça veut dire » ? Ça t'est déjà arrivé ?

Moïse fanfaronnait. Il passa la main sur la tête de son frère, comme il le faisait à l'occasion. Il savait que ses manières agaçaient Thomas. Ce dernier ne supportait pas d'avoir les cheveux en désordre. Il le repoussa brutalement.

– Lâche-moé, j'haïs assez ça, quand…

– Faut que je te brasse un peu la carcasse si je veux pas que tu passes pour un niaiseux.

– J'aime mieux passer pour un niaiseux que pour un échevelé.

– Moé, les filles qui courent après les garçons, tu sais ce que j'en pense, hein !

– Si on croirait pas entendre m'man ! T'es bourré de principes, Moïse Lamarche. Moé, que les filles me courent après, ça me flatte pis ça m'oblige à rien. Il leva la tête et bomba le torse. V'là ce que c'est que d'être beau garçon !

– Tu dis que les filles te courent après, pis t'as même pas lu !

– Pis toé, t'en es rendu où avec ta Jeanne ?

Moïse ne répondit pas. Il cherchait à tout découvrir de la lettre. À la fin, leurs propos tournèrent à la rigolade. Autant leurs idées divergeaient, autant les frères avaient une belle complicité et ce, tant que Thomas respectait la hiérarchie. Assis sous un soleil écrasant, ils attendaient patiemment leur mère, tout en regardant les gens entrer à pleine porte chez le maréchal-ferrant. Thomas, intrigué, dit à Moïse :

– Tu sais qu'à la forge, les gens se rassemblent à la cuisine, chaque dimanche après les messes ? Toutes les nouvelles passent par là. La maison se remplit, pis madame Blouin sert le café à tout le monde. Si on y allait, nous autres aussi ? Les Bastien y vont ben, eux. P'pa pourrait me reprendre après l'autre messe !

Moïse était d'un tout autre avis.

– Non mais, t'as pas idée ? T'as même pas déjeuné. Tu vas pas pousser l'effronterie jusqu'à te quêter un repas ? Les commérages t'attirent tant que ça ?

Thomas ne parla plus. L'intérêt qu'il portait à la lettre l'emportait. Il se tortillait sur la banquette, croisait et décroisait ses longues jambes. À la fin, il enjamba les genoux de Moïse et le tassa pour s'asseoir à sa place.

– C'est moé qui mène le cheval.

Thomas se mourait d'impatience. Les mains jointes sur la nuque, il bâillait d'ennui.

– Si m'man grouille pas, le père va manquer sa messe, pis y sera pas de bonne humeur.

Moïse prenait goût à le faire pâtir.

– Ben non ! On a du temps en masse.

Thomas le regarda de biais et baissa les bras.

– T'as pas répondu quand je t'ai demandé si t'avais déjà reçu des lettres de missel ?

– Jamais ! Pis j'ai pas eu à courir non plus ! J'ai rencontré Jeanne au fricot de mon oncle Donat, pis j'ai jamais eu besoin d'y écrire ; la composition c'est pas mon fort. Tu sais, moé, je suis pas poète ; je suis que Batissette !

Les garçons riaient bruyamment au point d'attirer l'attention des filles au moment où Claudia et sa mère montaient sur le siège arrière de la voiture. Justine était irritée.

– Je déteste vous entendre rire si fort, devant le monde, dit-elle. Parfois, vous avez de ces manières!

Les garçons regardaient droit devant eux en retenant une envie de rire.

À peine les femmes assises, Thomas se leva et poussa un cri aigu en touchant Galopin de sa cravache. La force de la poussée l'affala sur la ban-quette. Le cheval fonça aussitôt à fond de train vers sa crèche. Les fers de l'étalon s'imprimaient dans le sable du chemin. D'une main, Justine s'agrippait au siège et de l'autre elle retenait sa coiffure. Elle n'appréciait pas la façon dont Thomas traitait la pauvre bête.

– Thomas, modère! Ma foi, tu veux faire mourir ton cheval.

Le branle furieux des roues couvrit la réplique de Thomas.

– Je fais juste lui laisser la bride sur le cou. Galopin doit essayer de faire honneur à son nom.

– Toé, si ton père te voyait maganer son cheval comme ça!

– J'entends rien.

– Passe les guides à Moïse.

Thomas n'en fit rien.

– Je connais encore personne d'aussi têtu que toé! Tu vas voir ton père, tantôt!

Moïse savait que son père ne le gronderait pas. Combien de fois aurait-il eu raison de condamner la conduite de Thomas? Il tolérait tout de lui. Ou bien il renonçait à pester, protester, argumenter, ou bien il le considérait comme intouchable et fermait les yeux sur ses écarts qui, bien sûr, n'étaient pas graves ; ils étaient à la mesure de son âge. Cependant, jamais son père n'avait un geste, ou un mot tendre pour lui.

Heureusement, Moïse avait développé un sens marqué des responsabilités. Il se commandait lui-même avant que son père n'ait à le faire. Avec lui, Jean-Baptiste n'avait pas à élever la voix ; il n'avait qu'à le regarder.

Aux limites du village, des gens venus à la messe à pied se déchaussaient pour ménager leurs chaussures. En voyant le cheval foncer sur eux, ils se jetèrent sur l'accotement. La voiture les dépassa, faisant lever un nuage de poussière incommodant. Moïse éclata de rire. Il était un peu surpris de l'audace de Thomas, lui habituellement si délicat et prévenant. Était-ce sa hâte d'ouvrir la fameuse lettre ? Derrière eux, les hommes levaient le poing, les filles secouaient leur jupe, les garçons, eux, ramassaient des cailloux et visaient les Lamarche sans les atteindre. Un peu plus loin, une caravane d'attelages, tous des voisins ou des gens du rang, avançait au pas. On eut dit une compétition d'élégantes voitures multicolores bondées d'enfants.

Moïse n'en croyait pas ses yeux.

– Bordel ! Regarde-les donc ! Ça valait ben la peine de tant se presser tantôt pour sortir de l'écurie !

– Laisse-moé aller . Je vais les poivrer !

Thomas se remit debout et secoua les guides sur la croupe de Galopin. La voiture doubla toutes les autres en penchant dangereusement sur le côté de la chaussée. Derrière eux volaient de fines parcelles de sable blond. Justine, humiliée du comportement de son garçon, entendait déjà les commentaires de tout un chacun qui ne manqueraient pas de rebondir.

— On sera pas sans en entendre parler!

Thomas se retourna et cria.

— Qu'est-cé que vous dites?

Il sentait sa mère bouillir. Depuis quelques années, ses colères et ses reproches ne l'atteignent plus. Et Justine, devant son insouciance, relâchait son autorité.

Arrivé devant la maison, le cheval ralentit sa course. Jean-Baptiste, endimanché, attendait, accroupi sur le seuil de sa porte, la main en visière au-dessus des yeux. Le cheval filait devant lui et entrait en nage à l'écurie. La bave coulait de ses babines molles. Thomas reconnaissait avoir abusé de la pauvre bête. Il lui servit un seau d'eau en vitesse pour la rafraîchir et courut à la porte de l'étable, laissée grande ouverte. Son père allait sans doute lui servir une remarque pertinente. Sitôt seul, il ouvrit l'enveloppe et son regard parcourut les lignes.

Saint-Jacques, 25 août 1863
Monsieur Thomas Lamarche,

Veuillez me pardonner si je pousse l'audace au point de vous écrire. Croyez-moi, j'ai dû prendre mon courage à deux mains pour y arriver.

La suggestion me vient d'une cousine qui m'assure que c'est une chose courante par ici, mais ce n'est pas de cet à-propos dont je veux vous entretenir.

Depuis quelque temps, je vous remarque à la messe du dimanche et je vous trouve différent des autres garçons. Il me ferait un réel plaisir de vous connaître davantage.

J'ose espérer que vous donnerez suite à ma lettre, mais si vous préférez passer outre, nous ferons comme si la chose n'avait jamais existé.

Si vous ne vous offensez pas de ces avances, faites-le-moi savoir par une lettre que vous déposerez au banc numéro 26 de l'allée centrale.

Excusez tout ce qui manque à mon style et à mon écriture.

D'une inconnue qui n'ose signer.

Pas de signature. Thomas, déçu, replia la petite feuille. « Moïse aurait donc raison, se dit-il, c'est une attrape. »

Pourtant, Thomas était préoccupé. Quel intérêt pouvait pousser une fille à écrire sans signer ? En retournant la question sous tous ses angles, il attela Galopin, le mena à son père et fila à la cuisine. À l'intérieur, les enfants étaient attablés devant une assiette vide. La mère, trop pressée, n'avait pas pris le temps d'enlever sa robe du dimanche. Un tablier de toile tombait mollement sur ses reins. Elle faisait sauter les crêpes dans le poêlon pendant que Claudia distribuait les ustensiles. D'une enjambée, Thomas prit place sur le banc vert, près de Moïse.

— C'est de qui ?

— Je te le dis pas. Mais si tu veux savoir, elle me trouve exceptionnel.

Moïse pouffa de rire, puis insista :

— C'est de qui ?

À voix basse, Thomas grogna.

– Ta pie! Comme si tout le monde avait besoin de savoir.

Moïse, courbé sur son bol de céréales, lui murmura en y mettant un peu de provocation :

– Moé, ce soir, je vais faire la grande demande.

Thomas se redressa, plus qu'intéressé. Tout le monde parlait de ces grandes demandes, mais si vaguement. Enfin, il se dit que l'occasion serait belle pour lui de satisfaire sa curiosité en assistant en personne à l'événement. Les yeux agrandis par la surprise, il insista :

– Tu m'amènes ? Faut que je voie ça sans faute.

– Je veux personne. Ces singeries-là, je me demande qui a ben pu inventer ça !

La mère, le visage roussi par la chaleur de la cuisson, distribuait des crêpes aux enfants.

– Qu'est-ce que vous mijotez, vous deux ? La table, c'est pas l'endroit pour les secrets. Mangez !

– En effet ! répondit Moïse avec un sourire de satisfaction.

* * *

Tôt après le souper, Moïse revêtit un pantalon gris et une chemise blanche au col amidonné. Un veston à basques croisées rejoignait presque ses genoux. Il cala un chapeau à large bord sur sa tête. Le jeune homme avait fière allure. Debout devant la glace, il s'admirait. Depuis des mois, il pressait Jeanne de l'épouser et chaque fois, elle repoussait l'échéance sans raison évidente. Ce soir, il en aurait le cœur net. Il sortit aussi léger qu'un oiseau en plein vol et, la bouche en cul de poule, il sifflait. Moïse sifflait très bien tous les airs à la mode. Le chien, le museau levé sur lui, n'attendait qu'un signe pour le suivre, un signe qui ne vint pas.

Jeanne demeurait dans le rang des Continuations à environ deux milles de chez lui. Moïse s'y rendit à pied en passant par la traverse. Arrivé chez les Landry, l'envie de siffler lui passa d'un coup. Cinq voitures étaient rangées dans la cour de l'étable parmi lesquelles il reconnut celles des oncles Damasse, Roch et Antonio. La surprise le figea sur place. «Ah ben, bordel, une fête! Je me serais ben passé de ça!» Le sang bouillonnait dans ses veines. Jeanne n'avait pas tenu compte de ses intentions et il en ressentait un dépit qui le poussait à lui en vouloir. Il marcha un peu, histoire d'aérer son esprit et de retrouver sa bonne humeur puis, finalement il l'excusa. C'était à prévoir que Jeanne étant fille unique, ses parents fassent un peu d'éclat. La présence des invités était la preuve que l'oncle Donat appuyait son projet de mariage. Par contre, il déplorait que la maison soit remplie pour se moquer de lui, mais si c'était le prix à payer... Il était étonné que ses parents ne soient pas invités. À son départ, ils ne semblaient pas se préparer à sortir. Il siffla le chien en tapant sur sa cuisse.

– Bidou, Bidou, viens. La petite bête accourut lui lécher la main. Moïse ne se pressait pas. Les invités le préoccupaient. «Quelle affaire, demander Jeanne en mariage devant tout ce monde!» Lui qui n'aimait pas se donner en spectacle, savait d'avance que tous allaient s'amuser de cette comédie, comme si ce n'était pas assez humiliant de se mettre à genoux pour demander au futur beau-père la main de sa fille. Déjà que les parents de Jeanne étaient un peu bizarres : lui, plutôt rabat-joie, le cou engoncé dans les épaules pour lui donner l'air encore plus renfrogné et elle, son esclave, un squelette ambulant. Toujours à moitié ivre, la tante Malvina tenaient à peine sur ses jambes. Son mari la malmenait comme sa jument.

L'idée de reculer, de retourner à la maison sans se montrer le bout du nez, lui passa par la tête, mais que dirait Jeanne ? Il la perdrait à tout jamais.

Ce n'était pas dans les intentions de Moïse de déplaire à Jeanne. Ce serait lui donner une bonne raison de se vexer et peut-être, de lui fermer sa porte au nez. Il revisa ses positions. Il ne pouvait pas lui faire subir pareil affront. Si Jeanne l'exigeait, c'était qu'elle devait en ressentir une grande importance. Dire que la scène lui semblait si amusante quand il s'agissait des autres ; maintenant que son tour était arrivé, le scénario lui paraissait ridicule. Valait mieux en rire, sinon les autres se moqueraient de sa gêne. La main sur la rampe, il grimpa les marches et frappa. Jeanne vient l'accueillir, la mine triste. D'un coup, Moïse comprit qu'elle en avait contre ce charivari qui convenait plutôt aux jours de noces. Dans la cuisine régnait le silence le plus complet. Les femmes, tenues à l'écart des décisions importantes, attendaient au salon. On les entendait causer derrière la porte fermée.

Les hommes avaient l'air visiblement décontenancé. Du regard, Moïse fit le tour des invités et s'exclama en riant :

— On dirait un enterrement !

Personne ne répliqua. Moïse ne voulait pas que tout le monde se mette en peine pour lui. Pour Jeanne, il était prêt à braver les rires. «Autant y aller tout de go et en finir.» Il tira sa future par la main, sans égard pour sa réticence, et la mena au centre du cercle de chaises quand son oncle Donat l'arrêta en levant une main dominante.

– Pas nécessaire d'aller plus loin, Moïse. Je peux pas te donner ma fille en mariage.

Moïse le dévisagea.

– Si c'est une farce, elle est plutôt de mauvais goût!

– C'est pas une farce! C'est à cause du degré de parenté qui vous unit.

– Pis? C'est pas d'hier qu'on est cousins germains. J'aurai qu'à payer une dispense.

– C'est pas si simple. Une dispense peut pas tout régler; vous risqueriez d'avoir des enfants infirmes.

– Et les Gauthier, les Bourgeois, les Martin? Y sont tous mariés entre cousins, eux, pis leurs enfants sont normaux!

– C'est un risque que nous, les Landry, refusons de prendre. Pis insiste pas, je veux pus revenir là-dessus!

Jeanne étouffa un sanglot et courut à l'étage. D'en bas, on l'entendait pleurer sans retenue. Elle avait espéré jusqu'à l'extrême limite que son père comprendrait le bon sens. Sa mère la suivit dans l'espoir de la consoler, mais son élan fut aussitôt coupé par son mari qui d'une voix doucereuse retenait son bras qu'il serrait sournoisement au point de meurtrir ses chairs. Il la poussa vers le salon.

– Laisse-la!

La stupeur frappa Moïse comme un coup de poignard. Un moment, sa souffrance fut d'une telle violence que son esprit subit une espèce d'engour-dissement passager, puis son cœur se mit à battre à tout rompre. Autour de lui, il sentait les regards chargés le condamner. Ses projets s'écroulaient. Il ravalait. «Chienne de vie! Je vais devenir fou», se dit-il.

Le père de Jeanne, voyant sa pomme d'Adam bouger, fut pris d'un semblant de pitié.

– T'oublieras, Moïse; t'en doutes aujourd'hui, mais tu verras, plus tard t'en rencontreras une autre, et la même chose pour ma Jeanne, pis ce sera mieux pour vous deux, cré-moé.

Moïse le toisa avec une rage froide.

– Essayez pas de faire du sentiment! Pas besoin de vous fendre en quatre pour adoucir votre coup.

Le temps d'une pulsation et la souffrance de Moïse se transforma en rancœur. Le garçon faisait partie de ces arrogants qui n'ont pas le pardon facile. Il sentait monter en lui un ramassis de rage qui l'enserrait et l'étouffait, prêt à exploser. C'était un impulsif. Il se retenait de casser la gueule à tous les invités venus en spectateurs, surtout à l'imbécile de père. Tout se passait tellement vite que sa tête n'avait pas le temps d'assimiler. Un manque de réflexion l'amenait à se venger. «Il va me le payer!» Dans un mouvement de colère, il brisa le cercle de chaises sans s'excuser et, dans une position menaçante qu'on ne lui connaissait pas, il brandit l'index sous le nez de son oncle.

– À l'avenir, je vous défends de passer sur notre traverse pour vous rendre au village. C'est-y assez clair?

Il posa son haut-de-forme sur sa tête et se dirigea vers la porte. L'oncle le précéda et coupa son élan en se plaçant entre lui et la sortie. Sa voix se durcit.

– Écoute ben ce que j'ai à te dire, jeune homme. La terre t'appartient pas ! Elle est à ton père et c'est à lui seul de décider pour la traverse. J'irai y parler.

– Bordel ! Vous perdez rien pour attendre, répliqua Moïse, un de ces jours, je vous rattraperai ben dans le détour.

Il repoussa Donat de son avant-bras et sortit en claquant la porte. Dehors, il respira profondément.

« Qu'il ose s'aventurer sur la traverse, se dit-il, je serai là pour l'attendre. » Moïse savait que son père ne changerait rien au droit d'habitude. C'était un homme pour qui la justice faisait loi et il était de ceux qui n'écoutent que leur conscience. Il l'entendait encore répéter : « La rancune ronge le cœur comme la rouille ronge le fer. » Qu'est-ce qu'il pouvait attendre de lui ?

Le misérable s'en retournait à la maison, la tête engoncée dans son col de chemise. « Jeanne devait pourtant savoir. » Toutefois, il ne lui en tenait pas rancune. C'était à l'oncle qu'il s'en prenait : « Une lavette, celui-là. Il lui avait fallu l'appui de toute la parenté pour lui insuffler la force nécessaire pour porter son coup bas. » Et pour comble, de tous ses oncles, aucun n'avait osé prendre sur lui de le prévenir. Une vraie cabale ! Une colère sourde contre toute la parenté couvait dans son âme. Moïse bouillait. Une idée de vengeance lui traversa l'esprit. « Je leur apprendrai ! »

Il revint sur ses pas, coupa à travers champs, parmi les mottes dures, les chardons, la boue, les rigoles d'assèchement, sans respect pour son habit du dimanche et ses bottines vernies. D'un saut agile, il enjamba le fossé et réussit à atteindre le verger, derrière la maison des Landry. Il s'arrêta sous un prunier, le temps de reprendre haleine. Son pouls s'accélérait, fouettait son sang, et gonflait une veine sur ses tempes. Un chat lui passa entre les jambes. Moïse aurait voulu le tuer. Il courut le long du séchoir à tabac et entra furtivement dans la remise. À l'intérieur, tout était si sombre que les voitures et les instruments aratoires perdaient leur couleur. Une odeur d'huile à lampe prenait au nez. Dans un angle, deux petits barils à clous étaient empilés. Moïse les bougea ; celui du dessus était vide. Il le renversa pour s'en faire un siège qu'il approcha de la charrue double. Là, une faible raie de clarté perçait dans l'angle de la remise. Moïse y colla un œil. De sa cachette, il pouvait voir la fenêtre ouverte de la chambre de Jeanne. Le rideau battait au vent et frappait la persienne rouge. Moïse n'entendait plus que le souffle précipité de sa respiration. Son ressentiment occupait toute sa pensée : « Y va payer pour », se dit-il. Ses tracasseries le conduisaient à la bêtise sous toutes ses formes. Une idée farfelue se formait dans son esprit. « Si Jeanne se montrait à la fenêtre, je sortirais pis j'y ferais signe de venir me retrouver. On pourrait prendre les grands moyens et filer en douce. Il accordait la pensée de Jeanne à la sienne sans savoir si elle accepterait une telle aventure susceptible d'entacher sa réputation. « Y en a d'autres avant nous qui l'ont fait.

Si seulement je pouvais lui faire savoir que je suis là, tout près, dans la remise. Et si je lançais un petit caillou à sa fenêtre ?»

L'attente se prolongeait, son cœur se modérait et lui permettait de réfléchir. Peu à peu, ses bons principes refaisaient surface et la raison finit par prendre le dessus. «C'est ben juste le feu de l'enfer qui m'en empêche.» Moïse avait beau respirer plus calmement, il ruminait toujours une vengeance. Il guettait par le jour d'une planche séchée le coucher du soleil. Dans sa retraite, il ressassait ce qu'aurait pu être sa vie avec Jeanne. Jeanne aux champs avec lui, Jeanne qui lui préparait un bon repas, Jeanne devant un berceau, Jeanne dans son lit. La fréquence de ses pulsations cognait de plus en plus fort à ses oreilles, à croire que son tympan allait éclater. S'il n'avait pas été un homme, il se serait laissé aller à pleurer. Il essayait de se dominer et cherchait à se convaincre qu'il n'était pas un gars à s'apitoyer sur son sort, un être fluet qui se laissait emporter par la mélancolie.

Au loin, une porte battait. Il se redressa et prêta l'oreille pour écouter si quelqu'un venait. L'inquiétude lui faisait perdre le fil de ses pensées. Le soleil plié en deux s'éclipsait au bout de la maison. Une chandelle s'alluma entre les volets de la lucarne. «C'était Jeanne ! Jeanne était là. Pauvre elle ! Si je pouvais la consoler.» La folie de fuir avec elle l'emportait à nouveau, brodée de rêves possibles, comme hier, comme avant. Puis la tête lui retomba lourdement dans les mains. «Bordel ! Y faut que je décroche.» Moïse se redressa. Dans quelques minutes, il ferait noir. Au ruisseau Vacher, les gens avaient l'habitude de rentrer chez eux avec la brunante, donc il ne restait que peu de temps avant le départ des invités. Moïse se leva, secoua ses vêtements et ouvrit la petite porte en douceur pour l'empêcher de geindre. Dehors, tout était calme. Il longea le mur extérieur de la remise jusqu'à l'appentis où les chevaux étaient attachés. Il détela une à une chaque bête qu'il relâcha aussitôt. Il n'eut qu'à donner une tape sur la croupe de chacune pour qu'elles reprennent le chemin de leur écurie.

« Ben bon pour vous, gang de dégonflés ! Ça vous apprendra. » Au même instant, la porte de la maison s'ouvrit toute grande sur la parenté. Moïse eut tout juste le temps de se glisser tel un voleur sous le siège d'une voiture. Un rideau de cuir noir qui tombait du siège pour former une jupe le cachait des regards. Mal à l'aise, dans sa position en rond de chien, il se sentait ridicule comme un petit garçon qui craint la punition. « J'avais pas à me cacher. J'aurais dû agir au su et au vu de tous. Pourquoi me gêner quand eux... » Près de l'appentis, un homme criait :

– Tous les chevaux sont disparus ! C'est facile de deviner qui a fait le coup, hein !

Moïse reconnut la voix de l'oncle Roch, tout près de lui. Il retint son souffle. Alerté, Donat sortit en courant et cria à son tour :

– Les femmes, retournez en dedans, pis patientez un peu. J'attelle ma jument pis je passe vous reprendre au bas du perron. Inquiétez-vous pas, je vais aller reconduire tout mon monde chacun chez eux.

– Pis les voitures ?

– Les voitures, vous y verrez demain !

Les oncles pestaient de mécontentement. Un bon point pour Moïse. Il profita du temps que les hommes entrent à l'écurie pour retourner à sa cachette. Appuyé sur le mur qui séparait les deux dépendances, il analysait sa situation précaire. S'il retournait à la maison, il ne pourrait pas éviter l'oncle Donat sur son chemin. Il resta là, à attendre son retour.

Dès que celui-ci quitta la remise, le garçon s'y réfugia à nouveau. Ses mains saignaient. Dans le verger, les épines des groseilliers avaient lacéré ses chairs et lui causaient des brûlures. Il retira un mouchoir propre de sa poche et tamponna ses déchirures. Pour tuer le temps, de son observatoire de fortune, il surveillait la petite flamme dans la fenêtre d'en haut. Il espérait voir la silhouette de Jeanne. Mais non, la chandelle s'éteignait au bout de son souffle, lentement, comme son rêve, comme lui-même voudrait s'éteindre. Le temps que Moïse passa dans la remise fut une réelle torture. Il n'avait rien retiré de sa vengeance, pas la moindre suffisance. Lui, ouvert, honnête et noble, en était rendu à s'en prendre bassement à la parenté. Au retour, quand il put réfléchir plus calmement, il comprit qu'il valait mieux ne plus retourner chez Jeanne.

Arrivé chez lui, il rechercha la solitude. Si au moins sa tête pouvait s'alléger. Ses pas le menaient directement à la grange. Là, il s'assit sur un petit banc à traire, le temps de redonner une contenance à sa figure défaite. Il se reprochait d'avoir annoncé sa demande en mariage à Thomas. « Quel idiot je fais maintenant ! » Il hésitait entre coucher au fenil et entrer à la maison, quand il prit conscience qu'il était en train d'abîmer son habit du dimanche. Le bas de son pantalon était souillé. Il le secoua, le frotta, le lissa de la main pour le défroisser. Il craignait que sa mère lui pose des questions sur les salissures. Ou peut-être ne dirait-elle rien, ce qui voudrait en dire plutôt long. Il sortit sous une lune voilée. « Si toute la maisonnée peut dormir », se dit-il. Il monta à sa chambre sur le bout des pieds et se coucha sans bruit sur son côté de lit. Depuis un bon moment, Thomas l'attendait pour jaser. Il s'appuya sur un coude et le bombarda de questions.

— Raconte-moé donc comment ça s'est passé.

Moïse, la cervelle prête à éclater à en prendre plus que sa mesure, aurait tellement eu besoin de se retrouver seul. « Icitte, jamais moyen d'avoir la paix. J'aurais dû rester à la grange », pensait-il. Thomas tenait sa figure au-dessus de lui et insistait.

— Ouf ! Ç'a pas l'air d'aller pantoute. Tu vas pas me dire que Jeanne aurait changé d'idéc ?

— Bordel ! Pas moyen d'être tranquille deux minutes avec toé ? Dors donc !

— Je gage que c'est à cause du lien de parenté ? Je me trompe ?

Cette façon qu'avait Thomas d'insister pour lui extirper des faits qu'il semblait déjà connaître lui déplaisait.

Moïse cacha sa face dans l'oreiller. Il ne pourrait taire la chose éternellement. Comment son frère pouvait-il être au courant de l'affaire ? Il le devançait presque. L'oncle aurait-il déjà ébruité l'histoire dans tout le patelin ? Pourtant, au souper, Thomas semblait tout ignorer. Moïse restait coi. Il ne cherchait qu'une chose, vider sa tête des pensées qui la comprimaient, mais son satané frère ne le lâchait pas d'une semelle.

— Tu sais, j'ai entendu ben des choses au sujet de Jeanne Landry, des choses qui pourraient t'intéresser.

— …

— T'entends pas tout ce qui se dit dans le dos de notre cher oncle. Tu sais, les gens jasent dans la place.

— …

— Jeanne est adoptée, pis à croire ce qu'on rapporte d'un bord pis de l'autre, elle le saurait pas ! T'étais au courant de ça, toé ?

Moïse se tourna brusquement et leva des yeux furieux sur son frère.

— On les connaît tes histoires ! Avec toé, y a toujours des rumeurs de commères.

Thomas n'était pas surpris de la réaction de Moïse ; son frère n'accordait jamais d'importance à ses dires. Ses paroles ne pesaient pas bien lourd dans la famille. Il hésitait à continuer ; Moïse le jugeait si mal. Pourtant, devant l'abattement de son frère, la langue le démangeait à nouveau.

— Si tu le prends sur ce ton-là, je parle pus. Mais avant de me taire, je peux t'assurer que je le sais de bonne source. Depuis quelque temps au magasin général, on se prive pas pour parler. Tout le monde prend parti. Quelques-uns disent que vu son âge, ses parents devraient pus y cacher sa naissance ; d'autres prétendent qu'elle était mieux de jamais le savoir.

Moïse avait presque honte de connaître Jeanne si mal après un an de fréquentations. Il supportait mal que son jeune frère en sache plus long que lui sur l'histoire de Jeanne et qu'il soit au courant de certaines choses, la touchant de si près, qui lui seraient passées comme ça, sous le nez.

— Pis toé ! Tu dois les croire comme un imbécile ?

— Oui, je les crois ! Pis ça devrait pas te surprendre. Tu te souviens, au fricot des fêtes, quand ma tante Malvina avait un petit verre dans le nez pis qu'elle se plaignait que son mari était un faible ? Pendant que m'man s'affairait à son repas, les tantes la soignaient au vin de gadelles pour la faire jaser.

— Toé, le jeune, t'aurais remarqué ça ? J'ai jamais eu connaissance de ces niaiseries-là, moé !

— Ben non, tu te tiens toujours dans le coin des hommes à parler des bêtes pis du travail aux champs. Je vois encore ma tante Malvina debout, le verre à la main, entre le poêle pis l'escalier. Ma tante Florence se pressait de le remplir avant qu'elle ait le temps de le vider. Y faut dire qu'elle rasait déjà les murs à son arrivée. Pis, à un moment donné, c'est comme si les vapeurs de l'alcool avaient excité une petite rancœur envers l'oncle Donat. Je te dis que ma tante Edouardina pis ma tante Florence se privaient pas pour l'attiser. Après, elles ont cherché à s'éclipser pour pas y rire au nez. À la fin, c'est m'man qui est restée prise avec ma tante Malvina. Elle a essayé sans jamais réussir de lui enlever son verre et elle a fini par lui approcher une chaise, sans doute pour ne pas qu'elle tombe sur le poêle.

— Tu te fais des idées !

— Ma foi, tu vois donc rien ? Allume, Moïse Lamarche ! Au village, les gens disent tout bas que mon oncle Donat est mal membré pis que sa Jeanne serait pas sa fille. Personne sait d'où elle sort celle-là.

– A-t-on déjà vu une cochonnerie d'histoire pareille ?

À travers la cloison, l'oncle Fabien entendait la chamaille. Il traversa retrouver les garçons.

Fabien Lamarche, aveugle de naissance, demeurait chez son frère Jean-Baptiste. Quand ce dernier avait pris la relève sur la terre, Fabien lui avait été légué en héritage au même titre que le bien paternel. Jean-Baptiste s'était alors engagé à le nourrir, l'habiller et le soigner au besoin.

Les garçons se tassèrent un peu pour lui faire une place dans le lit. L'aveugle sourit de l'accueil. Le dos appuyé au pied de lit, assis entre les deux opposants tel un arbitre pacificateur, Fabien prêtait l'oreille. Il n'avait pas à prendre parti. Sous l'édredon, la même chaleur les enveloppait et démêlait peu à peu leur légère brouille. Ils étaient trois dans les mêmes draps, trois à s'épauler. Moïse essayait de tirer les vers du nez à son oncle.

– Vous, mon oncle Fabien, vous saviez que Jeanne était adoptée ?

Sa question resta sans réponse ; ce qui en disait plutôt long. Et ses parents le savaient sans doute, eux aussi.

Soudain, tout devint clair dans sa tête : si les siens ne s'étaient pas opposés à cette union, c'était donc qu'ils étaient au courant. Dans la même famille, une adoption aurait-elle pu leur passer sous le nez sans qu'ils ne s'en rendent compte ?

– Je les ferai parler !

Thomas bâillait.

– Même si p'pa savait quelque chose, y dira rien. Tu le connais !

– Je le découvrirai.

Moïse se calma et raconta son humiliation.

– De toute façon, c'est fini, elle pis moé. Je remettrai pus un pied chez eux de ma bordel de vie.

– Pourquoi ? Le fait qu'elle soit pas une vraie cousine te donne le droit de la marier. T'auras qu'à payer une dispense.

– Si tu penses que je vais aller m'humilier à supplier l'oncle Donat une deuxième fois, tu te trompes ! Plutôt mourir que de retourner là.

– Eh ben, mon vieux, tu te souviens comme on avait hâte de tomber en amour ? Si c'est comme ça !

Fabien, en peine pour son neveu, allait se retirer.

– Ça va aller, Moïse ?

– Ça va. Je vais pas en mourir.

Moïse mentait. Il savait que son agonie ne faisait que commencer.

* * *

Ce jour-là, Moïse profita de ce que sa mère soit seule dans la cuisine pour la questionner. Il commençait à croire le bruit qui courait dans tout le patelin. Il se demandait si sa mère savait, ou si elle sursauterait en apprenant cette histoire. Peut-être allait-elle croire qu'il délirait ?

– M'man, vous devez savoir vous, d'où vient Jeanne Landry ?

Justine restait calme et ne parlait pas, donc elle devait connaître la vérité. Elle réfléchissait à ce qu'elle dirait. Moïse ne la quittait pas des yeux.

– Si vous voulez pas parler, je m'informerai ailleurs, à n'importe qui, mais je saurai!

– Et ça te rendra plus heureux?

L'orage grondait en lui et il voulait en avoir le cœur net.

– Je suis pus un enfant, dit-il, pis je sens que vous en savez long sur cette affaire-là.

Elle expliqua lentement.

– Y a des choses qu'on peut pas cacher facilement, mais on peut pas pour autant les crier sur tous les toits. Les enfants viennent la plupart du temps d'une jeune fille de la famille ou d'une voisine. Dans ces situations-là, les parents savent tout, mais y se gardent ben de le répéter à leurs enfants. Ça s'arrêterait pas là; ensuite, qui voudrait pas connaître les vrais parents? On va pas étaler les péchés de tout le monde au grand jour asteure.

– Arrêtez de me prendre pour un idiot! C'est pas ça que je veux entendre, vous le savez ben!

– Admettons que je saurais pis que je parlerais, je ferais toute une réputation à la vraie mère, ce qui serait manquer à la charité chrétienne. As-tu pensé si aujourd'hui cette femme a une famille, le tort que ça y ferait? Je pourrais pas me permettre de briser un ménage. Et si ça te redonnait le bonheur, passe encore, mais non, c'est juste un caprice.

– Je veux savoir si Jeanne est ma vraie cousine.

De la main, Justine lissait ses cheveux sur son front. Était-ce pour refouler ses pensées au creux de sa tête?

– De toute façon, des mariages entre cousins, y en a eu combien, hein ?

– Oui mais les autres, je m'en fiche, c'est Jeanne qui m'intéresse. Et le monde qui jase, les gens qui disent que Jeanne est adoptée, y ont-y raison ?

– Peut-être que oui, peut-être que non !

Moïse en voulait à sa mère. Il se doutait bien qu'elle allait tout garder pour elle. Il se retira en claquant la porte. Justine se sentit libérée.

IV

Chez les Blouin, la vie reprenait son cours. La mère étant de nouveau sur pied, la besogne était partagée. Les cuivres des poêlons brillaient sur le bout du poêle. Pierrine se sentait allégée d'une grosse responsabilité. La jeune fille cherchait à s'évader. Elle n'était pas sitôt sortie de la cour, qu'une enfant la suivait et s'accrochait au pan de sa robe en pleurant.

— Je veux y aller, moé aussi.

— Va-t-en, pis arrête de brailler.

Fébrile, Pierrine se dirigea vers l'église. La lettre datait maintenant de trois semaines, trois longues semaines à se morfondre dans l'attente d'un petit mot, à espérer, regretter, se requinquer. Thomas avait eu amplement de temps pour répondre, pourtant Pierrine refusait d'abdiquer, elle se forçait à rester confiante. «Thomas n'allait quand même pas sauter sur la plume le premier jour!» D'une main nerveuse, elle fouilla le missel noir et y découvrit une enveloppe blanche. La surprise la figea. Elle avait eu beau espérer, elle n'y croyait plus vraiment. Et pourtant, voilà qu'aujourd'hui, la réalité était là dans sa main, un pas important qui la mènerait sans doute à lui. Tout tenait du miracle. Son pouls devenait plus rapide. Au simple contact de la lettre, elle amorçait un roman d'amour. Elle abandonna sans précaution le livre pieux sur le banc et monta au jubé où l'éclairage était meilleur. Pierrine avait l'impression de tenir un trophée entre ses doigts. Elle déchira l'enveloppe.

Saint-Jacques, 15 septembre 1863
Mademoiselle Mystère,

Comprenez qu'il m'est difficile de m'adresser à une personne sans visage.

Vous avouerez que la partie est inégale et, si je me prête à votre jeu, c'est purement pour l'amusement de l'esprit qui s'y rattache. Soyez assurée que je me bornerai à ce plaisir sain, et vous auriez tort de penser autrement.

Je vous imagine jolie, grande, mince, les cheveux bruns et les yeux bleus.

Je compte sur vous pour corriger mes erreurs dans votre prochaine lettre, s'il y a lieu. Dimanche prochain, pour moi, toutes les jeunes filles porteront le nom de mademoiselle Mystère. Ainsi donc, si jamais les distractions empiètent sur mes dévotions, je vous en tiendrai seule et unique responsable devant Dieu.

Je souhaite pour vous une bonne semaine.
Votre correspondant du dimanche.

Il n'avait pas signé, sans doute pour lui remettre la monnaie de sa pièce. Elle sourit pour elle. « Pauvre Thomas ! Il doit craindre que je me moque de lui avec les filles. Quand même, l'engrenage est en marche et

cette lettre est plus que je pouvais me permettre d'espérer.»
Pierrine jubilait. Elle relut la lettre .

«C'est maintenant à mon tour de répondre. Il est
pressé de me découvrir, mais c'est beaucoup trop tôt.»
La musique gonflait l'église à en faire lever le toit. Quel
bonheur! En accord parfait, la lettre et la musique la
faisaient vibrer. Elle avait tout son temps. Ses doigts
caressaient le papier que la main de Thomas avait touché.
Une simple feuille lignée arrachée d'un cahier de classe,
mais si riche d'espoir. Les yeux fermés, Pierrine se soûlait
de tendres pensées. À la fin, elle fit le deuil de ses
émotions pour garder la tête froide et lucide. Elle
échangea la feuille noircie contre une blanche et jeta ses
phrases sur le papier. Les yeux brillants, plus légère que
jamais, Pierrine retourna à la maison.

V

Vint l'époque où les feuilles parent la terre d'un tapis aux reflets d'or et de pourpre pour pallier la pâleur du soleil. La saison soufflait à perdre haleine sur le champ refroidi.

Derrière deux lourds percherons qu'il réservait pour le gros ouvrage, Jean-Baptiste, la tête engoncée dans son froc de laine croisée, suivait les bêtes au pas, les mains rivées aux mancherons de la charrue. Le coutre et le soc renversaient les sillons et creusaient la terre comme un bouvet, déterrant ainsi la majeure partie des pommes de terre. Suivaient Justine et six enfants. Ils avançaient péniblement, en marchant sur les genoux. Leurs mains fouillaient la terre froide, en extirpaient les patates et les lançaient en ajustant leur tir. De gauche et de droite de la planche à étriper, les pommes de terre sautaient comme des crapauds et allaient atterrir en masses formant de grotesques mamelons qui sécheraient au vent. Les heures étaient longues. Quelle misère noire, pour arracher la nourriture à une terre mesquine ? Et pour ajouter au froid, les gilets se déboutonnaient au moindre mouvement. Les petits doigts gelés échappaient sans cesse les légumes et faisaient perdre un temps précieux. Jean-Baptiste se retourna.

– Perdez pas votre temps à ramasser les petits "grelots".

Thomas gardait son air des mauvais jours. Depuis qu'il traînait les pieds aux champs, que ce soit sous un soleil écrasant ou par un froid excessif, sa vie ressemblait à une déroute dont il ne voyait l'issue que très loin. Il lui restait encore des années à suer sur la ferme avant de réaliser son beau projet de départ. Il regarda sa mère, empêtrée dans sa longue jupe qui balayait la terre. Ses mains portaient les marques de profondes gerçures. « Comment peut-elle accepter de trimer ainsi ? La vie est-elle aussi exigeante ailleurs ? » Elle lui faisait pitié. « Si je pars, elle va sûrement en mourir ! » Il mesura l'heure par l'ombre du chêne vert et cria :

– Y est midi ! J'ai faim !

Les mots firent l'effet d'un cri de ralliement. À l'instant, les enfants affamés se regroupèrent dans la charrette. Ils frissonnaient et claquaient des dents. Thomas essuya ses mains dans les longues herbes séchées qui bordaient le fossé. Sa mère se redressa péniblement, les poings posés sur ses hanches brisées.

– Tu penses donc qu'à manger, toé !

– J'ai les doigts gelés à force de fouiller dans la terre. Vous voyez pas mes mains !

– Qu'est-ce que tu voudrais ? De belles mains roses et peut-être quêter pour te nourrir ?

« Sacré Thomas ! pensait sa mère. Toujours le même, à se soucier de sa petite personne. À la fin, la peur de se salir l'empêchera, celui-là, de gagner son pain. »

Thomas distribuait des tartines de mélasse aux jeunes. Sitôt les ventres remplis, tous retournèrent au travail.

Il n'était pas une heure que déjà le ciel s'endeuillait. Quelques ondées subites et froides transformaient les sillons en petits ruisseaux dont la terre s'abreuvait lentement. On tenait bon. Il fallait finir avant la neige. Le vent se mit de la partie et souffla à étourdir les girouettes. Les chevaux tournaient la tête aux bourrasques. Les enfants frottaient leurs mains pour les réchauffer et piétinaient pour dégeler leurs jeunes pieds. Épuisés et transis, ils perdaient un temps précieux à rentrer la tête dans les épaules, à souffler sur leurs doigts. D'un coup, la pluie cessa. Seules quelques gouttes lourdes tambourinaient sur les têtes. Un arc-en-ciel déployait des couleurs fabuleuses que les enfants boudaient par hâte d'en finir. Les jeunes regards n'en finissaient plus de mesurer le bout du rang. S'ils ne se plaignaient pas, c'était qu'ils savaient que ce serait pour rien. Et toujours ce vent froid qui ne cessait de s'infiltrer dans leurs vêtements. Moïse distribua des chaudières à tout le monde. Les contenants remplis étaient ensuite vidés dans le tombereau. Les enfants surmenés n'avaient qu'une envie en tête : tout abandonner pour rentrer. Ils se vengeaient en s'amusant. Dès lors commença un bombardement de patates qui se termina en cris et en pleurs. Jean-Baptiste les saisit par un bras et les replaça un à un devant les monticules. Rien n'était fini. Toutes les pommes de terre découvertes devaient se retrouver dans la remise avant la fin du jour, sinon le gel causerait des pertes considérables.

Les enfants se turent. Justine s'en faisait pour eux. Pour une fois que Jean-Baptiste s'en mêlait, peut-être y était-il allé un peu fort ? S'il allait les décourager ?

– Allez, encore un coup de cœur! Le jour baisse. Dépêchez-vous! Toé, Claudia, va à la maison préparer le souper.

– Qu'est-ce que vous voulez que je fricote?

– De la soupe aux légumes, du petit lard bouilli, pis des patates.

– Des patates! Yark! Tout le monde en a ras le bol des patates!

Les plus jeunes s'assoyaient par terre, dos au vent. Ils brûlaient d'envie de suivre leur grande sœur à la maison et d'y savourer une bonne soupe chaude. Recroquevillés sur eux-mêmes, les genoux au menton, ils ne donnaient plus aucun rendement. Justine feignait de les ignorer. Si ce n'était que de défier l'autorité de leur père, elle les retournerait à la maison.

Soudain, la pluie se mua en neige. Thomas, irrité, lança sa chaudière au sol.

– Pays de frette, pis de misère! On cuit ou ben on gèle.

Justine leva la tête.

– Va, t'es un homme, toé, lâche pas! Sur le coteau, y reste à peine vingt pas. On a déjà vu pire que ça, tu sais, ben pire!

Thomas reprit son seau. Il ne put s'empêcher de grommeler entre ses dents.

– Ça va, on veut pas en savoir plus.

– Comme si on avait le choix de travailler ou de se complaire à paresser, murmura Justine, comme pour elle-même.

C'était à se demander qui d'elle ou des enfants Justine voulait encourager. Tout en répliquant, elle avançait de quelques pieds et retombait à genoux. Empêtrée dans sa longue jupe, ses mains gercées, raidies par le froid, elle continuait de ramasser. Ses yeux se posèrent sur Moïse.

Le regard vide, comme mû par un mécanisme intérieur, Moïse imitait le mouvement d'un robot. Plus il avait l'air insensible, plus sa mère souffrait pour lui. « Le pauvre ! pensait-elle. Y a pas encore digéré l'histoire de Jeanne. Espérons que le bon Dieu arrangera les choses pour lui. Tant de tristesse inutile, et tout ça pour l'orgueil de ce sapré Donat. Celui-là, personne le fera changer d'avis. Je me demande comment ma sœur a pu marier un pareil énergumène ! »

Justine s'approcha de Thomas qui semblait bouder. Il savait bien que le travail ne se limitait pas au ramassage. Dans la remise, les patates devraient ensuite être triées, ensachées, pesées et livrées. Et il en avait marre.

Sa mère, reconnaissante que la petite terre rapporte enfin, faisait tout pour l'encourager. Elle craignait que si Thomas abandonnait, les plus jeunes l'imitent et que ça recommence chaque fois.

– Regarde les voisins, y tiennent tête aux bourrasques, eux. C'est pas un petit vent de même qui va avoir raison des Lamarche.

– Si on se désâme juste pour rivaliser avec les voisins !

– Pas avec les voisins, avec le gel.

Du versant gauche du coteau, on pouvait voir au moins six terres voisines et sur chacune, les paysans tenaient bon. Le tombereau renflait à nouveau et boitait entre les rangs. Le travail avançait avec lenteur sous la neige et le vent.

À la tombée du jour, quand ils s'en retournèrent gelés, éreintés, affamés, il restait encore la moitié de la pièce à éventrer. Derrière eux, seuls les piquets de clôture et les arbres s'accrochaient encore au sol blanc.

À la maison, les enfants se ruèrent sur le poêle. Le monstre grondait et diffusait une chaleur bienfaisante. On se bousculait. C'est à qui jucherait les pieds sur la porte du four. Justine savonnait délicatement ses mains sillonnées de gerçures terreuses. Elle ne se plaignait jamais.

* * *

La vie était devenue un enfer pour Moïse. Il avait perdu son air moqueur et ses fossettes avaient fait place à deux rides amères. Le garçon avait vieilli de dix ans en quelques mois. Son besoin de vengeance était le seul lien qui le rattachait à la vie. Au début, Moïse et Thomas, d'un commun accord, s'étaient juré d'affaiblir la traverse si les Landry y circulaient, mais les garçons n'eurent pas à s'y abaisser. L'oncle avait dû faire au besoin, le grand détour pour se rendre au village, et ce, jusqu'à l'approche de la saison froide.

* * *

Donat Landry, excédé de perdre un temps précieux en détours, se rendit en personne chez les Lamarche pour régler l'histoire de la traverse. Pour lui, les choses traînaient depuis assez longtemps et, avec l'hiver qui arrivait à grands pas, il n'avait plus le choix de remettre. Il y avait peu de temps encore, il hésitait, repoussait, négligeait. Il dut boire un fond de bouteille de gros gin qui lui restait pour se donner une poussée, sinon, il aurait encore été à la maison, les pieds au chaud sur le tablier du poêle.

La traverse était une espèce de passerelle faite d'un assemblage d'arbres équarris à la hache et supportée par un échafaudage de billots qui reliait les deux rives du ruisseau. Moïse et Thomas avaient mis une saison complète à l'ériger. Située sur la terre des Lamarche, où le cours d'eau rétrécissait, elle donnait un raccourci de deux milles aux gens d'alentour pour se rendre au village.

À l'arrivée de son beau-frère, Jean-Baptiste ne quitta pas la berceuse pour le recevoir. Il retira sa pipe des dents pour crier :

– Entre donc !

Un courant d'air glacé courut sur le plancher.

– J'étais sûr de te trouver à la maison à cette heure-là ! Je me suis pas trompé ! J'ai coupé par icitte, histoire de piquer une jase avec toé.

– Ferme la porte ; tu gèles toute la maison. Pis tire-toé donc une chaise.

Donat choisit celle devant la cheminée, ce qui lui permettait de garder un œil sur la fenêtre. Lui qui espérait trouver son beau-frère à l'extérieur se retrouvait dans une cuisine pleine de vie. Justine et Claudia achevaient de laver la vaisselle pendant que Fabien se berçait. Trois enfants s'amusaient à colorier dans l'escalier. Thomas et Moïse étaient absents, ce qui soulageait l'oncle Donat.

Ce dernier connaissait trop bien Moïse pour croire qu'il lui avait pardonné.

— Le ciel est ben bas, hein.

— Ouais!

— Si je me fie aux nids de guêpes qui sont juchés hauts cette année, on peut s'attendre à ben de la neige cet hiver. J'ai poussé une pointe jusqu'icitte avant que les tempêtes prennent. Je me disais : faut pourtant que je règle l'histoire de la traverse. On perd tellement de temps à faire le détour. J'ai supposé que Moïse en avait fini de ses enfantillages pis, que nous deux, on pourrait se parler d'homme à homme.

Donat avait une de ces façons de traiter les choses à son profit. Jean-Baptiste le voyait venir, aussi il évitait de patauger dans le même esprit. Depuis des mois, il côtoyait la souffrance de Moïse. Son garçon ne se plaignait jamais, mais son silence cachait une souffrance lourde que toute la famille partageait. Moïse était démoli, et c'était ce que Donat estimait de l'enfantillage. Jean-Baptiste digérait mal que Moïse ait été éconduit par son beau-frère. Il n'en avait pas soufflé mot à son Moïse, mais lui aussi avait été humilié dans cette histoire. En bon père, fier de ses fils, il allait les appuyer. Un coup de tête de côté accusait son parti pris.

— Tu pensais que nous deux… non! C'est aux garçons de décider pour la traverse. Vu que c'est eux qui l'ont bâtie, moé, je la considère comme leur bien. Tu sais le temps qu'y ont mis à la monter? Si tu veux mon idée, t'as qu'à t'arranger avec eux, à moins que tu trouverais avantage de t'en construire une.

Donat était visiblement contrarié.

– Chez nous, le ruisseau est ben trop large ! Y a pas à compter là-dessus !

Plus personne ne parlait. L'aveugle revêtit sa bougrine et disparut. En prenant tout son temps, Jean-Baptiste bourrait le fourneau de sa pipe de tabac haché qu'il foulait de l'index. Il frotta une allumette sous le bras de la berceuse et alluma. Jean-Baptiste ne disait les choses qu'après les avoir mijotées longuement. L'homme avait l'habitude de trancher froidement chaque discussion en dessinant de la main un geste évasif.

– Si t'aimes mieux payer un droit de passage, t'auras qu'à prendre un arrangement avec mes garçons.

Le visage du beau-frère s'allongea de dépit.

– Ah ben là, je te reconnais pus, Jean-Baptiste Lamarche ; moé qui t'ai toujours estimé ! Tu serais rendu assez bas pour encourager tes fils à se venger ?

– Moé, j'ai rien contre toé, mais comme tu m'en parles… Le malentendu, y est entre Moïse pis toé. Arrange-toé avec lui. On peut dire que tu l'as assez malmené, dernièrement. Je comprends mal que t'aies pas mis le holà à leurs fredaines ben avant. Non, y a fallu que Moïse aille se faire humilier devant toute la famille.

Les enfants se taisaient, conscients que leur père était mécontent. Donat emprunta un air doucereux. Il devenait lâche dès qu'il sentait une force s'opposer.

– Humilier ? Moïse, un coup fâché, peut avoir un peu exagéré l'affaire.

– Là, tu te goures. C'est pas Moïse qui m'a renseigné, c'est plutôt un de tes invités, pis demande-moé pas lequel, je te répondrai pas.

– Jeanne savait ben qu'on n'approuvait pas ses amours avec Moïse, et ça, depuis le tout début. On comptait sur elle pour régler l'affaire entre eux, mais je pense que la petite était déjà trop amourachée pis qu'elle voulait rien entendre. C'est comme ça que les choses en sont venues à traîner en longueur. T'as raison, j'aurais dû m'en mêler ben avant pis y mettre un point final.

«J'aurais dû! Jolis mots pour se blanchir», se dit Jean-Baptiste. Il dit à Claudia:

– Va chercher tes frères à l'étable.

La jeune fille intéressée par la scène avait suivi discrètement toute la conversation. Elle décrocha une vieille pèlerine suspendue derrière la porte, la jeta sur ses épaules et, chaussée de galoches en cuir noirci, elle fila aux bâtiments où Fabien avait prévenu les garçons que leur père avait déjà pris position en leur faveur. L'aveugle avait ensuite pris la route à pied avec son bâton pour seul compagnon.

Dans la cuisine, Donat craignait que les choses se gâtent.

– On peut régler ça entre nous.

Les mots échangés ne faisaient qu'alourdir l'air déjà vicié. Jean-Baptiste affectait une grande réserve.

– …

Donat passa outre aux réticences.

– Je peux pas croire qu'à l'avenir, entre beaux-frères, faudrait payer des redevances pour les services rendus, comme des étrangers.

– …

La porte s'ouvrit sur Claudia. Les garçons la talonnaient. Le regard dur, fort de l'avantage sur l'oncle,
Moïse le dévisageait : « Je vais le faire manger dans le
creux de ma main », se dit-il. Il lança son vieux froc
défraîchi sur la chaise la plus proche et emprunta un ton
ironique pour feindre la surprise.

— Tiens, mon oncle ! Si je m'attendais à une si belle
visite !

Donat sentait la rancœur encore présente sur la
mâchoire crispée du garçon.

— Je vois que tu m'en voudras pour le reste de tes jours,
de t'avoir refusé la main de ma Jeanne.

Sa Jeanne ! Sa possession ! Moïse, trop fier, ne pouvait
se contenir ; lui qui s'était pourtant promis de garder son
calme pour mieux ridiculiser son oncle. Pourquoi se priver
d'un tel plaisir ? Un rictus retroussait sa lèvre supérieure.
Il avança de quelques pas pour se retrouver juste en face
de Donat et le fixa à plein regard, la voix chargée de
mépris.

— Votre Jeanne ? On donne pas ce qu'on n'a pas. Jeanne
est même pas votre fille ! Elle est adoptée, tout le monde
le sait, pis je peux vous dire que les gens de la place se
gênent pas pour étaler vos histoires de famille au grand
jour. Mais rassurez-vous, j'en veux pus de votre supposée
fille.

Les mots tombaient dru. Moïse savait que son oncle
se servait de Jeanne comme preuve de sa virilité. Le
garçon s'amusait à le blesser. Toute sa souffrance
refoulée débordait et cherchait vengeance. Il pointa
sans gêne son index sous le nez de son oncle, si près

que Jean-Baptiste redoutait un geste vengeur. Et tel un arbitre, il le gardait à l'œil.

– Pis voulez-vous que j'en rajoute ? Voulez-vous des preuves à l'appui ?

Jean-Baptiste craignait que Moïse pousse l'insolence jusqu'à faire allusion à son impuissance. Il éleva la voix.

– Moïse ! Ça suffit ! Quelle sorte d'éducation t'as reçue pour te montrer si effronté ?

– Qu'est-ce que vous attendez de moé ? Que je lui lèche les pieds ?

– Non ! Que tu te taises !

Donat blêmissait à vue d'œil. Il serrait les mâchoires avec une telle énergie qu'une veine tortueuse comme un ver battait sa tempe. Il se leva et se dirigea vers la porte d'une lenteur accablée, une main sur la poignée, et l'autre qui dégrafait son col. La sueur lui coulait dans le cou. Moïse ne bronchait pas. Un sourire triomphant éclairait sa figure. Appuyé dos à l'armoire, c'était tout juste s'il ne sifflait pas. Les bras croisés, il affichait un air de suffisance pour dévisager son oncle. « C'est pas moé qui va baisser les yeux le premier », se dit-il. L'homme retira un mouchoir de sa poche et essuya la sueur qui perlait sur son front dégarni, puis sur son cou. Les enfants s'étaient tus. Justine, que la situation embarrassait, jugea bon de leur épargner la discussion. Elle leur fit signe.

– Vous autres, venez par icitte ! Mettez vos vestes.

Elle les mena au hangar par la porte arrière.

– Viens, Claudia, occupe-toé d'eux, pis tant qu'à y être, fais-leur corder un peu de bois.

– M'man, c'est vrai pour Jeanne ?

La mère ne répondit pas. Elle retourna à la cuisine où Donat reprenait ses esprits. Elle priait.

« Mon Dieu, faites que ça nous amène pas des fâcheries à en pus finir. » Le malaise se prolongeait dans un silence buté. La main de Donat restait soudée à la clenche de métal. L'homme faisait pitié à voir. Mais qu'attendait-il pour déguerpir ? La tournure qu'avait prise la discussion lui enlevait toute envie de parlementer. Pourtant il restait.

— Comme je suis icitte pour régler cette histoire-là, qu'on aboutisse une fois pour toutes.

À la fin, l'affaire se conclut entre deux portes, sans que Thomas n'eut à s'en mêler. L'oncle accepta de payer un droit de passage. Le prix était fixé à deux poules par année. Donat se retira sans saluer et sur le seuil de la porte, Jean-Baptiste lui cria :

— À la revoyure !

Il souriait en mâchouillant sa pipe. Justine, elle, se tracassait.

— Dans tout ça, c'est ma pauvre sœur qui va nous en vouloir. J'irai y parler.

— Fais ce que tu veux, mais ce serait pour rien. Malvina pense et agit comme Donat le décide pour elle.

— Elle va encore boire. Ça me fait mourir de la voir se détruire.

* * *

Chez les Landry, c'était le mari qui avait le contrôle sur tout. Donat parlait plus fort que sa femme et Malvina n'avait qu'à se taire et marcher droit. Elle l'avait appris à ses dépens les premières années de son mariage, la seule fois qu'elle avait essayé de lui tenir tête.

À sa visite paroissiale, le curé de ce temps-là, s'inquiétant qu'ils n'aient pas encore d'enfant, avait adressé ses reproches directement à la jeune Malvina. Selon lui, la femme était la seule responsable de tous les péchés du genre humain. Accablée par des accusations sans preuves, Malvina n'allait pas s'avouer coupable. Elle lui répondit : « Faut d'abord que le mari soit capable. » Les deux hommes figèrent dans un silence gênant. Donat, hors de lui, affectait un calme emprunté, mais Dieu sait si son orgueil en prenait un coup. Une froide et secrète colère couvait en lui. Le curé l'observait attentivement et éprouvait un tel malaise pour le pauvre mari qu'aussitôt il attaqua un autre sujet et, en moins de deux, il gagna la porte sans aucune excuse pour madame.

Le prêtre parti, Donat, rouge comme un coq, asséna un violent coup de poing sur la table qui fit sursauter la frêle Malvina. Il lui cria :

– T'es complètement folle !

– Ben quoi ! J'y ai juste dit la vérité.

– T'es rien qu'une maudite chienne !

Sa rage alimentée, Donat se rua sur sa femme comme un dément et se mit à la frapper des poings en pleine figure. Ses cris emplissaient la maison. Sous la force des coups, Malvina recula jusqu'à la porte dans l'intention de sortir, de fuir chez sa sœur, mais Donat devait deviner son manège ; il la saisit par un bras et la propulsa vers la chambre. Un tremblement incontrôlable secouait la pauvre femme et sous la violence redoublée, elle poussa un long gémissement, s'écroula sous le choc, certaine qu'il allait la tuer. La pauvre resta étendue par terre, à faire la morte. Donat, minable, se retira dans la berceuse, affligé, vidé, comme si c'était lui qui avait écopé.

Malvina attendait qu'il se retire à l'étable pour se réfugier chez les Lamarche. Donat sorti, elle rampa à plat ventre et tendit l'oreille, l'œil fixé sur la porte pour s'assurer qu'il n'était plus là. En route, elle essuyait le sang qui coulait de sa bouche et essayait de rajuster sa mâchoire. Elle ne faisait que revivre la scène. Les mots la blessaient tout autant que les coups. Elle voulait mourir. Au bout de quelques pas, elle s'aperçut qu'elle avait uriné dans ses souliers. « Si Justine me gardait, se dit-elle, je retournerai jamais plus à la maison ! Jamais ! » Par le passé, Donat avait été dur en paroles, mais de là à lever la main sur elle… « Peut-être que j'y suis allée un peu fort ? Tout est de ma faute. J'aurais dû supporter les attaques du curé sans dire un mot ; j'en serais pas morte. » Elle se sentait coupable, s'accusait. Comme elle approchait de chez les Lamarche, elle sentit une présence la talonner. Elle avait beau se presser, ses genoux fléchissaient. Elle regrettait d'avoir ralenti le pas. Elle aurait dû deviner que Donat la surveillait. Il l'empoigna. Elle le fixa, indignée et se permit toutes les grimaces. D'un reste d'agressivité, elle ramassa un caillou et le lui lança en pleine figure. Sidéré par cette contre-attaque inattendue, Donat la saisit brusquement par un bras et lui fit faire demi-tour. Il la suivit quelques pas derrière.

— Marche à la maison, Salope !

— Lâche-moé donc ! Tu me fais mal.

Les doigts rudes pétrissaient ses chairs. Ses genoux tremblaient et faiblissaient. Une contorsion involontaire tordait son visage. Vidée, elle n'en pouvait plus de se battre. Arrivé à la maison, il la tabassa de nouveau et menaçant, se remit à lui crier : « Petite merde » jusqu'à lui imprimer le nom dans la cervelle.

— C'est icitte que tu restes, rappelle-toé de ça.

Pis que je te voie aller ouvrir ta grande gueule dans la parenté.

Dès lors, l'idée de partir ne la quitta plus, elle resta sans courage, fort secouée, comme une région qu'un séisme a ravagée. Et elle ne trouva plus qu'une amie, la bouteille.

* * *

Seize ans plus tôt, Donat était sorti en pleine nuit, pour revenir quelques heures plus tard avec, dans les bras, une fille née le même jour. Malvina eut beau questionner et questionner, elle ne put savoir d'où venait l'enfant. Sitôt dans ses bras, elle s'en éprit tellement fort qu'elle ne vécut plus que pour la petite.

Dès lors, pour Jeanne, elle abandonna son projet de partir.

VI

Après le dîner, la grande cuisine retrouvait son calme. Justine charriait un seau ruisselant d'eau froide, plein à ras bord qu'elle versa dans une cuve juchée sur deux chaises.

— Thomas, y a une enveloppe pour toé sur la huche à pain. Je l'ai trouvée dans une poche de chemise. Tu devrais prendre garde ; j'ai failli la laver.

— Justement, je la cherchais. À peine le temps de déjeuner pis elle n'était plus là. Ça, ce serait un tour d'Azarie que ça me surprendrait pas.

Il flanqua la lettre dans sa poche et tenta de camoufler son malaise devant sa mère. Cette fois, il espérait en apprendre davantage sur la mystérieuse correspondante, souhaitant qu'elle dévoile enfin son identité. Il lança négligemment en ponctuant sa phrase d'un soupir :

— Encore une lettre anonyme ! Je sais ben pas de qui ça vient.

— Tu reçois une lettre, pis tu sais pas de qui elle vient ? C'est curieux ça. T'as sûrement une petite idée là-dessus ? Elle voyage pas dans les airs.

Thomas se sentait plus à l'aise d'avouer, toutefois, il lui semblait que la magie était déjà brisée.

— Presque ! Elle était dans notre missel.

En tout autre temps, Justine aurait crié gare. Elle en avait contre les filles qui couraient les garçons.

— Je pense que je sais de qui ça vient.

Les yeux de Thomas s'agrandirent. Il soupçonnait sa mère d'indiscrétion.

— Vous ? Vous l'avez lue ?

— Non, mais je suis pas aveugle. L'écriture est celle d'une fille, peut-être une des filles du notaire ? Madame Notaire m'a justement fait des éloges sur mes garçons, y a de ça quelque temps. Ça pourrait pas sous-entendre quelque chose du genre ?

Et elle jeta négligemment :

— Ajoute pas trop foi à ce que je dis. Tu sais, je peux me tromper.

— Ah ! Vous vous êtes jamais vantée de ça. Quelles sortes d'éloges ?

— Je me rappelle pas trop… que mes garçons sont bien élevés, je crois.

Elle hésita un peu, et le menton en l'air, elle avoua :

— Elle m'a dit comme ça, qu'elle aimerait avoir des garçons aussi beaux que les miens. Je me demande ben pourquoi je vous répète ça. C'est juste des plans pour vous rendre orgueilleux.

Thomas siffla un long trait et bomba le torse.

— Tout l'honneur nous revient. Je pensais pas que madame Notaire nous connaissait si ben. Quant à ses filles, c'est une autre histoire. Elles m'intéressent pas pantoute.

La voix de Justine s'adoucit pour incliner Thomas vers son choix. Son penchant pour la haute classe lui dictait ses paroles.

– Ces filles-là sont ben éduquées. Moé, ça me déplairait pas que mes garçons les fréquentent.

– Ben, pour ma part, vous allez être déçue. Celle de mon âge est trop précieuse. On dirait qu'elle marche sur des œufs! Ben, tout comme sa mère, d'ailleurs!

– Voyons donc! La petite brune est ravissante.

– Elle, elle est trop vieille pour moé. Elle a l'air d'une veuve inconsolable. Les deux autres sont trop jeunes! Et pis, j'en veux pas de ses filles, moé! Peut-être que Moïse, lui, serait intéressé?

Thomas soupçonnait un sourire aux lèvres de son frère. Ce serait nouveau. Depuis l'histoire de Jeanne, Moïse était absent d'esprit. Et avec Moïse maussade, la grande cuisine était devenue morne. Dix mois à détester l'oncle Donat jusqu'à en épuiser son moral. Toute la maisonnée avait beau respecter ses silences et sa froideur, la vie était devenue ennuyeuse sans les réparties vives et les taquineries des grands. Par contre, pour la première fois, aujourd'hui la figure de Moïse semblait s'animer, mais si peu. La cuisine, autrefois pleine de promesses et d'agrément, serait-elle sur le point de triompher?

Thomas monta à sa chambre et referma la porte sur lui. Le dos courbé sous la charpente, il chevaucha la petite chaise rouge et lit la missive. Tout en parcourant les lignes, il imaginait tour à tour les quatre filles du notaire Dufresne.

Saint-Jacques, 12 octobre 1863

Monsieur Thomas Lamarche

Votre réponse est arrivée juste à temps pour égayer les jours de pluie qui se sont abattus, tel un déluge, sur la paroisse.

Assise sur un tabouret, dans le plein jour de la fenêtre, j'entends l'eau qui dégouline sur les carreaux. Il ne passe personne sur la route ennuyante et c'est pareil dans la maison ; la cuisine est silencieuse. Quand je m'ennuie, je lis. Si je ne vous parle pas de mon ennui, je n'aurai pas grand chose à écrire. Aujourd'hui, ma méditation est brisée, puisque la plume, comme une amie, me tient compagnie.

Je vous suis reconnaissante de poursuivre notre correspondance. J'espère que votre messe de dimanche dernier a été plus fervente que prévu. J'y assistais et vous m'avez semblé d'une piété exemplaire. J'apprécierais que vous soyez moins secret en ce qui regarde votre emploi du temps et vos sorties. À remarquer votre élégance, on serait porté à croire que vous ne travaillez pas.

Vous avez une idée bien imparfaite de votre correspondante, pourtant vous me semblez un garçon perspicace. Pour me différencier de toutes les autres filles, j'accepte de jouer votre jeu et de vous fournir quelques indices. Je suis grande, un bon point pour vous. On me dit jolie, toutes les filles sont belles, deux points. Mes cheveux ne sont pas bruns ni mes yeux bleus. Vous perdez vos deux points, ce qui vous fait un total de zéro. Élève médiocre, vous auriez avantage à vous améliorer pour garder mon estime.

J'espère vous lire à nouveau. Dans l'attente, ma semaine n'en sera que plus agréable. Me permettez-vous de me prétendre une amie ?

Mademoiselle Clair-Obscur

Thomas sourit en repliant la feuille de papier. Le garçon n'arrivait pas à faire le lien entre les filles du notaire et la lettre. « Mes cheveux ne sont pas bruns ! » Si elle n'est pas brune, c'est qu'elle est blonde. Toutefois, il doutait de la sincérité des écrits. Qui d'autre qu'une Dufresne ? « Je les imaginais plutôt éteintes. Je répondrai pas », se dit-il. Thomas ressentait une petite déception.

* * *

Le jour pointait au-dessus de la sucrerie des Bastien et pâlissait les toits des granges. Moïse attendait, assis entre les pots de géraniums, que Justine avait installés aux extrémités des quatre marches. Le garçon semblait sortir d'une léthargie qui s'éternisait depuis dix longs mois. Et si Claudia se sacrifiait en acceptant de l'accompagner à la pêche, c'était un peu par sympathie. C'était surtout, par la même occasion, pour lui parler des garçons. Moïse lui avait déjà parlé de lui en présenter un, mais ce jour-là, Azarie avait dérangé leur conversation. Son frère avait retrouvé sa bonne humeur et c'était ce qui importait. Peut-être que la pêche le revigorait, ou encore, revoyait-il Jeanne en cachette ?

Moïse aperçut sa mère dans la fenêtre qui perçait le pan nord de la maison. Si l'idée la prenait de les rappeler... À voix basse, il pressa sa sœur :

— Hourra, Claudia ! Tu vas pas te mettre à traîner ? Pour une fois qu'on prend congé.

Pendant qu'elle recouvrait le panier de provisions, Moïse attachait les lignes à pêche pour en faciliter le transport. Claudia lisait le bonheur dans ses yeux. Le matin était tiède et les esprits légers comme l'air. Qu'il faisait bon pour Claudia de retrouver le Moïse d'autrefois ! Ils marchaient d'un bon pas. Et si le chemin s'étirait à n'en plus finir, c'était que Moïse tenait de vains propos. Claudia, ennuyée, n'arrivait pas à fixer la conversation sur les questions qui lui tenaient à cœur. Elle réfléchit un moment et aborda le sujet de la terre.

— T'as revu Jeanne ?

— Non !

— Dire que j'ai toujours pensé que t'hériterais du bien de mon oncle Donat, pis de sa belle jument blanche. Celui qui la mariera...

— J'ai fait une croix là-dessus, pis je veux pus qu'on en parle, t'entends ?

— Fais comme tu veux, mais tu laisses passer une belle chance de te tailler un avenir prometteur. Si j'étais toé, comme Jeanne est adoptée, je renoncerais pas si facilement.

En réponse, un silence pesant coupa net à son obsession de s'entretenir de Jeanne. Heureusement, Moïse en avait assez de se battre. Son pli amer ne récidivait plus au bas de ses joues.

– Des fois, quand je m'arrête à y penser, je me demande comment p'pa viendra à bout d'installer tous ses fils sur des fermes.

– Là-dessus, le père te dirait que le temps se charge d'arranger les choses.

Une abeille bourdonnait autour de sa tête. Claudia s'énerva et la chassa de la main. Plus la route avançait, plus le soleil prenait de la force. À la longue, la chaleur devenait insupportable. Déçue, Claudia cherchait un bon prétexte pour rebrousser chemin et, comme ses souliers la blessaient, elle les enleva en sautillant sur une jambe, puis sur l'autre. Après quelques pas, elle s'arrêta.

– Regarde l'ampoule sur mon talon, tu vois ben que je me plains pas pour rien.

– En effet ! Marche donc nu-pieds, tu sentiras rien.

– Je peux pas, le sable est brûlant. Je regrette ben gros d'être venue. J'aurais dû rester ben tranquille à la maison.

Moïse fronça les sourcils. Il avait beau essayer de la comprendre, sa sœur avait une façon bien à elle de raisonner.

– Tranquille ? Avec toute la maisonnée ? Tu blagues, Claudia. La pêche, ça, c'est la vraie paix. À la maison, quand cé que t'as le temps de paresser ou de t'amuser ?

– Tu sais ben qu'y a trop d'ouvrage. Marie-Anne commence ben à aider un peu, mais tu sais, à dix ans, quand faut tout y montrer, souvent c'est pas plus long de bâcler l'ouvrage soé-même.

– Bon, tu vois, t'as encore envie de rester enfermée à la maison. Décidément, je comprendrai jamais rien aux filles ! Je me demande ben pourquoi t'es venue !

– Pour te faire plaisir, pour jaser avec toé. C'est pas souvent que l'occasion se présente. Moé, j'ai personne à qui me confier, toé, c'est pas pareil, t'as toujours eu Thomas.

– Jaser… c'est pas ce qu'on fait ?

Claudia taisait le mot « confidences » qui mettrait son cœur à nu. Elle refoula ses pensées au fond de son âme, ce fond intime où personne ne descendait. Pourquoi ne pas faire plaisir à son frère ? Depuis quelques jours, Moïse, qui se complaisait dans son marasme, semblait reprendre intérêt à ce qui l'entourait. Au fond, son frère était comme elle, seul, sans amour. Il y avait peu de temps encore, il aurait refusé une partie de pêche en sa compagnie. Elle l'examinait de côté : ses fossettes se démarquaient à nouveau au coin des lèvres. Son idée persistait d'aborder le sujet des garçons, mais Moïse l'enverra-t-il au diable ? Comme la journée ne faisait que débuter, elle se plia à son caprice. Arrivé au pont du grand tronc, Moïse s'émerveilla.

– Regarde, Claudia, comme la campagne est belle ! D'icitte, on peut voir le verger des Gareau, la petite école, pis la route qui se déhanche comme une couleuvre.

« Hé ben ! Moïse va ben mieux », pensait Claudia.

– Bon ben, si tu trouves ça si beau, on ira pas plus loin. Tu vas pouvoir admirer le paysage à ton goût. Moé, chu au boutte. On va pêcher de sur le pont.

– Essaie de faire encore deux pas. En bas, on sera à l'ombre du gros saule, pis on aura peut-être plus de chance que ça morde. Tu sais, Claudia, t'es une sacrée bonne fille. Je te trouve ben fine d'être venue avec moé.

– Oui, mais là, tu vas me trouver moins fine, parce que je peux pus avancer, j'ai trop mal.

Il la souleva dans ses bras et, une vingtaine de perches plus loin, il la déposa sous le saule pleureur. Le temps de récupérer les souliers, les agrès de pêche et le panier de provisions, Moïse fit un saut jusqu'à elle. Sous le gros arbre, les branches retombaient et formaient un grand parasol. «Quelle fraîcheur!» Claudia se vautra dans l'herbe. «Moïse a raison, se dit-elle, le bonheur est vraiment là.» Tout s'accordait à le manifester : un calme sauvage, l'eau paresseuse qui coulait à peine, et par-dessus tout, les mots aimables de son frère. Elle reconnaissait que la promenade en valait le coup. L'idée des garçons monopolisait ses pensées. «Si je veux pas faire une vieille fille, y est grand temps que je prenne mon avenir en main. À l'heure du dîner, on va être ben tranquille pour en jaser.»

En contrebas, à l'ombre du pont, Moïse aperçut une jeune fille assise dans l'herbe, la ligne tendue.

– Bordel, une apparition! Si je la sifflais…

– Tu vas pas t'abaisser à ce point-là? En tout cas, moé, ça me déplairait qu'un garçon me siffle comme si j'étais un chien.

Moïse mit ses mains en porte-voix et s'écria :

– Oooohééé!

Claudia se redressa.

– Qui c'est?

– Je sais pas! On dirait une sirène.

Claudia aurait préféré que ce soit un garçon, mais dame chance n'était jamais de son côté.

La fille sautait sur ses pieds et s'approchait d'eux.

De plus près, Moïse reconnut le regard intelligent, les longs cils noirs et la pureté lisse du front. Il la regarda dans les yeux, avant d'engager la conversation.

— Ah ben, si c'est pas la petite Dufour! dit-il. C'est pas vrai! Excusez, mademoiselle Sophie! Y a des lunes qu'on vous a pas vue par icitte.

Moïse la revoyait toute petite, sur les bancs d'école, alors que ses pieds touchaient à peine le sol. Ses pommettes étaient plus saillantes. Son regard avait conservé quelque chose d'enfantin, peut-être sa naïveté d'autrefois? Depuis, la fillette avait profité; ses formes s'étaient arrondies. Moïse se demandait si elle était toujours aussi taquine.

— J'aurais jamais pensé vous rencontrer icitte, dit-il, vous avez ben changé!

— Je peux en dire autant de vous.

Claudia s'avança dans une attitude détachée.

«Ah ben, y manquait pus rien que ça!»

Elle s'informa:

— Moïse, ça mords-tu par là?

— Non pantoute!

Sophie ajouta:

— Si j'avais écouté p'pa, je pêcherais plus loin, à la Langue-de-Chatte. Y a dit que ça gigotait un peu plus par là, pis comme la bande de terre appartient à personne, que j'y serais plus à l'aise. Seulement… j'ai trop peur d'attraper l'herbe à puce. J'ai entendu dire que, plus y fait chaud, plus la plante transpire. M'man dit qu'on peut en mourir.

— Allons-y, proposa Moïse, je vais passer le premier pour fouler les grandes herbes.

Il trouvait Sophie toujours aussi vivante et à l'aise. Tout bas, il murmura à l'oreille de sa sœur :

— Comme tu veux pas aller plus loin, avec tes ampoules aux pieds, tu peux nous attendre icitte, ou ben si tu préfères retourner à la maison, fais comme tu l'entends.

Claudia s'étonnait. Son frère aurait-il des idées malsaines derrière la tête ?

— Pour l'amour du ciel, ressaisis-toé, Moïse Lamarche.

Malgré sa douleur, Claudia s'entêta à suivre Moïse et Sophie. Le garçon les devançait dans la végétation sauvage en piétinant le chiendent et les chardons. Les filles suivaient, jupes et jupons relevés, noués à la hauteur des genoux. Moïse se retourna. Il remarqua les fines chevilles et les longues jambes droites de la fille. Un doux désir l'envahit. La présence de sa sœur le dérangeait. Il se demandait comment s'en débarrasser.

— Claudia, va pêcher plus en haut, voir si ça bouge par là, et si ça mord, t'as qu'à nous lâcher un cri, on ira te retrouver.

Claudia ne se décidait pas à s'éloigner. La décence lui dictait de rester. Elle tenait de sa mère un goût immodéré pour le contrôle et la surveillance. De la tête, elle faisait signe que non. Elle avait vu l'instant d'avant la belle Sophie détacher sa longue crinière noire pour la laisser flotter sur ses épaules. « Une vraie Marie-Madeleine ! Pourquoi ce geste par une pareille chaleur, sinon pour charmer ? La Sophie Dufour, belle comme un ange, a-t-y besoin de faire le paon pour plaire ? »

Moïse était tellement intéressé par la fille qu'il en oubliait la pêche. Il s'assit à ses côtés, les bras croisés sur ses genoux relevés. Une brindille de millet pendait lâchement entre ses lèvres. D'un doigt incrédule, il toucha le coin de l'œil de la belle.

– Ces cils, je peux les toucher ?

Elle rit en renversant la tête.

– Oui !

– On dirait des pinceaux d'artistes !

Son rire fut accompagné d'un coup de tête de côté. Moïse reconnaissait le geste familier.

– Je me rappellerai toujours ma dernière année d'école. Quand je finissais mon travail avant les autres, la maîtresse me faisait enseigner aux plus jeunes. Je vous demandais de réciter la table de trois. Chaque fois, vous vous tanniez pis vous pleuriez.

Sophie sourit, amusée.

– Aujourd'hui, vous me feriez pus pleurer !

– Aujourd'hui, j'aimerais mieux vous faire rire.

Du bout de la langue, Moïse cracha le brin de mil à une distance respectable.

– Voyons ça ! Sophie Dufour, récitez-moé la table de trois !

– Je m'en rappelle pus, m'sieur Moïse.

Claudia écoutait, étrangère à leurs souvenirs et à leurs éclats de rire. Ces années-là, elle restait à la maison à aider sa mère. Elle se retira et s'assit un peu à l'écart, toutefois, elle ne les perdait pas de vue.

Claudia était surprise. À voir jaser, gesticuler, s'enflammer son frère, elle en déduisait qu'il avait bel et bien oublié Jeanne Landry. Elle les entendait, comme si leur voix venait de l'au-delà.

– Vous êtes la seule de toute l'école que j'ai perdue de vue.

– C'est que j'ai passé deux ans au Manitoba.

– Une grande voyageuse ! Qu'est-ce qui vous a ramenée dans la place ?

– Mon chez-nous, c'est icitte. Là-bas, c'est ma tante qui voulait pus me laisser partir. Je devais l'aider à la besogne ; huit enfants, c'est de l'ouvrage. Elle me chantait que j'étais le seul lien qui la raccrochait à sa sœur, mais par icitte mon père se tourmentait. Y disait à ma mère : « Tu vas voir, notre Sophie va s'amouracher d'un gars de l'Ouest pis on va la perdre pour de bon. » Ce que mon père savait pas, c'est que la vie par là est aussi plate que la plaine, sauf le dimanche au soir… Ah là, c'était pas pareil pantoute. Toutes les familles se réunissaient à la salle paroissiale pour chanter et danser au son de l'harmonica. On tapait du pied pis de la cuillère pour encourager la musique. Ça restera toujours un bon souvenir.

– À t'entendre, on croirait pas la vie si plate.

– Oui et non ! Le pire dans tout ça, c'était d'être éloignée des miens.

Moïse pensait. « J'haïrais pas ça la faire danser toute une veillée, mais je peux pas y dire ça devant Claudia. »

Claudia, qui n'avait jamais quitté son clocher, se trouvait simplette devant cette fille bien déterminée qui lui en mettait plein la vue, mais elle était résolue à ne pas le laisser voir. Elle s'approcha.

– T'es jeune, toé, t'as quel âge ?

– Seize ans !

– Pis tu vas retourner par là ?

— Non, fini l'exil pour moé !

À quelques pas d'eux, l'herbe frissonnait et excitait l'intérêt de Sophie. La jeune fille suivait le mouvement du chiendent, se pencha et ramassa un petit oiseau blessé qui battait de l'aile. Elle le souleva juste à hauteur de vue de Claudia.

— Regarde, c'est un martinet. Je me demande pourquoi y vole pas.

— Non ! C'est une hirondelle, objecte Claudia fermement.

— Les deux sont de la même famille.

— Ça veut rien dire, Moïse pis moé on est ben de la même famille pis on est pas pareil.

— On va pas s'obstiner sur un détail, ce serait trop bête.

— T'as pas à prendre ombrage. Moé, je disais ça juste de même.

Sophie se tourna vers Moïse et sans réfléchir, elle s'exclama :

— Vous savez que l'hirondelle est messagère de bonheur ?

— Même blessée ?

Le rose lui monta aux joues. Que voulait-il insinuer ? Il réussissait à la gêner. Elle baissa la tête. Claudia ne remarquait pas son trouble. Assise par terre, elle posait un ver à l'hameçon.

— Bon ! Asteure, si on lançait nos lignes à l'eau ?

Moïse se perdait en contemplation. Sophie lui sourit. Ses longs cils en éventail battaient ses joues. Une robe en toile indienne épousait le corps fragile et soulignait la taille fine. Elle était adorable. Moïse cherchait par tous les moyens à la toucher. Si au moins, il pouvait prendre sa main ; une main délicate, qu'on aurait dit faite pour la caresse. Mais sa sœur était toujours là avec des yeux tout le tour de la tête, prenant au sérieux son rôle de chaperon. Au loin, quelqu'un appelait.

– Sophie !

– C'est ma sœur Éva qui me cherche. Je rentre.

VII

Au banc numéro vingt-six, Pierrine ouvrit le missel.
«Rien!» Ses doigts s'empêtraient à vouloir aller trop vite.
«C'est sans doute l'excitation, se dit-elle, j'ai jamais su
aller vite.» Elle feuilleta les minces pages de papier de
soie puis, secoua sans respect le livre pieux. Toujours rien.
Sa bouche se contractait prête à pleurer. Elle se désolait.
«Six mois! C'est pas possible! Thomas aurait-il une autre
fille en tête?» Désolée, elle ne savait plus à quel saint se
vouer. «Qu'est-ce que je peux avoir dit de trop sur ma
dernière lettre? Il doit m'avoir trouvée plate, ou peut-être
trop osée?» Elle reprit de plus belle une fouille tout aussi
décevante et, au bord des larmes, elle monta s'asseoir au
jubé, le coin le plus sombre de l'église, pour assimiler sa
déception.

Elle ne comprenait rien, pourtant elle n'était pas prête
à renoncer. Sa tête refusait toute logique. Les hésitations
la reprenaient, sauf que cette fois elle comptait tenir un
droit acquis par devers la première lettre. Au retour, elle
la relirait et l'éplucherait mot à mot cette fois, en gardant
en vue une malheureuse fin. Tous ces mois passés à rêver
au grand Thomas Lamarche n'avaient réussi qu'à
alimenter sa passion. Et si elle lui écrivait de nouveau?

« Non, se dit-elle, je passerais pour une sangsue. Y a sûrement d'autres moyens. Si Thomas veut cesser qu'il me le fasse savoir lui-même, alors seulement j'en ferai mon deuil. » Ennuyée, elle retourna chez elle et s'abandonna au travail de maison en cachant sa déception. Si au moins elle avait quelqu'un à qui se confier. Le lendemain, sa mère devait aller chez sa grand-mère avec les enfants, ce serait la belle occasion d'inviter Poucette et de lui demander conseil. Après tout, c'était elle qui l'avait entraînée dans cette aventure. Pierrine gribouilla un bout de papier qu'elle confia à son frère.

— Va chez ma tante Joséphine et donne ça à Poucette. Pis amuse-toé pas. Je veux que tu me ramènes une réponse.

Poucette accepta l'invitation, mais le lendemain, elle se trouva dans l'impossibilité de se rendre chez les Blouin.

Pierrine l'attendait et se désespérait de ce qu'elle croyait être un retard. Agacée que rien ne fonctionne à son avantage, elle déposa une assiette devant son père et s'assit en face de lui.

Pendant ce temps à la forge, le fourneau à soufflerie était en action. La chaleur intense rendait l'air suffocant et seul un feu ardent éclairait la pièce enfumée. Une odeur de charbon se mêlait à un relent fétide laissé par les chevaux.

La porte de la forge, retenue par un ressort, claqua derrière le grand Thomas Lamarche. Le garçon cria :

— Y a personne ?

D'un coup d'œil rapide, le garçon cherchait un passage qui le mènerait à quelqu'un quand de la pénombre surgit une fille rousse comme le feu. Son épaisse crinière coupée au bas de l'oreille à la manière d'un balai bougeait au gré du moindre mouvement de sa tête. Quelques taches de rousseur poivraient le haut de ses joues. Ses lèvres généreuses trahissaient une moue boudeuse.

Pierrine rougit ; elle avait l'impression que l'histoire des lettres était gravée sur son visage. « Je vais passer pour une gourde », se dit-elle. Dans un recoin de son âme, une petite étincelle n'en finissait plus de s'éteindre. Elle se donna une contenance pour paraître calme.

– Vous cherchez quelqu'un ?

– Oui, le forgeron. C'est vous ?

Un rire cristallin laissa voir deux rangées de belles dents lustrées. Pierrine, lente de nature, marqua une pause.

– Non ! Je suis sa fille.

– Je viens faire changer les jantes de roues du tombereau, dit-il.

– Vous devrez attendre un peu. Mon père est en train de manger. Y traversera à la forge dans quelques minutes.

Elle étirait le temps, s'occupait à ramasser des papiers froissés qui traînaient sur un secrétaire poussiéreux et, secrètement, elle faisait travailler ses méninges pour trouver un moyen de le retenir. Le garçon la toisait avec insistance. Il mesurait son âge par la courbe de ses seins qui gonflaient son chemisier : « Elle doit ben avoir seize ans. »

– Pensez-vous que je ferais mieux de rentrer le tombereau ?

– C'est à mon père qu'y faut demander ça. Passez à la cuisine, y vous le dira lui-même.

– C'est que…

— Vous avez pas à faire tant de manières ; icitte tout le monde qui vient à la forge se ramasse à la cuisine. Si vous voyiez ça le dimanche, la maison est ben pleine comme si toute la paroisse s'était donné le mot.

— Sauf moé. Dommage ! Je savais pas qu'y avait une si belle fille !

Elle rougit de nouveau. Au même moment, un inconnu, un monsieur respectable, entra et s'adressa à Thomas.

— Ma jument a perdu un fer. Si vous pouviez le remplacer tout de suite.

— C'est pas moé le forgeron ! C'est son père.

— Dites à votre père que s'il n'a pas le temps tout de suite, je file. Je trouverai bien un autre forgeron sur ma route.

Debout dans l'encadrement de la porte, monsieur Blouin l'entendit. Un tablier en cuir noirci pendait mollement à sa taille. Comme sa fille, il détestait se faire pousser dans le dos.

— Personne encore est venu à boutte de me faire courir. Ce garçon est arrivé avant vous.

L'étranger se dirigea vers la sortie.

— C'est que je peux pas me permettre de traîner, j'ai encore des malades à visiter. Merci quand même !

— Attendez ! Vous êtes docteur ? C'est une autre histoire. Vous venez de loin ?

— Du Portage !

— C'est pas à la porte, ça ! Vous savez m'sieur, j'ai pas l'habitude de sauter les tours, mais pour un docteur c'est autre chose. Je suis ben conscient qu'un retard de ma part pourrait causer la mort d'un humain.

Le forgeron se tourna vers Thomas.

– Batissette! Ça te dérange si je passe quelqu'un avant toé?

– Non, tant qu'à moé, j'ai tout mon temps, mais y fait bougrement chaud ici-dedans.

– C'est pour ça qu'icitte tout le monde se ramasse à la cuisine. Va demander à Pierrine de te donner un verre d'eau froide. Ça te fera patienter.

– Pierrine! C'est la rouquine?

– C'est ma fille, pis va surtout pas l'insulter en la traitant de rouquine!

– Craignez pas!

Décidément, c'était son jour de chance. Il serait bien fou de refuser l'occasion de mieux connaître la fille. Elle l'intriguait avec son petit air indépendant. La porte de cuisine était restée grande ouverte. Thomas y jeta un œil. La fille était seule au beau milieu de la pièce. Le garçon frappa légèrement sur le chambranle et étira le cou.

– Un quêteux, mam'zelle Pierrine, mais c'est votre père qui me réduit à ce métier. Y prétend que vous me ferez la charité d'un verre d'eau.

– Avancez, restez pas planté comme ça dans la boîte de porte.

Autant la forge était pêle-mêle, autant la cuisine était rangée. L'immense pièce était meublée d'une armoire jaune à deux battants et d'une longue table en érable massif. Une douzaine de chaises dépareillées faisaient la file le long du mur et, tout au fond de la pièce, entre deux fenêtres, un gros poêle en fonte trônait à la place d'honneur. Sur le qui-vive, Pierrine essayait de garder la tête froide. Pourquoi Thomas n'avait-il pas donné suite à ses lettres ? Et s'il savait qui elle était ? Poucette aurait-elle parlé ? Après avoir été laissée pour compte une fois, elle usa de prudence. Elle trouvait le garçon drôle et ses réparties vives la mettaient à l'aise.

— Vous vivez tout seule icitte avec votre père ?

— Vous trouvez ça curieux de trouver la cuisine tranquille de même en plein jour, hein ? Icitte, on est douze enfants. M'man a amené les autres en promenade chez mémère. Moé, je reste pour m'occuper de p'pa. Faut ben que quelqu'un y fasse à manger.

Elle jugeait bon de jouer l'innocente.

— C'est quoi votre nom, m'sieur le quêteux ?

— Thomas Lamarche, mais par chez nous tout le monde nous appelle les Batissette ! J'haïs assez ça !

Pierrine admirait ses cheveux propres.

— Vous êtes de par icitte ?

— Oui, du bas du ruisseau Vacher !

L'envie de rire la prit. Les gens du bas du ruisseau, on les appelait les mangeux de patates.

— Ah bon ! Et chez vous, la famille est grande ?

— Huit enfants, pis en plus on garde l'oncle Fabien. Lui, y est aveugle.

À le voir à la dérobée, Pierrine n'avait pas remarqué que ses yeux bleus brillaient d'un tel éclat.

— Vous m'en contez pas, là ? Vous avez pas l'air d'un vrai fermier pantoute !

— Je serai jamais un vrai fermier ! Je veux faire autre chose de plus agréable.

— Ah oui ? Comme quoi ?

– Si je vous le disais, vous ririez! Vous me ferez pas parler.

Il la trouvait aimable. Son air de lambine lui conférait une certaine sagesse. Elle était là, tout près, qui déposait une chope d'étain devant lui. L'eau était si froide que des larmes ruisselaient tout autour du gobelet. «La belle occasion», se dit-il. Il tourna la fille vers lui en douceur, glissa son bras autour de sa taille et l'embrassa sur la bouche. À partir de ce moment, ils ne parlèrent plus. Pierrine se retenait de fermer les yeux pour mieux retenir ses émotions. Elle essayait de paraître calme, mais son cœur s'agitait et chaque battement produisait une secousse dans ses veines. Quelque chose l'empêchait de le repousser, de lui dire qu'il ne manquait pas de toupet, quelque chose de très doux qui semait la confusion dans son âme.

Thomas brisa le silence.

– Une belle fille comme vous, ça doit avoir un ami de cœur?

Un trouble mêlé de désirs et de craintes lui nouait la gorge. Elle fit signe que non. Les bras solides tenaient toujours sa taille fine. Elle le trouvait osé et tendre à la fois. Un afflux de sang lui monta au visage et elle rougit comme au moindre émoi. Elle pensa à la lettre et tenta de reculer, mais Thomas la retint plus fermement.

– Si vous voulez, on pourrait se revoir. Peut-être dimanche?

– Vous avez ben beau.

Il l'embrassa de nouveau, avec fougue, comme si la première fois lui avait donné un goût de revenez-y.

Il lui dit gentiment :

– Comme ça, tu te souviendras mieux de moé.

À l'instant même, monsieur Blouin entrait dans la pièce et surprit le sans-gêne du garçon. Il cria :

– Batissette !

Thomas sursauta et recula d'un pas.

– Mon nom, c'est Lamarche, dit-il.

Pierrine disparut aussitôt dans l'escalier. Elle choisit de se cacher pour reprendre son aplomb et assimiler, seule, son bonheur. Les battements désor-donnés de son cœur ne parvenaient pas à se calmer, pourtant, une ombre planait et se mêlait de la rendre soucieuse. Elle craignait les représailles. Elle avait honte d'avoir été surprise en plein émoi, d'avoir affi-ché ses sentiments. Maintenant, son père devait se douter qu'elle l'aimait et ça la gênait énormément. Pourtant elle ne regrettait rien. Elle se sentait prête à recommencer sur le champ.

Elle sourit pour elle seule, surprise de la réplique audacieuse de Thomas ; lui qui avait l'air si réservé. Elle en connaissait peu qui auraient autant de cran. Mais pourquoi avait-elle filé comme ça, et laissé Thomas seul avec son père dans la cuisine ? Qu'allait-il penser d'elle ?

La voix du forgeron s'adoucissait.

– T'as ben trop attendu, le bois des roues est tout magané. Suis-moé, pis rentre ton tombereau en dedans.

Dans la fonderie, le forgeron avait l'air d'un docteur qui mettait le doigt sur un bobo. Il lui tendit un outil.

– Tiens, tant qu'à y être, dévisse les jantes de fer, pour ce qui en reste, comme ça le travail sera bâclé plus vite.

Devant le fourneau d'affinage, le maréchal-ferrant était silencieux. Sa fille, sa grande, éveillait déjà l'attention des garçons. Le père frappa sur l'enclume. Les étincelles volaient. Il frappa à nouveau, frappa et frappa. «Un Batissette… se dit-il. À la réflexion, ce garçon me déplaît pas.»

* * *

Seule dans le silence de sa chambre, Pierrine se remettait lentement de ses émotions. Elle avait peine à croire que le beau Thomas était venu de lui-même la surprendre chez elle, dans sa propre cuisine. Ça tenait du miracle. Pierrine en déduisait que si le garçon l'avait embrassée, c'était qu'il la trouvait charmante. «C'est Poucette qui me croira pas.» Mais que faisait-elle en haut quand Thomas était toujours là? Le mal de le revoir la reprit. Elle descendit. La réserve lui dictait de ne pas se montrer à la forge tant que Thomas serait là. Elle fit mine de s'affairer dans la cuisine et tourna en rond, pour finalement sortir les cartes pour une patience qui dura jusqu'au départ du garçon. Alors seulement, elle rejoignit son père.

– P'pa, j'aimerais aller faire un tour chez Poucette. Juste pour une heure ou deux, je peux?

L'homme détacha son tablier de cuir.

– Tiens, en passant chez le cordonnier, dis-y de le recoudre pis arrange-toé pour me le rapporter sur le même voyage.

* * *

Arrivée chez Poucette, Pierrine la retrouva seule avec son frère. La mère avait dû s'absenter pour une visite impromptue chez le médecin. Les filles coururent à la balançoire où Pierrine se confia à sa cousine. Poucette se réjouit pour elle.

— Bon, enfin! Chus ben contente pour toé. Tu me fais pas des accroires là, hein?

— Non, non! Si je te le dis, c'est que c'est vrai. Y m'a même pris par la taille.

Une certaine retenue l'empêchait de lui dire qu'il l'avait embrassée.

— Bon! Tu vois, tu t'en faisais pour rien. Vous étiez dus pour vous rencontrer, vous deux. Y as-tu parlé des lettres?

— Es-tu folle? J'oserais jamais.

— Si je me retenais pas, je parlerais moé itou, mais pour le moment, j'aime mieux me taire.

— Taire quoi?

— Je brûle tellement d'en parler! Disons que, par les bons soirs, quelqu'un vient me voir au salon.

— Au salon! T'es sérieuse? Parle donc, asteure que t'as commencé.

— Tu vas rire de moé.

— T'es folle? Hourra, Poucette, parle! Je veux tout savoir.

— C'est Clément! Clément Laurin. Je sais que tu l'aimes pas.

Pierrine se calma. Pendant un moment, elle avait pensé qu'il pouvait s'agir du frère aîné de Thomas.

— Ben non, Poucette! Va pas imaginer ça.

— Tu l'as déjà envoyé promener. Je m'en rappelle.

— Disons plutôt que j'étais déjà intéressée ailleurs. Clément est arrivé deuxième, c'est tout. C'est ta chance que ce soit arrivé de même. Clément, c'est un bon parti, bon vivant pis ben travaillant avec ça. C'est merveilleux d'être en amour toutes les deux, Poucette! Raconte-moé comment c'est arrivé.

— Ben, simplement. Clément est venu chez nous un dimanche après le souper, jaser sur le perron. Comme y avait l'air d'être là pour un bon boutte, j'y ai sorti une chaise pis y a passé la veillée avec moé. Par la suite, y est revenu tous les dimanches.

L'entretien se prolongea jusqu'à en oublier l'heure. Et, à chaque bascule, la balançoire, de ses vieux montants cramponnés aux tenons, étirait des soupirs de crincrin pour deux bonheurs tout neufs.

VIII

La lune était déjà haute dans le ciel et Moïse n'arrivait pas à trouver le sommeil. Le souvenir de Sophie se faisait de plus en plus présent. Sophie en robe de lin, rôdait autour de son lit comme un ange gardien. Sophie et sa main fragile qui tenait l'hirondelle! Il aurait voulu la connaître davantage.

«Pourquoi, pensait Moïse, faut-il que le souvenir de cette fille aux grands yeux me suive sans cesse? Qu'est-ce qu'elle vient faire dans ma tête sinon me mêler?» Il repoussait la pensée de Sophie, comme si elle pouvait lui occasionner des ennuis, comme Jeanne, l'année précédente, mais Sophie revenait le hanter, de plus belle. Est-ce qu'elle aussi se préoccupait de lui? Il se roula sur le dos et essaya de se convaincre. «Je peux vivre sans amour; les filles ne sont pas l'unique but de ma vie.» Moïse n'était pas maître de ses pensées. La frimousse ronde le suivait tout le jour. Et la mélancolie affligeait ses nuits. Cette façon qu'avait Sophie de pencher la tête de côté lui donnait un petit air sucré. Elle était assurément la plus belle créature du canton. Elle était en train de le rendre fou. Lentement, il tourna le dos à son frère comme si le fait de rouler pouvait la lui faire oublier. «Dimanche, se dit-il, j'irai la voir au salon. Après tout, on peut pas empêcher un cœur de battre ! »

Sur son côté de lit, Thomas ronflait. Moïse n'entendait aucun autre bruit dans la maison. Il se leva en douceur et se rendit à la chambre de Fabien où dormaient Azarie et Amédée. Il secoua l'épaule de l'aveugle et tira son poignet pour le forcer à le suivre dans l'escalier. Les deux hommes descendirent à la cuisine à la belle noirceur. Ce besoin qu'avait Moïse de se confier à chaque nouvelle émotion retombait toujours sur Fabien. À lui, Moïse pouvait tout dire. L'aveugle, discret comme un confesseur, savait écouter. Personne ne connaissait les cœurs des petits Lamarche aussi bien que lui et personne en dehors des parents ne les aimait autant. Fabien éprouvait une grande satisfaction à se rendre indispensable au service de ce qu'il y avait de plus beau, de plus noble : partager l'amour ou soulager la souffrance des siens. Pourtant, il parlait peu. Il se contentait d'être là.

* * *

Moïse s'enfonça jusqu'au cou dans une cuvette d'eau savonneuse. Il lava ses cheveux et revêtit son habit du dimanche. Il sifflait comme un merle en traversant la cuisine. Sa mère lui avait défendu cent fois de siffler dans la maison, mais Moïse n'obéissait plus. Il se présenta devant elle et lui tendit sa cravate défaite, sans ressentir le besoin de parler.

Elle releva son col empesé, forma un beau nœud régulier et rabattit le collet dur. Puis elle laissa tomber ses mains et le regarda mieux.

– Où tu t'en vas comme ça, habillé sur ton trente-sept?

Il souriait. Elle s'en doutait un peu.

Debout dans la voiture à un siège, Moïse commanda Galopin. La bête, fraîchement étrillée, s'élança aussitôt jusqu'à la dernière ferme qui reliait la campagne au village. Il frappa. Une voix enjouée répondit.

– Entre, Batissette! Icitte, la porte est jamais barrée.

En dedans, une odeur de grillades de lard, un restant de souper, emplissait l'air. Cinq paires d'yeux se braquaient sur lui. Moïse ne voyait pas Sophie. Le maître de la maison secoua lentement sa pipe de plâtre sur le rebord du cendrier de cuivre, la remit entre ses dents et se leva.

– Ôte une pelure pis tire-toé une chaise. Gêne-toé pas! Fais comme chez vous.

En parlant, il lui approchait la berceuse. Moïse était déçu. Sophie absente, il hésitait entre causer un peu et partir.

– Non, dérangez rien pour moé. J'étais venu pour voir Sophie, mais comme elle est pas icitte …

L'homme éclata de rire.

– Ben passe donc à côté. Elle est déjà là!

En entrant au salon, une surprise désagréable attendait Moïse. Le grand Siffroie Bérubé était assis à la droite de Sophie. À la vue d'un rival, la figure de Moïse s'allongea de dépit. «Monsieur Dufour pouvait ben rire», se dit-il. Il demanda la permission à Sophie de s'asseoir. D'un geste de la main, elle lui désigna la chaise d'en face. Moïse ne voulait pas passer deuxième. « Sophie est trop belle et trop intelligente pour ce pauvre type à l'air benêt. En plus d'avoir les oreilles aussi grandes que les mains, Bérubé traîne sur lui l'odeur des bêtes. » Moïse se ressaisit. Tout en exagérant mentalement les défauts de son rival, il tira sa chaise à gauche de Sophie et s'assied à son côté. À force de parler sans arrêt, il obligeait Sophie à tourner le dos à Bérubé. Il poussa même jusqu'à souligner leur rencontre à la Langue-de-Chatte, histoire de se donner un droit sur son rival et lui prouver qu'il était arrivé le premier dans la vie de Sophie. La jeune fille restait polie avec chacun. Mais Siffroie se sentait menacé, laissé pour compte. Il osa prendre la main de Sophie, Moïse lui en voulut. Il n'allait pas lui laisser cet avantage, il prit l'autre. Ils agissaient comme deux enfants qui se disputent un même jouet. Sophie se sentait ridicule. N'avait-elle pas l'air d'une cruche à deux anses ? Elle retira ses mains. Toutefois, en son for intérieur, elle s'amusait de voir Moïse entrer en compétition avec Siffroie. Elle pouvait bien s'en flatter, elle était la seule qui savait de quel côté son cœur penchait. Moïse avait la ferme intention de partir le dernier. L'heure avançait. Les enfants montèrent. La cuisine tomba calme. Monsieur Dufour remonta la sonnerie de l'horloge et sa femme s'affairait comme si elle allait se coucher. Elle toussa. Comme Bérubé ne bougeait pas, Moïse se leva le premier. Sophie le reconduisit à la porte. Elle parlait bas.

— Je savais pas qu'y viendrait, pas plus que vous d'ailleurs. Je regrette pour la soirée.

Moïse secoua le délicat menton.

– À dimanche prochain! Arrangez-vous pour qu'on soit seuls.

Au sourire illuminé de Sophie, Moïse comprit qu'elle l'attendrait.

Au retour, il marchait lentement et essayait de s'expliquer l'attirance que Sophie avait sur lui. Il se croyait peu sentimental; lui qui s'était toujours moqué des regards attendris en était presque là.

* * *

Thomas fréquentait Pierrine. Les jours de pluie, ils veillaient au salon et dès qu'il faisait beau les amoureux étiraient de longues promenades à pied.

Lors d'une de ces balades, Thomas entraîna Pierrine derrière l'église et là, assis à l'ombre des cerisiers, il caressa ses cheveux et l'embrassa passionnément. Les baisers répétés les conduisirent à un apprentissage de la sexualité. Thomas le sensuel, le sentimental, lui expliqua la différence entre les garçons et les filles. Et les mots attisant le désir, les étreintes succédèrent aux caresses tendres pour amener Thomas à prendre Pierrine tout entière.

Pierrine, passionnée, palpitante, ne le repoussait pas. La petite fille réfléchie devenait brûlante, sensuelle, charnelle jusqu'à lui prouver son amour. Depuis, tous les dimanches quand le temps était au beau, ils retournaient en pèlerinage derrière l'église. Chaque fois, les parents les croyaient chez Marguerite. Si son père avait su, lui qui faisait plier le fer…

* * *

Ce jour-là, chez les Lamarche, Jean-Baptiste observait sa femme. Elle se pressait, frottait et récurait comme lors de la visite paroissiale.

– Claudia a vingt ans aujourd'hui. N'oublie pas de lui souhaiter bonne fête. Si j'invitais un peu de monde pour l'occasion, qu'est-cé que t'en dirais ?

Jean-Baptiste n'en fit pas de cas ni ne répondit. C'était à croire qu'il n'y portait aucun intérêt. Au fond, il savait que Justine agirait tout comme s'il avait dit oui parce qu'il n'avait pas dit non.

Le soir, la maison se remplit de cousins, voisins et amis. C'était la première fois que Pierrine rencontrait les parents de Thomas. Elle était gênée de toutes ces présentations. Le père surtout la mettait mal à l'aise. Elle lui trouvait un air froid, indifférent. Heureusement, sa mère était accueillante. Ça l'arrangeait qu'il y ait beaucoup de monde ; elle n'aurait pas su quoi leur dire.

Le curé entra. Il s'était déplacé spécialement pour bénir Claudia. Assis confortablement dans la berceuse, il conversait avec Moïse. Il y avait aussi deux violoneux qui faisaient vibrer la cuisine d'airs connus.

Mireault s'exclama :

– Azarie pis Amédée, poussez-nous donc une petite chanson.

Les gamins ne se firent pas prier. Ils s'avancèrent au milieu de la place et se mirent à taper du pied, en faisant claquer les doigts en l'air et, en présence de l'abbé Riopel, ils chantaient *Le curé de Terrebonne* en se donnant la réplique.

Mon père je m'accuse d'embrasser les hommes.

Ma fille pour ce péché, faut aller à Rome.

À Rome j'irai, mais faut amener un homme.

Quand on va à Rome, ma fille, on n'amène personne.

Embrasse-moi cinq ou six fois ma fille

Et le péché je te pardonne.

Offensée, Justine serra les lèvres.

– Vous deux, avec vos chansons de bêtises, vous devriez avoir honte. Montez vous coucher!

Les garçons regardèrent leur père, qui ne disait rien, et n'obéirent pas. Le curé se retira discrètement.

Ce vingtième anniversaire de naissance, sans l'ombre d'un prétendant à l'horizon, rendait Claudia amère. Elle regardait, envieuse, les couples s'avancer. Thomas prit sa main et l'entraîna au beau milieu de la place pour un set carré. Elle rit pour endormir sa mélancolie. Si Thomas s'occupait d'elle, était-ce pour lui faire plaisir ou si c'était que Pierrine refusait de danser?

– Ta Pierrine, c'est-y la gêne qui lui cloue le bec?

– Peut-être! Elle connaît personne. Tu l'aimeras quand tu la connaîtras mieux.

– Elle va m'en vouloir de lui prendre son prétendant.

– Non! La danse, ça l'étourdit.

C'était bien ce que pensait Claudia; elle n'était qu'un bouche-trou. Elle suivit Thomas dans le groupe de danseurs. À la fin, en sueur, exténuée de tourner, elle s'assit. La musique se tut. Quatre couples s'avancèrent et formèrent un autre set. Sophie, au centre de la pièce, saupoudrait le plancher de soude pour le rendre glissant. Elle et Moïse ne manquaient pas une danse. Les ménétriers, la joue couchée sur leur violon, faisaient trembler l'archet. Claudia regardait les amoureux s'étourdir. Toute cette griserie autour d'elle. Les jeunes étaient beaux et rayonnants de bonheur. Sophie était pleine d'entrain. Et tout le monde swinguait. Dans le coude de l'escalier, Pierrine avait trouvé un coin discret pour se serrer contre Thomas. Claudia enviait Thomas et Moïse qui étaient en amour par-dessus la tête. La joie qu'elle lisait dans leurs yeux la rendait malade de jalousie. Elle ne pouvait supporter le bonheur des autres. Elle cherchait à faire bonne figure, à cacher son amertume et elle s'efforçait de dire un mot à chaque invité. Toutefois, ses sentiments n'échappaient pas à Fabien qui à cause de son handicap savait déceler, plus que tout autre, ce qui se passait dans les cœurs. Il percevait dans sa voix que la jeune femme était troublée. Claudia sortit prendre l'air sur le perron. Qui remarquerait l'absence d'une fille nulle, laide et rejetée ? Elle n'était personne. Fabien reconnut les pas qui quittaient la pièce.

* * *

Appuyée dos à la balustrade de la galerie, Claudia pouvait voir circuler les invités à travers la fenêtre qui donnait sur la cuisine. Un sentiment de tristesse l'étouffait. Une brise légère courait sur sa chair. Claudia ressemblait au vent, à rien. Son amertume grandissait. Ses frères, eux, avaient tout sans effort. Il leur suffisait d'un regard pour que les filles leur tombent dans les bras. Au bout de la maison, l'eau du ruisseau clapotait, vague comme les ondulations de sa vie. Une bouffée de rires lui parvint de la fenêtre de la cuisine. Sourde aux coups de canne de Fabien, Claudia s'en prenait à l'injustice du sort et ravalait péniblement. Dans son abattement total, elle sentit la brève chaleur d'une main sur son épaule. Elle se retourna.

– Mon oncle !

Elle se jeta dans ses bras.

– Voulez-vous me dire pourquoi je suis sur la terre si c'est juste pour souffrir ? Pourquoi tout ce bonheur qui rôde autour et si peu pour moé ? Je suis seule, toujours seule, une vieille fille, une bonne à rien, un torchon. Personne m'aime. Les autres ont le droit de rêver et d'aimer, eux.

Fabien l'écoutait et la laissait aller jusqu'au bout. Il ne faisait que l'écouter. Personne ne pouvait la comprendre mieux que lui, et elle le savait, sans qu'il n'ait besoin de parler.

Elle essuya ses larmes et réalisa que Fabien aurait les mêmes raisons de se lamenter. Lui aussi devait avoir connu des sentiments semblables envers ses frères et sœurs : jalousie, solitude, amertume. S'il était un vieux garçon, c'était par la force des choses. Et jamais il ne se plaignait. Il ne vivait que de petits bonheurs grappillés ici et là.

– Je peux rien pour toé, Claudia, mais quand t'auras envie de jaser, je serai là !

En dedans, la musique avait cessé. Fabien entraîna sa nièce à la cuisine où Justine se préparait à servir le gâteau.

— Tâche de faire bonne figure ! J'entends ta mère qui se démène pour toé.

* * *

Entre chien et loup, Moïse et Thomas reconduisirent les filles chez elles. Ils étaient six dans la voiture à deux sièges. Claudia et la sœur cadette de Pierrine chaperonnaient. C'était à cette condition seulement que les mères avaient consenti à laisser sortir leurs filles. Tout au long du trajet, les jeunes chantaient à tue-tête. Ils arrivèrent chez les Blouin à la brunante. Moïse s'enfonçait à cœur joie dans une mauvaise pensée. Il laissa descendre tout le monde et retint Sophie par un bras.

— Pour te ramener chez vous, on n'a pas besoin des autres.

Sans laisser à Sophie le temps de répondre, il commanda Galopin, en faisant claquer les guides sur sa croupe. Il se retourna et cria à ceux qu'il laissait sur la chaussée.

— Attendez-moé icitte ! Je reviens vous chercher dans deux minutes !

Thomas protestait et cherchait à le retenir, mais Moïse, perfide, s'éloignait, insensible aux appels de quiconque oserait se mettre en travers de ses intentions. Il enroula les rênes autour du fouet planté devant lui, abandonnant ainsi tout contrôle au cheval. Il attira Sophie à lui, prit sa tête dans ses mains et l'embrassa à pleine bouche, à la façon défendue par le curé. L'étreinte la faisait frémir et trahissait sa sensibilité. L'émotion ne dura qu'un instant. Sa sagesse prit le dessus. À contrecœur, Sophie le modéra.

— Arrête, Moïse! Ça va faire jaser.

— Y fait noir, personne peut nous voir.

Ils continuèrent leur route serrés l'un contre l'autre. Sophie ne pouvait être plus proche et pourtant si elle l'avait pu, elle se serait faite encore plus petite jusqu'à se fondre en lui! La tête enfouie dans sa chemise, elle écoutait ses battements de cœur. Il la berçait doucement. Son Moïse était solide comme le roc, inébranlable. Elle leva les paupières et ne vit que son menton qui cachait le reste de sa figure. Sa main se posa sur le cœur de Moïse. C'était la première fois qu'elle se retrouvait seule avec lui et elle voulait savourer chaque minute, chaque instant. Arrivé à la fourche des quatre chemins, Moïse se pencha en avant et tira la rêne gauche. La voiture emprunta un détour. Désorientée, Sophie interrogea Moïse du regard. Elle n'avait pas prévu que la promenade prendrait une telle envergure. Il lui sourit de toutes ses fossettes. Un peu plus loin, à la roche fêlée, le garçon redressa la tête et, sans toucher les rênes, il cria à Galopin.

— Hue!

L'attelage emprunta le chemin croche et suivit le sentier plein de nœuds et de coudes pour pénétrer en plein cœur de la forêt. Moïse tira les guides. Une odeur de gomme d'épinette embaumait le sous-bois. Sophie ferma les yeux et étira de longues respirations.

— Ça sent le sapin de Noël, tu trouves pas?

Sur une percée de ciel, la lune biscornue s'amusait à jouer à cache-cache avec les nuages. Dans l'éclaircie, des milliers d'étoiles s'évertuaient à se rendre maîtres de la voûte céleste. Sophie sentait une caresse sur sa joue.

Le frémissement des feuilles, la douceur de l'air et la lune espiègle, tout la disposait à l'attendrissement. Elle allait retenir le geste pour faire durer la câlinerie, mais la main glissa sur son cou, s'attarda à la torsade et éparpilla les cheveux noirs dans la nuit. Son cœur battait la chamade. Sophie distinguait à peine l'épingle que Moïse brandissait devant sa figure. Il était aussi heureux que s'il venait de réussir un tour de magie. Sophie s'en amusait. Ses cheveux en cascade flottaient au gré de ses mouvements.

– Je les aime libres, comme à la Langue-de-Chatte, lui dit Moïse.

– M'man, elle, prétend que c'est sensuel.

– Ta mère a ben raison.

Il ne retenait plus son envie folle de serrer sa belle contre lui, de l'embrasser à l'étouffer. Sophie rejeta la tête en arrière. La liberté éveillait en elle un sentiment qu'elle ne connaissait pas. Elle sentait le souffle vivant de Moïse réchauffer son cou. Il l'embrassait fougueusement. Sa main s'égarait sur sa nuque, sa hanche, son sein. Un frisson la laissait un peu honteuse, comme si elle avait commis une faute grave. Elle ferma les yeux et bredouilla son nom. D'une voix cajoleuse, Moïse lui chuchota à l'oreille :

– Si tu savais comme je t'aime !

Puis il se mit à crier :

– Je t'aime, je t'aime, je t'aime !

L'écho répondit, prit le large, sauta la forêt, et décroissa jusqu'aux prés. Alors, la vie se mit à danser autour d'elle. Et pour eux seuls, le cri des grenouilles, des criquets et des oiseaux de nuit fusionnaient en une tendre symphonie. Ils restèrent là, un bon moment soudés sans besoin de se parler. Moïse repoussa une mèche de cheveux noirs et toucha sa tempe humide.

– Tu pleures, Sophie ?

Sophie lui sourit à travers ses yeux embrouillés.

– Je suis si heureuse. Tu peux pas savoir !

Moïse porta les mains délicates à sa bouche et les embrassa bruyamment. Elle rit. Une larme salée arrosait ses lèvres. Une sorte de fébrilité s'emparait de Moïse. Depuis des mois, il rêvait à cet instant où ils se retrouveraient seuls, où ils se laisseraient aller à s'aimer. Il se hasarda à détacher deux boutons du corsage. Sophie sursauta. Une pudeur de petite fille refaisait surface. Elle s'écarta un peu et, comme elle rattachait son chemisier, Moïse la retint, la serra davantage contre son gré et continua de déboutonner. La chemise ouverte étalait son bustier blanc. Offensée, Sophie le repoussa, tremblante.

– Arrête, Moïse. Non.

En maître, Moïse tenait fermement son poignet. Pas une seule fois, il n'avait imaginé qu'elle puisse repousser ses avances. Pas Sophie, c'était impensable.

– Tu dis que tu m'aimes ? Prouve-le-moé !

Elle serrait les lèvres. Prête à céder au vertige, son âme tentée était sur le point de faiblir. Était-ce l'œil clair de la lune qui, comme un reproche, lui rappelait les paroles de sa mère : « C'est à la fille de résister » ?

– Non, Moïse !

Elle luttait contre la fascination que Moïse exerçait sur elle. Elle commença par lui parler très doucement dans l'espoir de le calmer, même si toutes ses chairs tendaient vers lui.

Il la supplia en l'attirant avec force. Son genou chevauchait ceux de Sophie pour mieux la retenir.

– Sophie, cesse donc de faire des manières. On peut prendre un peu de plaisir ensemble. Elle baissa les yeux et mordit les lèvres, bien décidée à tenir son bout. Elle s'amusait à lui tenir tête par son silence. Moïse desserra un peu sa poigne.

– Tu m'aimes pas ?

«Il me manipule, se dit-elle, c'est le seul moyen qu'il peut trouver pour arriver à ses fins.» Elle essayait de se convaincre qu'il n'était pas l'unique beau garçon du coin. Finalement, elle feignit d'être complice pour le déjouer. Il desserra un peu sa proie et laissa descendre sa jambe. En une seconde, souple comme une anguille, Sophie lui glissa des mains et sauta au sol. Le temps que Moïse perdit à faire tourner l'attelage lui donna un certain avantage.

Plus de palpitations, plus de magie. Elle courait dans le sentier raboteux de la roche fêlée avec la lune comme seul fanal, consciente qu'elle jouait le tout pour le tout. Blessées par son pas de course, les vieilles feuilles sèches qu'on aurait cru mortes s'agitaient, gémissaient, agonisaient. Ce que Sophie aurait peur si elle ne savait pas Moïse derrière !

Atterré, Moïse regrettait son geste. Toute son audace, toute sa frénésie bestiale, l'abandonnaient. Il redevenait un grand sensible dont les mains trop gourmandes s'étaient déchaînées.

Il criait en fouettant son cheval.

– Sophie, attends ! Sophie !

Déjà, elle n'était plus là.

Sophie se donna une certaine avance puis ralentit le pas exprès pour que Moïse la rattrape. Elle marchait maintenant à longues foulées. « Ça lui apprendra, se dit-elle, je vais voir s'il m'aime vraiment. Je risque de le perdre, mais tant pis je saurai ben ! » Moïse distinguait une ombre humaine sur le chemin. Il passa près d'elle et arrêta le cheval à sa hauteur. Sa voix se fit doucereuse.

– Monte, Sophie ! Viens !

– Non !

– Tu vas pas rentrer à pied ? T'arriverais tard sans bon sens.

Elle ne répondit pas. La tête droite, la belle rythmait son pas à celui du cheval. Elle se répétait : « Pas trop vite, Sophie Dufour, tiens ton bout encore un peu. Montre-lui que tu n'es pas une fille facile. »

– Monte donc, Sophie. Cesse de faire l'enfant. Viens.

Sophie s'arrêta. Moïse sauta près d'elle sur le sentier. Il craignait de l'effrayer de nouveau et de la perdre ensuite. Il prit sa main, la caressa en douceur, puis la porta à ses lèvres.

– Je sais pas ce qui m'a pris ; je me suis comporté comme une bête. Tu m'en veux ?

Elle le regardait à la dérobée. Il lui semblait apercevoir à travers ce visage l'air repentant d'un petit garçon qu'elle devait consoler. Elle poussa un soupir.

– J'aime pas être contrôlée par la force.

Moïse, le front appuyé sur le sien, rendait les armes. Il s'attendrit dans un soupir de faiblesse.

– T'es la plus forte.

Au premier abord, cela semblait vrai, mais à la réflexion, elle regrettait un peu d'avoir coupé court à ses élans alors qu'il était à un pas de la posséder. Il n'avait pas su voir qu'elle était sur le point de flancher et c'était mieux ainsi. Il l'aimerait davantage.

— Depuis la journée de pêche, dit-il, j'arrête pas de penser à toé. Tu me rends fou.

Galopin figé en statue attendait en martelant le sol de son sabot ferré. Ils montèrent dans la voiture. Moïse gardait ses distances pour redorer son image. Il se contenta de tenir sa main. Ils restèrent ainsi une bonne heure, assis sur la banquette, au bord de la route, à se parler, à se connaître, à perdre la notion du temps.

Moïse regardait ses cheveux en désordre qu'elle tentait maladroitement de nouer.

— Les autres vont trouver le temps long à t'attendre.

Moïse ne pouvait se décider à partir, mais Sophie insistait.

— Y a aussi ma mère qui doit s'inquiéter.

— On peut revenir quelquefois… si tu veux ben. Je me tiendrai tranquille. Je le jure.

— Je sais pas.

— Tu m'en veux?

— J'ai cru que c'était fini, nous deux. En plus, à la maison, je vais m'attirer des réprimandes. Je suis condamnée d'avance, pis j'ai aucune excuse pour me justifier. Je me retrouve dans de beaux draps.

Moïse commanda Galopin.

— Tout est de ma faute. J'aurais dû te ramener plus tôt!

Il caressa sa joue.

— Je t'aime, Sophie !

— Je veux ben te croire, mais avoue que tu détestes mon petit côté raisonnable. Pis là, à l'heure qu'y est, ça me surprendrait ben gros que mes parents dorment. Y doivent m'attendre la main sur la poignée de porte. J'ai beau m'en faire, c'est ben pour rien, y est trop tard pour reculer. Y me reste juste à faire face à la musique. Je redoute les affrontements, mais je dirai rien.

— Pendant les remontrances, tu penseras à moé. Je serai avec toé en pensée.

Arrivé chez elle, il lui donna un baiser pressé et repartit, la laissant seule devant sa porte.

* * *

Avant d'entrer, Sophie lissa ses cheveux de la main et secoua ses vêtements pour effacer les mauvais plis. Il faisait noir. « Si m'man allume la lampe, se dit Sophie, elle va voir mes cheveux décoiffés. »

Elle ouvrit la porte en douceur. L'horloge battait ses douze coups. Comme elle s'y attendait, sa mère était debout qui l'attendait.

— Dis-moé donc d'où tu viens, toé ?

— Vous le savez ! De chez les Lamarche ! De la fête à Claudia !

Sa mère la dévisagea avant d'ajouter :

— C'est tout ? T'as pas d'explications à me donner pour ton retard ? T'as vu l'heure ?

— Non ! On a juste fait un petit tour de voiture. J'ai rien fait de mal.

– Toute la nuit sur la route avec un garçon pis t'as rien fait de mal ? Tu veux me faire avaler ça ? Tu iras te confesser.

Et revint le silence, maître de toutes mésententes. Elle qui avait fait de méritoires efforts pour éviter les gestes fous que l'amour lui insufflait en cette nuit chaude, invitante, prometteuse ! Elle avait laissé choir ses émotions juste au moment où, si près de Moïse, elle allait entendre ses pensées et vibrer à la cadence de ses battements de cœur. Tant de retenue, pour en arriver à se faire accuser. Elle n'allait quand même pas rapporter à sa mère que Moïse avait essayé de la séduire, qu'il avait osé déboutonner son chemisier ! Elle le prendrait pour un vicieux, pour une occasion de péché.

La mère l'expédia en peu de paroles.

– On reparlera de ça demain ! Monte, pis dis ton acte de contrition.

Troublée, Sophie tourna les talons et fila à sa chambre. En délaçant ses longues bottines elle essayait de remettre ses idées en place. « On reparlera de ça demain ! Mais pourquoi demain ? Pourquoi ne pas avoir vidé son sac tout de suite, qu'on en finisse une bonne fois pour toutes ? Non, demain seulement, devant toute la famille. Et p'pa qui manquera sûrement pas d'ajouter son grain de sel, de se moquer. Allez savoir ce qu'y pense, celui-là, avec son rire tout à la fois railleur et méprisant. »

Elle regrettait de ne pas avoir la liberté de s'endormir en pensant tranquillement à Moïse, à l'amour de sa vie, à sa lutte contre elle-même pour ne pas succomber à son charme. Elle qui se promettait de revivre toute la promenade dans la douceur de son lit, en savourant les instants merveilleux pour les prolonger, les imprimer dans sa tête, et les repenser jusqu'à l'usure. Pourquoi fallait-il que les choses soient si compliquées? Sophie s'enroula dans son drap. Elle sentait le besoin de s'enserrer, de se recroqueviller, de se faire petite pour garder ses rêves au chaud. Toute la nuit, elle entendait l'écho des «je t'aime». Les résonances touchantes venaient expirer, à peine perceptibles, à son oreille.

* * *

Le lendemain, au lever, elle s'affaira le plus longtemps possible à nettoyer les chambres du haut. Elle craignait d'affronter sa mère. Et elle imaginait son père qui allait la dévisager, avec son air de trop bonne humeur, avec ce rire qu'elle redoutait. Pourtant il lui faudrait leur faire face à un moment ou à un autre et s'exposer aux reproches. Autant en finir tout de suite. Elle descendit à la cuisine, s'assit sur le bout de sa chaise et regarda son assiette comme si c'était une bombe prête à exploser. Tous les yeux étaient fixés sur elle à attendre ce qui allait se passer. Ce qui voulait dire que toute la famille était déjà au courant. Son père passa à l'attaque le premier. L'homme avait la manie de parler, la pipe entre les dents, ce qui laissait croire qu'il riait. Il articulait mal.

– Ton Jean-Jules, y fait-y la différence entre le jour pis la nuit?

La bouche boudeuse, Sophie baissa les yeux sur son couvert. Elle détestait que son père se moque en changeant les noms.

– Y s'appelle Moïse.

– Tu y diras à ton Machin-Jules que j'ai affaire à lui.

Sophie leva le ton.

– Moïse, p'pa !

Elle ressentait une vive inquiétude, une peur morbide que son père le mette carrément à la porte. Sa mère qui, jusqu'alors n'avait pas desserré les dents, la fusillait du regard.

– T'aurais avantage à prendre modèle sur ta sœur Éva. C'est pas elle qui nous causerait des inquiétudes de même.

La pipe rit.

– Sa sœur, dit-il, est pas encore béatifiée, que je sache, hein !

Éva était assise en face de Sophie avec un sourire de gratitude au coin de la bouche. Comment comparer ? Éva sœur n'avait jamais eu d'ami de cœur. Elle avait beau tomber en amour avec tous les garçons de la place, aucun ne la voyait.

Sophie ne pouvait rien avaler. Elle pensait à Moïse, à son attachement, à la force de leurs sentiments, ce qui n'était pas rien. Et dire que cette nuit-là, elle avait joué le tout pour le tout au risque de le perdre. Elle était fière d'elle et elle était maintenant assurée d'avoir gagné au moins son respect. Sa réputation était sauve. Devant elle, la crêpe refroidissait dans l'assiette. Sophie recherchait l'appui de quelqu'un, peut-être de son père. Ne venait-il pas de pencher un tout petit peu en sa faveur ? Elle se fit suppliante.

– Vous me croyez, vous p'pa, quand je vous dis que j'ai rien fait de mal ? Je sais me tenir.

– Peut-être, ma fille, peut-être ! Mais si je me fie à ta mère dans le temps…

Tous les yeux se tournèrent vers la mère. Les grandes retenaient une envie de rire. Seule Sophie ne riait pas. Elle se posait de sérieuses questions à l'endroit de ses parents : calomnie, médisance, taquinerie ? Comment y ajouter foi ? Son père était si agaçant. Cependant, un doute subsistait. Et si sa mère…

La femme, les lèvres serrées, lançait des éclairs de colère à son mari. Elle frottait ses mains sur son tablier et le remontait pour essuyer la sueur sur son front.

– Tu vas pas recommencer tes histoires en l'air ? T'en fais toute une éducation à tes filles, toé ! Pis vous autres, allez pas le croire.

La pipe rit davantage.

– Votre mère entend pas à rire.

Le regard de sa femme se radoucit. Sophie demeurait inquiète pour Moïse et elle.

– Qu'est-cé que vous y voulez à Moïse, p'pa ?

– Qu'y te marie !

Sophie s'étouffa d'une gorgée de café. Le geste vif fit balancer une petite croix suspendue à son cou au bout d'une chaînette. L'étonnement la rendait muette.

* * *

Ses pensées se mêlaient, s'échappaient, revenaient et s'enfuyaient. Tout le jour, elles vagabondaient de la fête de Claudia à la roche fêlée, à la rentrée au bercail. Ses parents agissaient comme si Moïse l'avait déshonorée. Ses douces émotions s'effaçaient devant la terrible phrase de son père qui marquerait la fin de leur idylle. Cette dérision mordante envers Moïse, elle ne pouvait la digérer. Et si elle racontait tout à Moïse? Comment prévoir sa réaction? S'il allait s'en vanter, le crier sur tous les toits? Elle était toute secouée à la pensée d'être repoussée sans pitié, avec dureté et mépris. Elle ne voyait aucune autre porte de sortie. Elle devait jouer le tout pour le tout et en finir pour de bon. Dimanche, elle lui rapporterait dans le détail son retour à la maison et l'histoire tragique du déjeuner. Elle lui dirait qu'elle aussi l'aimait depuis la Langue-de-Chatte. Ensuite resterait à savoir si son père serait son excuse ou sa raison.

Elle tremblait devant ce que sa dignité semblait lui interdire. Encore une semaine et sa vie se jouerait sur un coup de dé. D'ici là, elle se ferait un sang d'encre. L'issue serait-elle heureuse ou fatale?

* * *

Ledimanche suivant, tout se passa autrement que prévu. Sitôt Moïse entré, madame Dufour raide et froide, commanda à Éva:

— Ton père fait dire d'aller le chercher à l'étable.

Moïse n'était pas surpris de l'humeur de madame. Encore heureux qu'elle ne lui décharge pas sur le dos un flot de qualificatifs malveillants bien mérités ou encore, qu'elle le mette sèchement à la porte. Monsieur Dufour se préparait sans doute à le faire pour elle.

Sophie l'attira au salon. Elle avait une mine d'enterrement. Moïse se demanda un moment s'il n'était pas en train de revivre un aboutissement comme chez l'oncle Donat. Mais cette fois, il n'était pas prêt à laisser échapper sa belle. Il se battrait.

D'une voix tremblante, Sophie lui raconta tout. « Quelle bassesse ! Je me déteste de moucharder. » Moïse rit très fort comme si le rire allégeait son estomac d'un fardeau.

— « Qu'y te marie » ? Ton père a dit ça ?

Il rit encore à gorge déployée comme si Sophie venait de lui raconter une histoire cocasse. Et quand il reprit son souffle, ce fut pour répéter :

— Toé pis moé ? Nous deux ?

Un court moment, Sophie compara Moïse à son père. Elle ne rit pas, ne bougea pas, ne parla pas. Elle avait trop mal. Est-ce que l'explosion de rires la tournait en dérision ? Mais bon Dieu, que se passait-il entre les deux oreilles de Moïse ? La pudeur la retenait. Dans deux minutes, il redeviendrait un pur étranger pour elle et ça la rendait triste à mourir. Allait-il mettre fin à ce rire qui lui brisait le cœur ? Dans la pièce voisine, on devait l'entendre. Sa sœur étira le cou, un demi-sourire aux lèvres à voir le garçon se marrer. Moïse flottait, détaché de la terre.

— Qu'y te marie !

Il dévisagea Sophie en reprenant son souffle.

— Ça va faire, lui dit-elle, cesse de te moquer.

C'est alors que Moïse prit conscience que Sophie était bouleversée. Il prit sa main, comme pour la retenir, et cria, impatient :

— Éva, qu'est-ce qui se passe que ton père arrive pas ?

– Y jase avec le voisin. Y fait dire de l'attendre qu'y va venir tantôt !

De la cuisine, madame Dufour avait retrouvé son air tranquille. Soit qu'elle en avait fini de sa rancune, soit qu'elle s'en remettait totalement à son mari.

Sophie respirait mieux. Moïse ne s'était pas enfui ; un point en sa faveur. Il demandait à voir son père. Donc, il ne le craignait pas. Son inquiétude grandissante de le perdre s'atténuait. C'était à son tour de prendre conscience des événements. Ses yeux s'illuminaient de joie, de vrais sentiments qui mouillaient ses paupières. Nul besoin d'en rajouter. La main qui serrait la sienne à briser ses doigts était le geste le plus éloquent qui étreignait son âme.

– Ouf ! J'ai cru…

– T'as cru quoi ? Je gage que tu me prenais pour une poule mouillée ? Envoye, dis-le, Sophie Dufour.

– Non. J'ai cru que mon cœur allait s'arrêter de battre.

– Dimanche prochain, je vais m'habiller sur mon trente-sept, pis je viendrai faire la grande demande… of-fi-ci-el-le, madame !

– Toé pis moé, Moïse. J'arrive pas à y croire.

Ils employaient un ton de badinage, de raillerie. Ils trouvaient drôle de connaître la réponse d'avance.

– Pis asteure, dis-moé donc de ce qui s'est passé avec Thomas pis Claudia, dimanche dernier. Y devaient être ben fâchés que tu les laisses sur le bord du chemin.

Un sourire radieux éclairait la figure de Moïse.

– Tu parles ! C'est Hector, le frère de Pierrine, qui les a reconduits à la maison. Claudia a tout raconté à m'man.

J'ai eu droit à un sermon à en plus finir. Thomas a gueulé un peu, mais j'en ai pas fait de cas. J'avais autre chose de mieux en tête.

IX

Le printemps qui venait de faire son entrée dans la paroisse ressemblait drôlement à l'automne. C'était à croire que les saisons jouaient à la culbute.

La route suivait le caprice du ruisseau Vacher. Elle le frôlait, le courtisait, le caressait et, lascive, sur le point de s'accoupler, elle le boudait et se retirait. Des dizaines de maisons s'y accrochaient, sauf quelques-unes que le chemin jaloux tenait en respect. Celle des Lamarche s'y rattachait par un grand potager.

Une pluie menaçante charriée par le vent poussait Moïse dans le dos. Le garçon riait, un rire que la bourrasque trimbalait à tous les diables. L'eau froide dégoulinait de son haut-de-forme et affluait sur ses épaules. Le grand jeune homme au teint basané, aux yeux émeraude, se moquait des saisons. Tantôt, dans le petit salon des Dufour, Sophie l'avait demandé en mariage. Lui qui croyait dur comme fer que c'était uniquement l'affaire des garçons de faire la grande demande! Les pommettes saillantes, les yeux de biche et la candeur de Sophie lui faisaient oublier l'audace de celle-ci. Dans ses bras, il la sentait encore frissonner à travers sa petite robe de lin jaunie.

Sur le chemin du retour, la tête haute, les mains dans les poches, Moïse sifflait allègrement. Pour lui seul, la pluie était douce et l'emprise du vent lui donnait envie de danser, tournoyer, voltiger. Si on l'avait vu, on l'aurait cru fou. Il se réservait quand même une petite pensée pour Jeanne.

Dans les petits patelins, les nouvelles allaient bon train. Moïse savait que Jeanne apprendrait bientôt son mariage et qu'elle se désolerait de la nouvelle idylle entre Sophie et lui. Lui pardonnerait-elle d'éprouver des sentiments pour une autre ? Il s'en faisait pour elle, tout comme il s'en ferait pour sa sœur. Aujourd'hui, chose curieuse, il pensait à elle sans souffrir. Il avait déjà perdu trop de temps à détester l'oncle Donat, à chercher à assouvir sa vengeance. L'histoire de Jeanne l'avait rongé jusqu'aux os. Depuis, quand Moïse faisait le rapprochement avec Sophie, il se demandait s'il avait vraiment aimé Jeanne. Avec elle, il agissait en protecteur, en défenseur, contre son drôle de père et son alcoolique de mère. Ça le faisait souffrir de voir Jeanne si malheureuse et solitaire. Moïse ne voulait plus s'attrister pour elle. Il trouvait idiot de ressasser ses souvenirs quand la fille la plus merveilleuse au monde venait de lui offrir le bonheur. Sophie prenait toute la place dans son cœur. Il traînait le pas et, heureux comme un roi, il se remit à siffler sous la pluie sans prendre la peine de se demander où il se fixerait. La confiance et l'innocence plein le cœur, aucun souci ne l'atteignait ; pourtant il ne possédait rien.

Il avait dit à Sophie : « Chacun se débrouille avec ce qu'il a. » Elle lui avait demandé : « T'as combien ? » Il avait répondu : « Rien ! » Et ensemble, ils avaient ri.

Il déambulait sans précaution et l'obscurité l'empêchait de voir le coude de la route. Il perdit pied, dégringola et s'arrêta juste au moment où sa chaussure touchait l'eau du ruisseau. Il arriva à remonter sur le chemin, en s'agrippant aux broussailles jusqu'à ce qu'il sente le gravier sous ses pas. Il se débarrassa de la boue en secouant ses mains l'une sur l'autre. « Ouf ! Quel cauchemar que cette route ! Il s'en est fallu de peu. Si l'oncle Fabien avait été là.... »

Chaque fois que quelqu'un s'aventurait sur le chemin, par les soirs sans lune, on venait chercher l'aveugle qui connaissait par cœur tous les méandres de la route et jamais il ne manquait la traverse. « À cette heure, pensait Moïse, mon oncle doit dormir à poings fermés. »

Moïse se guida sur une lumière pâlotte échappée d'une fenêtre. Il se trouvait à deux fermes de chez lui. Des chiens aboyaient. Chez les Bastien, les lampes étaient déjà soufflées. Hervé et Germain étaient rentrés avant lui ; c'était une première. Il voyait approcher la maison en crépi blanc de ses parents. Le vent prenait de la force. Moïse pencha la tête en avant et allongea le pas.

* * *

Pendant ce temps, à la maison, sa mère s'inquiétait.

« Quelle idée, se dit-elle, d'aller voir les filles par un pareil temps de chien ? »

Jean-Baptiste ne réagit pas. Il versa un broc d'eau chaude dans un grand bol de granit qu'il posa sur le bout du poêle pour conserver sa chaleur. Après un long silence, il répliqua :

– Arrête donc de te faire du sang de punaise. Y revient toujours.

– Tant qu'à ça, t'as ben raison, mais si tu le voyais, y porte juste un petit froc pis un chapeau. J'ai ben peur qu'y attrape son coup de mort avec cette pluie glacée.

– Cette jeunesse-là, c'est du solide. J'étais pareil à son âge, pis regarde-moé, je suis encore ben vivant.

Après une toilette bâclée, le père s'approcha de la fenêtre. Son parler était lent ; rien ne le pressait.

– Y fait noir comme chez le loup. Pas moyen de voir si tout est correct à l'étable.

L'homme surveillait discrètement la route. La nuit était d'encre. Après un bon moment, il ajouta.

– Justine, apporte la lampe, on va monter.

– Pis Moïse ?

– Moïse a pas besoin de nous autres. Y est bien assez grand pour se coucher tout seul.

Justine n'était pas du même avis. Elle craignait, si Moïse veillait tard, que les plus jeunes suivent son exemple et, pour elle, il n'était pas question de perdre son autorité.

– Tu le sais, Jean-Baptiste, que tu peux pas fermer l'œil tant que tout ton monde est pas couché.

– J'aime ben savoir à quelle heure mes garçons rentrent, comme ça je peux le leur remettre sur le nez, au besoin. C'est ma façon à moé de leur rappeler que je les tiens à l'œil.

– Toé! Les tenir à l'œil? Heu! Attelle donc Galopin, pis va voir si y est rien arrivé à Moïse.

– Hoooo non! Si les jeunes veulent trotter, qu'ils s'arrangent pour traîner leur carcasse.

– D'abord que c'est comme ça, t'as qu'à monter. Je vais l'attendre tout seule.

Justine arpentait la cuisine, de long en large en ruminant « Sainte-Bénite! Les Dufour vont le mettre à la porte si ça continue. Faire veiller le monde si tard! C'est-y Dieu possible? On a beau se forcer pour donner une bonne éducation à nos enfants, y en font ben rien qu'à leur gré! »

Jean-Baptiste était mécontent. Cette nuit, il voulait sa femme près de lui et il prenait l'entêtement de Justine à rester debout pour un refus. « Si elle veut tenir tête qu'elle veille à la noirceur », se dit-il.

Il se dirigea vers l'escalier en emportant la lampe à l'huile. Au même instant, la porte s'ouvrit violemment et Moïse se précipita dans la cuisine avec une bourrasque de pluie portée par le vent. Justine sursauta.

– Enfin te v'là, toé! Y est pas trop tôt, hein! Mouillé comme une éponge, le garçon n'en demeurait pas moins beau comme un Dieu avec son sourire taquin. Il se secouait comme un chien trempé et éclaboussait le plancher de bouleau blanc. Justine se désolait de voir son plancher fraîchement huilé déjà tout mouillé.

– Au moins, tâche de laisser tes bottines sales sur le tapis.

– Pis je vais me geler les pieds?

Si Justine bougonnait, c'était sans malice.

– Étends donc ton froc sur un dossier de chaise, pour le sécher.

Moïse obéit. Il enleva aussi sa chemise, et en haut de combinaison, il s'appuya, l'épaule gauche sur la boîte à gros sel, accrochée tout près du poêle. Ses vêtements humides fumaient à la température ambiante. En peu de temps, une douce chaleur le pénétra jusqu'aux os. Le bonheur lui faisait apprécier la vieille maison aux pièces abîmées, pleine des chansons de sa mère, où il faisait bon se retrouver.

– Je l'aime ben, notre grande cuisine, m'man.

– Quoi?

Justine ne comprenait rien. Depuis que Moïse était au monde, la pièce n'avait pas changé, si ce n'est que la cuisine était pleine de gaieté.

– Vas-tu rester collé comme ça sur le poêle à te faire griller?

– Je me sèche!

Rassurée de savoir tout son monde à l'abri, Justine passa des reproches à l'indulgence.

– T'as regardé l'horloge, Moïse? Presque onze heures! Tu sais que m'sieur le curé demande aux jeunes qui vont veiller au salon de pas dépasser neuf heures. Les Dufour vont te mettre à la porte pis ensuite, tu seras pus jamais à l'aise d'y retourner. Rappelle-toé ben ce que je te dis pis tu verras que j'ai raison.

– Voyons donc, m'man! Les Dufour auront pas cette chance-là parce que Sophie pis moé, on va se marier. Voyez-vous, je fais presque partie de la famille asteure.

Justine resta hébétée.

– Toé, te marier ?

« Sainte-Bénite ! C'est pas possible, se dit-elle,
Moïse vient à peine d'oublier la fille à Donat. »

Elle se tourna vers son mari qui l'attendait, assis sur la marche amovible de l'escalier. Lui aussi assimilait la nouvelle.

– T'entends ça, Jean-Baptiste ?

Il ne répondit pas. Son homme prenait toujours un réel plaisir à faire le sourd. Lentement, il se leva et braqua la lampe sous le nez de son fils. Il le fixa droit dans les yeux pendant que celui-ci, aveuglé, levait un bras pour protéger sa vue.

– Qu'est-ce qui se passe, le père, vous me reconnaissez pas ?

– Tu dis que tu veux te marier ?

– En effet !

– Et quand ça ?

– Sous peu. Je pense pas que ça traîne ben longtemps.

Justine supposait que cette nouvelle puisse cacher quelque chose de pas très très catholique. Mille doutes traversaient son esprit. Elle soupçonnait une mauvaise conduite. Pourquoi cette décision si subite ? Hier encore, il ne parlait de rien, Elle lui coupa la parole.

– C'est pas un mariage pressé, au moins ? Moïse resta interdit. Il était mal à l'aise d'entendre sa mère effleurer un sujet tabou. Sans la regarder, il coupa court.

– Non !

– Si c'est pas ça, c'est quoi d'abord ?

– Bordel ! Y a rien !

– Monte te coucher, trancha le père d'un ton ferme. Si j'étais toé, j'irais pas raconter à tout un chacun que tu te maries tant que t'auras pas fait la grande demande.

– Voulez-vous me dire pourquoi ?

– Pour pas que le monde s'amuse sur ton compte. C'est pas la première fois que tu nous annonces un mariage.

– Vous avez ben raison, mais cette fois c'est la bonne, croyez-moé !

« Si p'pa savait que m'sieur Dufour m'a déjà offert sa fille… » Moïse préférait taire les derniers faits pour ne pas être forcé de ramener dans la conversation son petit tour au bois et tout le tra la la. Sa mère lui ferait encore une de ces morales. Il retira la lampe à gaz des mains de son père.

– Donnez, p'pa, y a une odeur de galettes à la mélasse qui me chatouille les narines pis qui m'empêcherait de fermer l'œil.

Il suivit l'odeur jusqu'à l'armoire où un grand plat de faïence à rayures bleues débordait de biscuits difformes.

– M'man, si on buvait une bonne tasse de thé ensemble avant de monter ? Ça finirait de me réchauffer les intérieurs. Pis à l'heure qu'y est, vous devez ben avoir un petit creux vous itou ?

Sans répondre, Justine posa la théière sur la flamme. La mère et le fils s'attablèrent devant un gobelet fumant et une montagne de galettes.

– Maintenant, on va jaser tout bas, murmura Justine en tapotant d'une main chaude le poignet poilu de son fils.

– M'man, pensez-vous qu'on pourrait habiter icitte en attendant autre chose ?

– On verra ce qu'en pense ton père. Je trouve que t'as fait un bon choix, Moïse, peut-être un peu précipité, mais quand même bon. Sophie semble honnête et travaillante. C'est une fille de bonne famille et jolie avec ça, ce qui gâche rien. Elle te fera sans doute une bonne femme.

* * *

Quand Moïse monta, il était près d'une heure de la nuit. Léger comme un oiseau, il sentait le besoin de crier son bonheur à qui voulait l'entendre. Il entra dans la chambre sans précaution et par exprès, il fit du bruit pour réveiller son frère. Il poussa même l'audace jusqu'à lui secouer l'épaule.

– Thomas, réveille-toé, on va jaser tous les deux! Écoute ça, Sophie pis moé on va se marier. Thomas! Tu m'entends?

Thomas, dérangé au plus fort de son sommeil, donna un coup d'épaule mécontent puis il répéta incertain:

– Toé, te marier? Je te cré pas.

– Aussi vrai que t'es là!

Thomas n'en finissait plus de frotter ses yeux.

– Ben, chu ben fier pour toé, le frère! Ça me fera un peu plus de place dans le lit pis y aura pus personne pour me réveiller en pleine nuit.

Il lui tourna le dos, prêt à s'assoupir de nouveau, mais Moïse insistait.

– Tu penses pas te rendormir sur une si belle nouvelle?

– Qu'est-cé que tu veux? Que je me mette à danser en pleine nuit?

Péniblement, Thomas arriva à s'appuyer sur un coude et à écouter Moïse tout lui raconter.

— Confidence pour confidence, Pierrine pis moé, on est en amour!

— T'es pas sérieux? La fille du maréchal-ferrant! Tu sais, la Pierrine, c'est une fille qui a jamais pris l'épouvante. Les gars disent d'elle que c'est une vraie tortue, pis si les gars le disent c'est parce que c'est vrai.

— Les gars! Les gars! Qu'est-ce que les gars viennent faire là-dedans?

— Elle est ben pire que tu peux l'imaginer. Si tu veux un conseil, le frère, laisse-la tomber pis regarde ailleurs.

Thomas était à un pas de lui parler des libertés que lui et Pierrine se permettaient, derrière l'église, mais vexé de l'indélicatesse de Moïse, il se retint et lui tourna brusquement le dos.

— Toé, tu t'es toujours pris pour le nombril du monde.

— Comment ça? Explique-toé.

— Tu cherches rien qu'à dominer pis à te faire admirer. Et pis tiens, laisse-moé donc dormir!

Moïse se mit à rire.

— Sapré Thomas! T'as pas à m'en vouloir, je veux juste que tu sois heureux comme moé. Ma Sophie, c'est une perle.

— Une perle! Tu disais ça de Jeanne aussi. Continue pis tu vas te ramasser avec un collier!

— Jeanne, c'est comme une vieille photo qui pâlit avec le temps. Je l'ai oubliée, tandis que Sophie je pourrais jamais.

— Dire qu'y a peu de temps encore tu pouvais même pas supporter d'entendre prononcer son nom.

– Bordel, j'ai tourné la page, c'est tout. C'est fini. Avec Jeanne, les affaires ont jamais été ben ben claires. J'ai toujours eu des doutes ou du moins, une certaine impression que les choses tourneraient au vinaigre. Quand j'y parlais de mariage, chaque fois, elle détournait finement le sujet.

De la chambre voisine, le père grognait.

– Taisez-vous, vous deux! La nuit, c'est fait pour dormir.

Moïse baissa le ton et continua de jaser.

– C'est pas que je t'aime pas le frère, mais j'ai ben hâte que Sophie prenne ton côté de lit.

– Oh, oublie ça! Vous irez coucher ailleurs.

Thomas saisit un oreiller et le frappa au visage. Une sourde et joyeuse bataille s'ensuivit. Tout à coup, les garçons entendirent un bruit de savates traînantes. À l'agitation suivit un silence de mort. C'était Fabien qui venait partager leur bonheur. Moïse était étonné ; il avait cru reconnaître le pas de son père.

– Vous! Mon oncle! Vous dormez pas?

– Dormir? Même si je voulais… Vous êtes ben trop tannants! Je vous entendais de l'autre côté de la cloison. Ça m'a donné le goût de venir jaser. Qu'est-ce qui vous excite tant?

Moïse tassa ses jambes sur son frère.

– Venez vous asseoir sur le pied du lit. Je vais tout reprendre depuis le début.

Thomas bâillait.

– Vas-y, radote-nous ça, Moïse Lamarche!

X

Dans la chambre du haut, à l'heure où personne ne se préoccupait d'elle, Claudia s'arrêtait devant la glace à se critiquer. Elle se trouvait laide. Son index suivait la forme de son nez. «J'ai raté la pige, j'ai raflé les défauts des deux familles.» Elle tentait d'agrandir ses yeux coupés en amande pour leur donner la rondeur de ceux de Sophie et elle léchait son index et mouillait ses cils blonds pour les foncer. Aucun changement, ils restaient blonds.

«Impossible! Jamais je ressemblerai à Sophie Dufour! On peut dire qu'elle est née sous une bonne étoile, celle-là. Une beauté pareille, ça moisit pas chez les parents ben longtemps. M'man a beau me chanter que rien ne presse pis que je rencontrerai l'âme sœur un jour, moé, j'ai pour mon dire que la beauté c'est tout un atout. Est-ce que j'ai l'air insignifiant, moé? Les garçons doivent me trouver trop grande pis y auraient ben raison, je les dépasse presque tous d'une tête. Celui qui me choisirait se sentirait inférieur, pis y a-t-y un homme qui aimerait se sentir inférieur?» Dépitée, la pauvre s'en prenait aux ancêtres, les accusait d'être les seuls responsables de ses traits. «Je suis et je resterai de la graine de vieille fille toute ma vie. À vingt ans, j'ai jamais eu de cavalier. Moé, chu bonne

rien que pour les veufs, mais pour moé un veuf, non merci !
Quelle vie plate m'attend ? »

Claudia se jugeait très sévèrement. Elle ignorait que
son long cou et sa tête haute lui donnaient un port de
reine. Son épaisse tresse blonde ressemblait à une couronne
d'or et, même si elle était un peu musclée, elle n'était pas
obèse. Et combien de garçons recherchaient les filles bien
en chair ? Elle se jeta sur son lit.

La pluie et le vent battaient le toit de tôle et tenaient la
jeune fille éveillée. « Je m'arrangerai ben, se dit-elle, pour
faire mon chemin dans la vie. Je veux pas traîner au crochet
des autres, comme l'oncle Fabien. Lui, y peut pas faire
autrement, mais moé… » Depuis quelque temps, une idée
mijotait dans sa tête : « Si j'avais la terre, la terre à moé
tout seule. » L'idée lui prit de se débarrasser de ses frères.
Mais comment y parvenir sans les brusquer ou se les
mettre à dos ? De la chambre voisine, leurs rires étouffés
parvenaient jusqu'à elle. Elle se réjouissait pour Moïse. Il
en avait assez bavé de ses amours avec Jeanne. Mais à bien
y penser, que ne donnerait-elle pas, elle, pour avoir une
raison de pleurer pour un garçon, de se souvenir d'une
figure aimée, de graver un peu partout des initiales qui ne
s'effaceraient jamais, d'écrire des lettres d'amour,
d'alimenter la nuit des rêves fous ? Pas un visage, pas un
prénom, personne pour elle. Dans le lit froid, elle remonta
la courtepointe sous son menton et attendit que le
sommeil l'emporte.

* * *

Le jour suivant, le ciel matelassé de petits frissons ouatés se découvrait lentement jusqu'à ce que le soleil finisse par caresser la campagne tout entière.

L'heure du déjeuner passée, la cuisine fourmillait. Justine s'occupait à verser une belle eau chaude dans le plat à vaisselle et Fabien, à tâtons, ramassait les assiettes. Claudia démêlait les cheveux de Marie-Anne. Sa tête émergeait, altière, d'une chemise de nuit à fronces et sa longue tresse dorée reposait sur son épaule gauche.

– M'man, c'est sérieux pour Moïse, dit-elle ? Vous savez, j'ai tout entendu hier soir.

– Chut ! Ton père veut pas qu'on en parle tout de suite, surtout pas devant les enfants. Attends au moins qu'y soient partis pour l'école.

Après le départ des jeunes, il ne restait que Fabien et Thomas, assis sur le long banc. Thomas s'étirait de tout son long. Comme il portait un intérêt spécial à tout ce qui se passait dans la maison, il écoutait, silencieux.

Fabien, effacé, sortit respirer une bouffée d'air sur le perron, laissant ainsi les femmes discourir à leur aise sur le sujet.

Claudia s'inquiétait.

– Où c'est que Moïse pis Sophie vont aller demeurer ?

– Probablement avec nous autres. Ton père va pas les mettre dehors, hein ?

Claudia ne l'entendait pas ainsi. Le rouge lui montait au front.

– Y a pas assez de monde comme c'est là, ici-dedans ? La maison est ben pleine. Les voyez-vous se mettre à élever des enfants quand Apolline a même pas trois ans ?

Ça ferait du bien de pus entendre brailler pendant quelques années. La paix, vous rappelez-vous ce que c'est ?

— Claudia, je te trouve ben sévère. Les autres t'ont endurée, toé, quand t'étais petite.

— Quels autres ?

— Tous les autres, pis fais-moé pas parler pour rien.

La mère essuya ses mains sur son tablier qui dissimulait une nouvelle grossesse. « Pauvre Claudia, elle est aussi ben de pas savoir. »

— Regarde un peu ailleurs, les familles se tassent pour faire de la place aux jeunes ménages. La vie est comme ça ; c'est un éternel recommencement.

— Lui, y aurait dû marier Jeanne pis prendre la terre de mon oncle Donat. Pis pourquoi y irait pas habiter chez les Dufour ? Eux autres, y ont de la place en masse dans leur grande maison.

— Ça revient au père d'établir ses fils.

— Les fils, toujours les fils, pis rien pour les filles.

Claudia voyait bien que sa mère était en admiration devant Sophie et qu'elle l'imaginait déjà dans le banc des Lamarche, à la messe de neuf heures. Son orgueil la menait. La perpétuelle contrainte rendait Claudia folle de jalousie. Elle lâcha le paquet.

— Pis moé, où c'est que vous voulez que je prenne racine ? J'appartiens à personne. Y reste rien qu'à me mettre dehors, à m'expédier pour faire de la place à une pure étrangère.

La jeune fille toisa sa mère avec insistance, puis tourna la vue vers la fenêtre où l'aveugle se tenait appuyé contre une colonne, la tête dans la vigne de concombres grimpants.

— Pis celui-là ?

Le ton bas, pour ne pas être entendue de son beau-frère, Justine ajouta :

— Lui, tu peux oublier ça. Fabien est pas encombrant pantoute, y fait partie de l'héritage familial pis c'est le plus beau cadeau que tes grands-parents nous ont laissé. Fabien est le seul homme qui m'a aidée dans la maison durant toutes ces années. Tu peux pas te souvenir toé, t'étais trop petite.

Justine se tourna lentement et, les reins appuyés sur l'armoire, elle négligea le poêlon gluant de farine d'avoine pour reculer dans le passé.

— Dans le temps, je devais avoir six enfants. Vous aviez tous la coqueluche en même temps. On a passé des nuits blanches à vous soigner pis à vous bercer lui pis moé, quand y aurait pu rester dans son lit à dormir ben dur. As-tu déjà vu ton père se lever la nuit pour les enfants ? Jamais ! Même pas quand je venais d'en avoir un nouveau.

— P'pa avait son travail dehors.

— Pense pas que je veux le critiquer, loin de là, y avait assez de sa besogne, c'est vrai ! Mais le pauvre Fabien a été le seul à voir que j'étais débordée, épuisée pis que j'avais besoin d'aide. Ça prenait ben un aveugle pour voir ça ! Fabien était pas obligé de m'aider pour autant. C'était pas marqué dans le contrat quand y nous a été légué avec la terre. Je sais pas comment je me serais débrouillée sans lui. Aujourd'hui, je peux jurer qu'y s'inquiétait autant que moé pour votre santé. Si tu l'avais vu quand Thomas pis

Azarie avaient des quintes convulsives à en étouffer. Je pensais jamais qu'y passeraient à travers, ces deux-là. Fabien parlait pas, mais chaque fois y se mettait à faire non de la tête comme si y pouvait pas supporter de les entendre. Y est ben attaché à vous autres, Claudia, y a pas d'autres explications. Pis encore aujourd'hui, qui c'est qui court au puits trois fois par jour sans jamais un soupir? Ces services-là, ça s'appelle du dévouement, ça se paie pas pis tâche de jamais oublier ça, même quand je serai pus là.

Claudia l'écoutait religieusement. Sa rancune couvait sous un moment de paix. Tout en essuyant la vaisselle, son regard oscillait de sa mère à la fenêtre. Elle se rappela le jour de ses vingt ans et regarda Fabien d'un œil nouveau. Une infinie bonté émanait de sa personne. Elle le trouvait beau avec ses yeux qui, même éteints, continuaient d'aimer.

— Vous m'aviez jamais raconté ça, m'man. Dire qu'on vit dans la même maison pis qu'on se connaît si mal! Faut dire que Fabien est pas ben jasant.

Après avoir renoncé à toute suprématie à l'égard de Fabien, la fille se rangea du côté de sa mère. L'aveugle ne semblait plus une menace pour la terre. Il prenait ce qu'on lui donnait sans jamais rien demander.

— Mais Moïse pis Sophie, m'man, y pourraient pas aller rester ailleurs?

— Si ton père est d'accord, on leur fera une chambre dans le grenier. Avant, y faudra s'assurer que la hauteur est bonne.

Claudia se sentait attaquée.

– Dans le grenier, les combes sont ben trop basses. Vous avez pas l'intention de les faire marcher à quatre pattes ?

– Après tout, une chambre c'est juste pour dormir !

Claudia n'allait pas les laisser profaner ses trésors sacrés, conservés sous les combes. Ses poupées, éventrées à force de caresses, ses premiers cahiers à interlignes, décorés d'étoiles dessinées à la main et les images qu'elle s'était méritées en classe englobaient tous ses souvenirs heureux. Quel droit une étrangère aurait-elle de s'infiltrer ainsi dans les recoins de son âme ? Que deviendraient ses petits bonheurs si on les refoulait sans respect sous la charpente du toit ? Pourtant, un tiroir aurait suffi à les contenir tous. Claudia se sentait coincée, foulée, comme l'étoffe dans le lessi. « Avant longtemps, les garçons prendront toute la place dans cette maison, pensait-elle. Quand cé que p'pa remarque la couleur de mes robes ou ben les rubans dans mes cheveux ? » Claudia était fière de sa belle crinière, mais personne ne semblait la remarquer. La voix de sa mère dérangea ses pensées.

– Reste encore la cuisine d'été.

– Ah ben là, c'est le comble ! Vous êtes pas sérieuse, m'man ? P'pa s'en sert l'hiver pour tailler les cuirs des attelages, pour travailler le bois, fabriquer ses voitures pis les quarts à potasse. Non ! Vous savez comme moé qu'y peut pas s'en passer. Pis nous autres, on pourrait pas s'en servir de l'été ? Si vous voulez mon idée, je pense que Moïse est en train de chambarder notre vie pis vous restez là à vous faire enguirlander sans réagir. Mais, bon dieu !

Qu'est-ce qui vous font les garçons pour se mériter tant d'attention ?

— Sainte-Bénite ! Claudia, modère-toé. Ça sert à rien de te casser la tête. Laisse ces problèmes-là aux parents. Prends plutôt le temps de regarder un peu ceux qui t'entourent. C'est là que tu peux trouver le vrai bonheur, à te dévouer pour tes frères et sœurs. De toute façon, c'est ton père qui décidera lui-même le temps venu. Nous autres, on aura rien qu'à se résigner. En attendant, y faudrait ramasser un peu d'épluchures de blé d'Inde pour leur faire une paillasse, pis de la plume pour bourrer deux oreillers.

Les bras croisés, Claudia s'entêtait et refusait d'obéir. Sa mère employa un ton mielleux pour l'amadouer.

— Tu sais, ce sera pas mauvais d'avoir un peu d'aide dans la maison. Et Sophie est une fille de notre milieu ; ce qui est préférable aux filles de la ville dont on connaît pas les racines. On a vu ça déjà, des étrangères qui s'ennuyaient à la campagne ; un mauvais exemple pour nos filles de par icitte. Ça passe leur temps à se pavaner pis à se farder pour se faire aguichantes. Elles sont bonnes qu'à détourner nos jeunes mamans fidèles de leur devoir. Les filles de ville, c'est presque toujours de la mauvaise graine.

Thomas l'écoutait depuis le tout début condamner ouvertement des accusées sans défense. Il s'opposa.

— J'en dirais pas tant, moé, c'est pas la faute des filles de la ville si elles savent ni tenir une pioche ni traire une vache.

— Si c'était juste ça, passe encore, mais…

— On dirait, m'man, que vous aimez pas les filles de la ville !

— Haïr ne mène à rien.

— Moé, je peux vous dire que je serais pas ben à l'aise d'amener une étrangère icitte après ce que je viens d'entendre.

— Moque-toé tant que tu veux si ça peut t'amuser, asteure que tu sais ce que j'en pense.

Claudia demeurait songeuse. Sa mère était donc si vulnérable ! Elle se méfiait de tout ce qui touchait l'extérieur, l'actualité, les changements. Sans se l'avouer, elle craignait les siècles à venir. Sa vie se limitait à ses enfants et se situait entre la ferme et l'église. Ses garçons représentaient tout pour elle. C'était à croire qu'à eux seuls, ils comblaient son cœur de mère.

— Pis ma place à moé, elle est où ? Après Moïse, ce sera Thomas, et les autres, pis ça finira pus.

Justine ne répondit pas. Elle ne comprenait pas l'attitude de sa fille. Elle regardait Claudia passer sa rage à récurer sur le poêle à bois les marques laissées par les rôties.

Une bonne odeur de pain grillé et de café embaumait la pièce.

XI

L'arrière-saison avait pris tout le monde par surprise.

Le petit Alexis s'était présenté un peu en avance, en compétition avec les récoltes. Entre-temps, une chambre avait été aménagée sous les combes. La pauvre Claudia avait dû en prendre son parti même si chaque coup de marteau lui fendait le cœur. Aujourd'hui, les cloisons montées, un grand lit de fer et une vieille armoire prenaient tout l'espace.

Après le chapelet, Moïse monta se coucher, Sophie le suivit, les seins gonflés par un début de grossesse. Claudia remarquait son marcher plus lent, son pas mesuré. La jeune femme s'entourait de toutes les précautions possibles. Pour elle, aucun doute, Sophie était enceinte. Claudia acceptait mal de voir la famille s'agrandir, et elle n'avait personne avec qui en parler ouvertement; de toute façon, qui pourrait raisonner à sa manière à elle? Sa mère avait toujours abordé ces sujets à mots couverts. Même si la réserve l'amenait à garder ses remarques en veilleuse, rien ne l'empêchait de penser librement. Elle étouffa un demi bâillement. «Je vois pas Sophie monter le petit escalier raide qui mène au troisième avec un enfant dans les bras.» L'état de Sophie l'amenait à penser qu'il était urgent pour le jeune couple de déménager. La maison était pleine à craquer et les parents semblaient heureux ainsi, ce qui rendait Claudia amère. Mais comment persuader Moïse de partir, sans risquer de le froisser? Elle saisirait le moment opportun dès qu'il serait seul. À le suivre comme son ombre, Sophie ne lui laissait aucune chance. Tout leur travail se faisait à deux. Main dans la main, le couple échangeait des sourires, laissant derrière eux une traînée de bonheur. Contrairement à ce que Justine avait prévu, la jeune épouse aidait peu à la cuisine. Heureusement, la joie exubérante de son fils la contentait davantage.

* * *

Le lendemain, Sophie, assise au bout du banc, la figure blanche comme du lait, sortit de table avant la fin du repas en étirant des bâillements.

– Je monte m'étendre un peu. Je sens que si je reste icitte, je vais piquer du nez dans mon assiette.

– Bordel! Sophie, tu deviens de plus en plus paresseuse. Au cas où tu changerais d'idée tu me trouveras à côté, lança Moïse d'un air entendu.

Claudia s'inquiétait de la voir chanceler. «Ma foi, elle va s'écraser avant de se rendre au troisième. Si au moins Moïse allait la reconduire, y voit donc rien?»

– Moïse! Ta femme…

Moïse ne bougeait pas, comme si sa sœur s'était adressée à lui en latin. Dans un élan de compassion, Claudia s'en faisait pour elle. Elle serra les dents et répéta une seconde fois, mais Moïse faisait le sourd. Se sentait-il humilié de protéger sa femme? Finalement, Claudia s'offrit en dépit du repas à servir.

— T'as besoin d'aide, Sophie? Va pas risquer de faire la toile dans l'escalier.

— Non, laisse faire, ça va aller.

À peine rendue au bas de l'escalier, Sophie s'affaissa dans la vieille bergère et s'endormit la tête appuyée sur son bras replié. Claudia reprit son service, muette jusqu'à la fin du repas. Ses gestes étaient brusques. Tous les yeux la suivaient discrètement. Après le bruit de chaises qui closait le repas, elle laissa libre cours à sa colère.

— Moïse Lamarche, tu vois comme moé que ta femme est pas ben pis tu t'en occupes même pas. T'as donc pas de cœur?

— Moé, les affaires de femmes, je laisse ça aux femmes.

— C'est à se demander si t'aurais pas dû rester garçon. Je t'ai déjà connu plus empressé à une certaine Langue-de-Chatte.

Le souvenir de sa rencontre avec Sophie lui revint, tout frais. Il sourit, et ce sourire avait le don de fâcher sa sœur davantage.

Moïse n'en faisait plus de cas. Il sifflait en traversant à la cuisine d'été, où lui et Thomas avaient entrepris de fabriquer une brouette. À son tour, Claudia le suivit et surprit Thomas qui se plaignait à son frère.

— Moé, je vois pas le jour de me marier, ni aujourd'hui ni plus tard. Icitte, la maison est pleine à craquer pis comme j'ai pas une cenne qui m'adore, je peux pas m'installer ailleurs. Pierrine m'attendra pas éternellement

— T'as qu'à t'arranger pour prendre la relève de la forge.

– T'es malade, toé! Les Blouin ont six garçons qui poussent derrière Pierrine. En plus, maréchal-ferrant, c'est tout un métier. C'est presque un art. Je me vois mal passer mes journées à ferrer des chevaux. Tu sais comme j'aime pas les bêtes. Tu cherches juste à me faire parler pour rien.

À la vue de Claudia, la conversation tomba. Moïse s'imaginait que sa sœur allait lui retomber dessus, suite aux reproches du midi. Mais non, la jeune fille s'assit confortablement, poussa le marteau et le rabot sur une retaille de bois, puis s'amusa à faire voler les copeaux en frisettes.

– Vous souvenez-vous, plus jeunes, quand p'pa fendait son bois pis qu'y nous disait: «Si tu mets le pied sur un copeau et que l'autre bout lève, le diable va sortir sa fourche»? Moé je le croyais ben dur, pis je marchais avec mille précautions. C'est fou ce qu'on peut être innocent quand on est enfant!

L'atmosphère allégée, Sophie passa aux choses importantes.

– Je vous écoutais en entrant, si j'étais vous autres, je penserais à partir. Les jeunes poussent, tantôt ce sera à leur tour de prendre la relève. Pis les parents sont ben mal placés pour en discuter sans blesser ben du monde ici-dedans.

Moïse se sentit visé.

– La terre revient à l'aîné des garçons!

Thomas le regardait comme on regarde quelqu'un qui divague.

– Si on dirait pas un droit d'aînesse ; on se croirait au temps d'Ésaü et Jacob ! À t'entendre, sur la ferme, seul le premier garçon de la famille a tous les droits tandis que nous, les plus jeunes, on est des moins que rien, des quantités négligeables.

Claudia, doucereuse, essayait de le dissuader.

– Prendre la relève, ça veut dire tout ce qui va avec, Moïse. Pis qui te dit que la famille a fini de s'agrandir ? Moé, je pensais ben qu'Apolline serait la dernière ! Souvent, c'est des années à patienter, sans un sou. T'as qu'à regarder autour. Quand les vieux se donnent à rente, souvent les fils ont déjà les cheveux blancs. Moé, je te dis ça de même. Et pense à ta pauvre Sophie, ce serait toute une charge sur ses épaules.

Moïse ne parlait plus. Claudia avait raison. Ces derniers temps, Sophie se plaignait justement du manque d'espace et d'intimité.

– Si je parlais au père, y accepterait peut-être de couper sa terre en deux. On n'aurait qu'à construire une nouvelle maison.

Claudia, la rusée, rit jaune.

– Une terre, c'est pas une tarte, Moïse.

– Les Melançon parlent ben de le faire, eux ! – Les Melançon, y peuvent ben parler ; leurs filles ont à peine douze ans. Pis eux, c'est pas pareil, y ont seulement deux filles, et en étendue, leur terre en fait deux comme la nôtre. Non, non. Oublie ça.

Moïse replongea dans ses pensées. «Y a toujours le moulin à scie.»

Thomas, lui, avait envie d'autre chose.

– À vrai dire, moé, la terre, j'en veux pas. Je mijote d'autres projets mille fois plus intéressants.

Claudia le regardait, ébahie.

– Raconte-nous ça, Thomas.

– Je vais juste réussir à vous faire rire.

– Ben vas-y, Thomas, fais-nous rire.

– J'ai le goût d'aller retrouver mon parrain en Californie. Pis c'est sérieux mon affaire ; j'attends juste d'avoir atteint ma majorité.

– Bordel ! s'écria Moïse. Je te vois pas creuser au pic pis à la pelle ; tu salirais tes petites mains. Pis la Californie, c'est tout un voyage ! Dis-moé d'abord où tu prendrais l'argent ?

– Si je lui demandais, mon oncle Thomas m'avancerait probablement le prix du voyage. Je lui écrirai en temps et lieu. Je suis venu à bout de mettre la main sur son adresse pis je la garde précieusement.

– Va surtout pas dire ça à m'man. Tu la tuerais sur le coup.

– Peut-être, ajouta Claudia, qu'on peut minimiser les dégâts. Vous avez pas besoin d'aller si loin. Avez-vous entendu Babiche le quêteux ? Y dit qu'à Montréal, y a du travail en masse. Paraîtrait que des fils d'habitants y vont pis qui y trouvent leur content.

Moïse était sceptique, mais songeur.

– T'as entendu ça, toé ?

– Oui ! affirma Claudia. Pis les parents aussi ; Babiche a raconté ça, en pleine cuisine, en tressant un fond de chaise. Vous avez ben beau demander à p'pa si vous me croyez pas, mais je serais pas prête à miser sur lui pour vous encourager, hein !

Moïse était sceptique.

— Au moulin à scie, le vieux Lanoue s'absente de plus en plus souvent et les gens grognent parce qu'y est toujours en retard pour ses commandes. Sophie m'encourage à y offrir mes services. Elle mise ben gros là-dessus, mais la ville… ça, je me demande ce qu'elle en dirait. De toute façon, t'as raison, Claudia, elle pis moé, on pourra pas s'éterniser icitte, pis le père doit ben s'en douter un peu.

Thomas se grattait la nuque. Il n'imaginait pas une minute que le projet puisse le toucher. Il voyait déjà son frère parti. « Si Moïse quitte la ferme, se dit-il, je me marie, pis je m'installe à sa place en attendant mieux. » Moïse ne parlait plus. D'un geste lent, il démaigrissait un long mancheron. Toutes ses pensées convergeaient en un même but. Il pesait le pour et le contre pour ce qu'il en connaissait. Quelque chose, comme un pressentiment, lui disait que l'avenir était là-bas, et ses idées ne faisaient que jalonner de loin une nouvelle étape.

Sans s'en rendre compte, Moïse s'emballait, il sifflait aux roulades plaintives de la varlope. Lentement, froidement, sagement, il mûrissait la proposition hasardeuse. Selon lui, rien n'arrivait pour rien. Finalement, il sonda les intentions de son frère d'un ton intéressé.

— Qu'est-ce que t'en penses ? On pourrait partir ensemble.

Thomas sursauta, ses yeux s'agrandirent.

— Nous deux ? T'es sérieux ?

— Pourquoi pas ?

Ça prenait juste un petit vent pour expulser Thomas ailleurs, n'importe où, mais ailleurs. Ce fut le déclic. Le projet le démangeait, l'enflammait.

— Ça me tente ; je dirais plutôt que j'en meurs d'envie, mais comme je suis pas majeur, je voudrais ben pas me faire des accroires pour être déçu ensuite. M'man va sûrement s'opposer. Vous avez vu pour mon oncle Thomas ? Elle a jamais pardonné à sa mère de l'avoir laissé partir pour la ruée vers l'or. Si vous pensez que ce sera facile d'y faire avaler qu'un… non, pas un, deux de ses propres enfants… Ouf !

— Montréal, c'est pas les États.

— C'est la plus belle affaire qui pourrait m'arriver, mais avant, j'ai ben du monde à convaincre. Thomas pensait à Pierrine. Il se demandait bien si elle serait prête à le suivre.

— Le pire, dit-il, c'est les parents.

Claudia les encourageait de son mieux.

— Eux, y pourront pas garder tous leurs enfants et descendants sur la ferme éternellement. Y a quand même des limites !

Thomas, qui détestait le travail de la ferme, voyait soudain une éclaircie devant lui. Il sentait poindre l'espoir d'un avenir meilleur et, par-dessus le marché, Claudia et Moïse l'appuyaient. À trois, ils y arriveraient. Pour lui, c'était déjà un pas de géant. Il n'arrêtait plus d'y penser.

— Vous deux, vous croyez que j'ai une chance ?

Moïse abandonna son sablage et jucha la fesse droite sur le rebord de la fenêtre. Ses idées s'emmêlaient. Il faisait craquer ses jointures.

– À vrai dire, non. Pour moé, ce sera plus facile, quoique j'ai pas une cenne noire. Quant à Sophie, après s'être exilée au Manitoba pendant quelques années, l'éloignement devrait pas y faire ben peur.

– Moé, j'en parlerai à Pierrine d'abord. Si les femmes voulaient suivre, ce serait l'idéal.

Thomas présuma que l'attente serait longue, du projet à la réalisation. Mais il s'accrocha à son idée et plus rien ne l'en fit démordre.

* * *

Au coucher, Moïse, silencieux, colla ses reins contre Sophie. Que pouvait-il attendre de la ferme ? La famille était si nombreuse. Dix fois dans son cerveau, il refaisait des prévisions, mesurait les risques et, chaque fois, son intérêt grandissait. Puis la réalité se fit évidente. Il ne lui restait rien d'autre que ses deux bras. Sophie, le sentant préoccupé, le tira par les épaules et le tourna vers elle, sans effort. Moïse, habituellement vif, était amorphe.

– Qu'est-ce qui se passe, Moïse, pour que tu fasses pus de cas de moé ?

Il caressa sa joue.

– Rien, Sophie, rien !

– Tu me caches quelque chose. Tu respires pas comme d'habitude. Est-ce que je t'ai caché que je suis enceinte, moé ?

Il sourit de la comparaison. Sa main caressait sa nuque. Sophie avait-elle besoin de savoir, pour ensuite se tourner les sangs ? Elle insista tant qu'à la fin, il céda et l'informa de ses nouveaux desseins. Excitée, palpitante, elle se redressa sur un coude, la figure au-dessus de celle de Moïse.

– Oui! On part, Moïse, seuls tous les deux!

– Pas si vite! C'est pas facile de même, Sophie; j'ai pas une cenne. À t'entendre parler, on croirait que t'es pas ben icitte.

Le regard perdu dans l'ombre noire des solives, Sophie ruminait les petits inconvénients de la vie de famille dont elle s'accommodait par le passé et qui se gonflaient aujourd'hui en gros désagréments.

– Tu vois quelle sorte de vie on mène? Faut toujours quémander de l'argent à tes parents. Pis là, compte pas trop sur eux pour approuver ton choix. Asteure qu'on est mariés, ça regarde juste nous deux.

– De grâce, calme-toé, Sophie, tu dis n'importe quoi! T'es prête à accuser les parents avant même que je les mette au courant.

La tête de Sophie retomba lourdement sur l'oreiller. Elle se sentait battue d'avance. Pourquoi Moïse lui faisait-il miroiter des propositions avantageuses pour la décevoir aussitôt? Elle mordait ses lèvres pour ne pas pleurer.

– Fais comme si j'avais rien dit, ajouta Moïse, C'est tout!

Intérieurement, Sophie se promettait de rappliquer. L'espoir d'un avenir meilleur et un feu nouveau l'animaient. Moïse ne reconnaissait plus son caractère raisonnable.

– T'es pas heureuse icitte?

– Oui, avant que tu parles de partir. Asteure, je pourrai plus m'enlever ça de la tête, pis j'endurerai pas que personne mette d'entraves à notre projet. Pis là, Moïse, si on veut réussir, y faut mettre le bon Dieu dans nos affaires. Si on disait un rosaire, juste pour ça ?

– Un autre ?

Sophie s'endormit sur la deuxième dizaine. Moïse lui retira le chapelet des mains et le glissa sous l'oreiller. Sa mère disait : « Quand on s'endort sur un chapelet, la Sainte Vierge le finit. » Si la Vierge prie pour nous, comment ne pas réussir ?

* * *

Plus le temps passait, plus le projet devenait sérieux. Moïse s'en remit à Thomas.

– Depuis que Sophie est au courant, elle parle juste de ça. Elle aimerait qu'on ait plus d'espace pour élever notre famille pis une cuisine rien qu'à nous. Elle présume que, si on a rien, on a rien à perdre. C'est comme je vous disais : la ville, c'est pas ce qui y fait peur. En tout cas, pas plus que le Manitoba ! Pis toé, Thomas, t'as parlé à ta rouge ?

– Cesse de l'appeler ma rouge ! Pierrine, ça y sourit pas beaucoup, mais elle a pas encore dit son dernier mot. Avant, elle veut prendre tout son temps pour y penser ben comme y faut.

Moïse afficha un sourire moqueur.

– Pis ça peut prendre combien de temps avec elle, pour y penser ben comme y faut ?

– Wô… arrête de te moquer pis de me regarder de haut. Je le sais que Pierrine est pas trop vite. J'haïs assez ces situations-là sans que t'en rajoutes par-dessus.

Moïse ne ménageait pas la sensibilité de son frère.

– Vous deux, vous êtes deux extrêmes. Toé, trop vite, pis ta rouge, trop lente. Vous pourrez jamais être sur la même longueur d'onde sans vous contrarier. Laisse-la donc tomber, en ville t'en rencontreras d'autres.

– T'es ben méchant, Moïse Lamarche !

– Ben non, voyons ! Je me demande quelle mouche t'a piqué. T'es ben chatouilleux aujourd'hui. Dans une maison, c'est à l'homme de prendre les décisions. Commence tout de suite si tu veux pas que ta femme porte la culotte. Tu sais que les rouquines ont du tempérament !

– Je partirai seulement si Pierrine accepte de me suivre.

Intérieurement, Thomas pensait tout autre. Il s'entêtait à vouloir partir, coûte que coûte et, à le voir s'enflammer, Moïse le devinait facilement.

– Voyons donc, t'es quand même pas amoureux d'elle ?

– Oui !

– D'abord, t'as qu'à l'acculer au pied du mur, comme ça, tu verras si elle tient vraiment à toé pis si c'est le cas, elle te suivra au bout du monde.

– Faudra en parler au père avant. Pour Pierrine, je verrai plus tard.

– Lui, c'est le plus dur à braver. Y sera peut-être prêt à en laisser partir un, mais deux du coup, c'est une autre histoire. Tant qu'à moé, l'affaire est dans le sac. Y doit se douter qu'un jour ou l'autre, je partirai pour élever ma famille, pis comme notre premier est en route, c'est l'occasion de porter le grand coup.

Thomas sourit.

– Eh ben, un premier neveu! Pour être ben franc, je t'envie un peu.

– Ta Pierrine, elle en veut des enfants?

– Aie, arrête-toé, on a jamais discuté de ça ensemble. Pis fourre donc ton nez dans tes affaires.

Moïse connaissait son influence sur Thomas et il s'en servit pour lui tirer les vers du nez.

– Qu'est-ce que t'attends? Tu pourrais faire d'une pierre deux coups. Ta Pierrine, elle déteindrait pas un peu sur toé? On dirait que tu perds de la vitesse depuis quelque temps.

– Ma foi, tu me provoques, Moïse Lamarche! Cherches-tu la bataille?

– Attention… Te souviens-tu que, plus jeunes, c'était toujours moé qui gagnais?

– Je reconnais que t'as toujours été plus fort des bras, tandis que moé je le suis de la tête. L'in-tel-li-gen-ce même!

Moïse s'en amusait.

– Bon, asteure, si on allait braver le père avant de nous faire trop d'illusions?

– Je pense qu'on ferait mieux d'attendre demain. Le matin, la tête est toujours plus reposée, les idées plus claires pis le père pourra pas se débarrasser de nous autres en disant: « montez vous coucher ». Y serait ben capable de nous planter là sans discuter si l'idée y déplaît, pis comme y revient jamais sur ses décisions, on se retrouverait à moins zéro.

— T'as peut-être ben raison.

* * *

Le lendemain, à l'étable, les garçons attendaient la fin du train pour passer à l'attaque. Une vache aux yeux insignifiants se tordait le cou pour arriver à lécher un veau maigre agrippé à son pis. Jean-Baptiste le retenait par un câble. À la fin de la tétée, le veau retourné dans son parc, Thomas présenta un petit banc à traire à son père.

— Assoyez-vous, p'pa. Moïse pis moé, on veut vous parler pis c'est ben important ce qu'on a à vous dire.

— Chu pas d'équerre à traîner ! J'ai faim, je vais déjeuner pis y a pas un chrétien qui va m'en empêcher.

Thomas le devança et se plaça devant lui pour lui barrer la sortie.

— Vous déjeunerez après, ce qu'on a à vous dire, ça regarde pas les autres, du moins pas pour le moment.

Surpris que ses garçons prennent l'avantage sur lui, le père afficha une attitude insouciante pour masquer son inquiétude. Peut-être ses garçons avaient-ils fait quelque folie.

— Bon ben, si c'est si grave que ça, allez-y, mais faites vite.

Moïse lui exposa son projet en insistant sur les treize bouches à nourrir.

— Treize ?

— Oui, treize ! Vous allez être pépère.

Jean-Baptiste mordillait une paille entre ses lèvres, comme il le faisait souvent, mais cette fois, il mâchouillait à la façon d'un bœuf qui n'en finit plus de ruminer. Un silence s'ensuivit.

– C'est pour quand ?

– En octobre, mais j'aimerais partir avant !

– Pis les patates ?

Les garçons se regardèrent. À cette époque, la culture de la pomme de terre, fraîchement venuc de France, commençait à prendre de l'ampleur. La terre des Lamarche se prêtait bien à cette culture qui attribuait à ce sol, qu'on disait pauvre, une nouvelle dignité.

– Ce légume-là, c'est une richesse pour le bas du ruisseau Vacher. On va pas le lâcher après une si belle récolte.

Avec ses objections, leur père était-il en train de repousser leur proposition ? Moïse avait de bons arguments.

– Claudia, à elle seule, vaut un bon homme. Y a aussi Azarie pis Amédée qui peuvent aider. Vous les voyez pas profiter ces deux-là ? À leur âge, nous, on allait bûcher depuis deux hivers.

– Je vous enverrai de l'argent, promit Thomas.

– De l'argent, j'en ai jamais eu, pis chu pas mort pour ça. La terre, quand on la quémande, nous nourrit. Icitte, on a tout ce qu'y faut pour vivre.

– Vous en avez jamais eu, hein ? Pis la potasse ? À quarante piastres le baril, moé, j'appelle ça de l'argent, pis plus que ça, du bel argent. On rit pas… quarante piastres !

Ceux qui diront que l'argent fait pas le bonheur, qu'y viennent me le dire en face.

— Ça se discute, ça se discute.

Le père caressait son menton et fixait le plancher.

— Qui cé qui vous a mis cette idée-là en tête ?

— C'est Babiche qui parle de ça, un peu partout. Vous savez, les quêteux, y a pas meilleurs rapporteurs.

— Asteure, tu vas t'en laisser imposer par tout un chacun, en plus par un clochard ? Lui, si y a tant d'ouvrage en ville, ça l'intéresserait pas plutôt que de quêter ?

Même si Moïse trouvait la réplique adéquate, il se demandait si son père ne la lui servait pas dans le but de s'opposer à son projet.

— Quêter, c'est peut-être plus payant ? Faudrait que je pense à ça ! Moïse reprit son sérieux. De toute façon, asteure que Sophie est partie pour la famille…

Il rougit, tel un enfant coupable.

— Venez déjeuner, commanda Jean-Baptiste, ça jasera mieux le ventre plein.

À la table, Justine s'énervait. Elle qui, depuis la première naissance, concentrait toutes ses pensées et ses énergies sur sa famille et ses enfants, ne vivait que pour eux et par eux. Selon elle, hors du foyer, point de salut. Elle avala une gorgée d'eau et repoussa son assiette.

— Sainte-Bénite, Jean-Baptiste, tu vas pas les laisser partir au bout du monde sans les retenir et, tout ça au nom de l'argent ? Personne manque du nécessaire icitte. Qu'est-cé qu'y veulent de plus ?

Son mari allongea un soupir, comme s'il venait de prendre dix ans, d'un coup.

– Nous v'là rendus là! On pourra pas les garder indéfiniment. Les petits poussent sur les grands.

Jean-Baptiste regarda ses aînés.

– Vous voudriez partir quand?

Thomas, nerveux, essuyait ses mains moites sur sa salopette. Il s'empressa de répondre.

– On n'a pas encore fixé de temps.

Justine posa sa main sur son cœur qu'elle sentait galoper.

– Pas mon petit Thomas! Non! Y est ben trop jeune pour la ville, celui-là!

Thomas baissa les yeux et serra les lèvres. Son moral tombait au plus bas. Il répéta:

– Mon petit! Comme si j'étais encore un bébé!

Thomas, qui croyait la partie gagnée, craignait maintenant l'influence néfaste de sa mère. Il s'efforçait de ne pas dépasser les bornes de la politesse; par défi, sa mère outragée pourrait trancher la question d'un non catégorique. Cependant, rien ne l'empêchait de déballer ses projets; ce qu'il n'aurait jamais osé faire avant sa majorité. Il lui lança à la figure, comme une menace.

– Si je pars pas maintenant, je partirai plus tard. Pis asteure, je peux ben vous le dire: ma première idée, c'était d'aller retrouver mon oncle en Californie. Autant suivre Moïse; ce serait moins ennuyant à deux. De toute façon, je vois pas pourquoi vous m'en empêcheriez; sur la terre, je travaille toujours à reculons pis ça va tout le temps aller en empirant.

Justine s'énervait. Tout ce qui ressemblait à la liberté lui faisait prendre ombrage. Elle leva le ton.

– C'est la plus sotte des idées que j'ai jamais entendue. Tu fais mieux de t'ôter ça de la tête : avant la Californie, mon garçon, il faudra me passer sur le corps. Vous allez me rendre folle, me faire mourir, vous m'entendez ? Je me demande quelle idée vous pousse à l'étranger. Des trésors enfouis dans le sol ? Comme si c'était possible !

Elle hocha la tête. Plus Justine s'agitait, plus sa pression montait. Jean-Baptiste posa une main apaisante sur son bras.

– Modère, modère !

Justine avait beau tempêter, elle ne pouvait s'empêcher de donner raison à Thomas quand il parlait de son désintérêt pour la ferme. C'était la crainte de voir Thomas s'exiler qui la faisait raisonner ainsi. Celui-là, depuis son enfance, la lecture, le dessin et les belles choses l'émerveillaient. C'était le portrait tout craché de son parrain, l'oncle Thomas, qui avait pris le bord des États pour la ruée vers l'or à l'âge de dix-sept ans. Depuis, il n'avait jamais remis un pied au pays. Elle l'imaginait perdu dans un petit endroit appelé Sacramento. Elle regrettait maintenant de l'avoir prié pour être compère à la naissance de son deuxième fils. « Si j'avais vu venir les choses ! »

* * *

C'étaient quelques jours avant son départ, alors que la famille cherchait par tous les moyens à le retenir. Ce parrainage était ce que Justine avait trouvé de mieux, même si ça n'avait servi à rien. Un feu intérieur le dévorait.

Quel exemple pour son Thomas! Aujourd'hui, le garçon n'était pas sans voir que son oncle vivait largement là-bas, avec tout ce qu'il lui envoyait de vêtements et de cadeaux. Justine se demandait maintenant si elle n'aurait pas dû, au tout début, mettre un point final à ses appâts qui faisaient miroiter les avantages de la fortune. Si le sien allait s'exiler, elle en mourrait. Et si la ville était la solution pour lui faire oublier la Californie? Si de deux maux elle choisissait le moindre, serait-ce suffisant? Elle le croyait un peu fainéant son Thomas. Peut-être était-ce la meilleure façon pour l'encourager à travailler? Mais la ville, avec tous ces étrangers dont on ne disait pas que du bien, l'inquiétait. Sa sœur Edouardina avait déjà parlé dans ses lettres de bandes de voyous, de fainéants, qui traînaient dans les ruelles et souvent, volaient. Sans parler des filles publiques qui livraient leur corps pour de l'argent. Quelques rues avaient mauvaise réputation. Et si ses garçons allaient se laisser entraîner et peut-être perdre leur âme? Son cœur de mère frissonnait dans la pièce ensoleillée. Elle en toucherait un mot à monsieur le curé. «Mon Dieu, pourquoi faut-y que les enfants vieillissent si vite? Pourquoi faut-y les avoir dans le sang pour la vie? Ce serait si commode si on pouvait les laisser à eux-mêmes sans se faire de soucis.» Elle ne pourrait donc jamais dormir tranquille, comme quand ils étaient petits? Même si elle se démenait et que, le soir, elle tombait de fatigue, elle pouvait au moins respirer en paix à les voir tous dormir sous le même toit.

Elle chercha mille raisons de dissuader ses fils.

– Trouveriez-vous raisonnable de laisser votre père seul avec toute la besogne ? Y a le bois de chauffage à bûcher, les patates, la potasse, pis le diable et son train. On laisserait filer l'argent comme ça, devant notre nez ?

D'un coup sec de fourchette, Thomas creva un œuf dans son assiette. Tous les yeux étaient sur lui. Son énervement surprenait ; lui habituellement si posé. Il argumentait plus qu'il ne mangeait.

– La potasse… la potasse ! J'haïs assez ça, icitte, on dirait qu'y a pas autre chose.

– C'est vrai ! Y a pas autre chose, en tout cas, rien d'aussi payant. Je sais pas comment on se débrouillerait avec notre petit sol pauvre si on n'avait pas la pomme de terre pis la potasse. C'est avec ça qu'on arrive à vous habiller convenablement pis à vous nourrir.

– Moé, mes vêtements vous coûtent rien ; c'est mon parrain qui les envoie des États. Si le temps peut filer, vous allez voir que je vais m'en ficher de votre potasse !

Claudia, qui voyait Thomas de plus en plus tendu, intervient et tenta d'appuyer ses frères.

– Chus là, moé, pis je demande pas mieux que d'aider. Chauffer la chaudière à potasse, y a rien là. Je sais quand même allumer pis entretenir un feu.

– Sais-tu seulement dans quelle galère tu t'embarquerais ? reprit sa mère. Nourrir tout le monde nous suffira. Pour nous, les femmes, ça veut dire des repas à toute heure du jour et de la nuit. En plus, cette année, je compte ben gros sur l'aide de Marie-Anne. À trois, on sera pas de trop !

– Et Sophie ?

– Sophie a besoin de repos. Je la trouve pâlotte ces derniers temps.

Marie-Anne, toute excitée, offrit son appui.

– Moé, je servirai les repas de nuit.

– Toé, tu feras ce qu'on te dira, trancha la mère.

Au centre de la discussion, Moïse réfléchissait.

– Et si on se débarrassait de la potasse avant de partir ? Après vous seriez tranquilles pour un an. Ça nous donnerait le temps de voir si la ville est aussi intéressante qu'on le dit. Au pire-aller, on reviendra par icitte pis on en reparlera pus.

D'un geste de la main, Jean-Baptiste imposa le silence.

– Bon, ça va ! Tout de suite après déjeuner, vous deux, dit-il en regardait Amédée et Azarie, vous irez avertir les Lord, les Gaudet, les Mireault, les Melançon, les Henrichon, pis les Bastien. Qu'y s'amènent demain avec leurs cendres d'érable. Vous leur direz qu'on a besoin de bras pour soulever la chaudière à potasse. Faudrait pas s'éreinter avant de commencer. Toé, Thomas, tes barils sont-y prêts ?

Le garçon opina de la tête d'un air hébété.

– Heu, oui !

– Bon, avant, prenez un bon déjeuner, vous aurez besoin de toutes vos forces.

Justine soupira.

– Déjà la potasse ? Vous décidez ça vite ; on n'a même pas enlevé les châssis doubles.

Thomas restait silencieux, quand autour de lui se déclenchait un chahut de tous les diables. Il réalisait qu'il venait de se fourrer dans le pétrin ; ses barils n'étaient pas prêts. Avec un peu de chance, il s'en tirerait en quelques heures. Il engloutit un deuxième verre de lait et fila à la remise où il savoura une victoire encore fragile. Les cerceaux de métal étaient suspendus à un madrier couché sur les chevrons. « Cinq, six, sept… Ouf! c'est un bon départ. Ça ira », se dit-il. Puis il approcha à portée de main une mailloche et un merlin, et se mit en frais d'assembler les douves courbées des tonneaux.

XII

Le soleil et le vent rivalisaient. C'était à qui des deux boufferait le plus de vieilles neiges fondantes.

Claudia sauta du lit, poussa les volets et s'accouda à la fenêtre de sa chambre. Elle s'amusait à briser les glaçons de la lucarne qui pendaient du toit de tôle. Dans la cour de l'étable, un coq, le cou étiré à s'en rompre les plumes, n'en finissait plus de chanter son cocorico. L'odeur du printemps était exquise. Les clochettes de sept voitures frissonnaient au vent léger du matin. De la lucarne, la jeune fille se réjouissait de l'agitation. « Enfin, ça bouge ! » Son social, qui se limitait à la messe du dimanche, était tout autre, cc jour-là.

Le temps de la potasse était une sorte de parenthèse qui brisait la monotonie de la saison morte et ajoutait un peu de sel à sa vie. Du moins au début ; après, la fatigue suivait toujours. Claudia plissait les yeux à la clarté du jour. Parmi les attelages, il s'en trouvait un plus élégant, tiré par une pouliche fort belle, de ton gris souris. Un inconnu la conduisait. Des hommes sautaient de voiture et confiaient à leurs garçons le soin des bêtes. Regroupés au centre de la cour, les potasseurs se donnaient le temps de fumer avant d'entreprendre la rude besogne. Claudia entendait les rires francs, les propos semblaient légers.

Plus loin, le soleil allumait des reflets lumineux sur le métal des harnais. À voir les chevaux immobiles, alignés face au mur de la grange, le sac de jute rempli d'avoine suspendu à leur tête, on eut dit un peloton d'exécution.

Le nez dans l'odeur printanière, Claudia suivait maintenant le vieux feutre gris de son père qui se déplaçait vivement. Un geste de la main accompagnait chaque ordre.

– Dételez vos chevaux pis lâchez-les dans le deux arpents. Comme vous voyez, y manqueront de rien.

Dans l'enclos, habituellement réservé aux vaches, on pouvait voir près du bloc de sel rose un baquet d'eau qu'on avait pris soin de placer au soleil pour l'empêcher de congeler et tout à côté, une meule de foin.

Le fond de l'air froid pénétrait dans la chambre et courait sur les pieds nus de Claudia. Elle réprima un tremblement frileux et referma les carreaux. Une grosse besogne l'attendait, mais elle ne lui pesait guère ; l'animation lui plaisait, l'excitait même. Elle replaça en vitesse les courtepointes sur les lits de plumes, sans prendre la précaution d'égaliser de la main les creux et les bosses. Aujourd'hui, seul l'extérieur captait son attention. C'était si rare que des événements viennent changer la routine. Son regard s'accrochait de lucarne en lucarne. En bas, Jean-Baptiste faisait un grand signe de croix. Les voisins l'imitaient. Aussitôt, ils se mirent à six pour soulever la grosse chaudière à potasse à deux pieds du sol. Jean-Baptiste, les bras en l'air, criait quelque chose que Claudia ne pouvait pas entendre.

Dans les chambres des garçons, Claudia retrouvait le fouillis habituel. Sans perdre de temps, elle ramassa les vêtements dispersés autour des lits et retourna ensuite à la sienne, sans se rendre compte qu'elle souriait. La fenêtre l'attirait.

Monsieur Mireault approchait une charrette chargée de barils qu'il descendait, un à un. Les cendres étaient légères ; il tenait les contenants à bout de bras. Azarie et Amédée attendaient, assis sur le tombereau chargé de quatre tonneaux qui serviraient au charriage de l'eau. Les garçons devraient faire la navette, de la source d'eau de roche à la chaudière à potasse.

Un jeune homme les suivait au pas. Il était de taille moyenne, ses cheveux étaient blonds et son teint clair, comme s'il ne voyait jamais le soleil. Il talonnait Moïse d'un pas hésitant et s'empressait gauchement à lui rendre service. Vu d'en haut, il semblait plus nuire qu'aider.

La jeune fille en oubliait son travail. La voix de sa mère la fit sursauter.

– Claudia ? Descends.

On venait bousculer le fil de ses pensées.

– Descendre ? Y me reste encore deux chambres à nettoyer.

– Laisse les lits, pis viens mettre les pois à tremper. Tu sais, on aura pas de temps à perdre si on veut nourrir tout notre monde. Claudia, t'entends ? Amène-toé tout de suite !

Claudia s'habilla rapidement et descendit.

– Je me demande pourquoi les femmes viendraient pas nous aider comme le font les hommes ?

– Sans doute parce qu'elles ont toutes une famille à s'occuper.

– Icitte itou, pis pourtant, on va travailler jour et nuit, nous autres.

– Les choses sont comme ça, pis c'est pas moé qui va les changer.

– C'est qui, m'man, l'étranger qui est là ? Regardez, juste à côté de m'sieur Gaudet.

Justine étira le cou.

– C'est une figure qui m'est complètement étrangère. Y doit pas être de la place.

– Pensez-vous qu'y va venir manger icitte ?

– Si y se présente à la table, on va pas le mettre dehors.

Amédée entrait essoufflé. Au bout de ses bras pendaient deux mains sales. Il parlait tout essoufflé.

– Madame Mireault fait dire que si vous avez besoin d'aide, elle peut venir vous donner un coup de main. Faut que je retourne y donner une réponse tout de suite.

– Elle est ben de service. Dis-y qu'au besoin, on y fera signe. Oublie surtout pas de la remercier.

Claudia se scandalisa.

– Pourquoi, m'man, on en profiterait pas ?

– On est toujours venu à boutte de s'arranger tout seul. Chacun ses chaudrons ! Toé, Claudia, va lever les œufs. Tu trouveras le panier derrière la porte du hangar.

Claudia accrocha son frère au passage.

– Heille, l'étranger, le grand blond qui flâne avec les hommes, sais-tu si on y met un couvert à la table ?

– Tu demanderas à Moïse, Médéric est avec lui.

– Médéric ? Médéric qui ? Y doit ben avoir un nom de famille ?

– C'est un gars de Saint-Paul. Son père tient le magasin général. Imagine-toé donc que ce gars-là, y a jamais vu faire la potasse. (Amédée rit.) Moé, j'ai jamais vu ça un gars qui connaît pas la potasse, mais y a une sacrée belle pouliche, grasse à plein cuir.

– Ben, tu pourras y dire à ton Médéric, je-sais- pas-qui, que le trempage dure dix jours. Y va pas rester icitte tout ce temps-là ?

– Dis-y toé-même.

La porte se referma aussitôt sur Amédée.

***

Dix jours passèrent. Un vent d'ouest achevait de balayer les nuages. Le trempage terminé, la corvée reprenait. Tous les hommes étaient au poste. Ils devaient maintenant procéder au coulage de l'eau et la faire bouillir pendant vingt-quatre heures, sans répit. Les cendres seraient ensuite conservées. On répéterait le même manège avec les cendres usées pour faire le lessi qui servirait à blanchir la toile. Moïse tentait d'allumer le feu, mais dans son obstination à flamber, une grosse fumée noire retournait toujours à la terre. Les potasseurs, à croupetons, les uns contre les autres, soufflaient pour attiser la flamme. Melançon y allait de ses conseils.

– Tu ferais mieux de te servir de petits copeaux de cèdre, pis d'allumer dos au vent.

Moïse recommençait, mais le vent tournait. Irrité, d'une main il chassait au ras de sol la suie qui noircissait les visages, quand Azarie s'amena avec un contenant d'essence. Comme le garçon allait lancer un jet sur le maigre feu pour l'aider à s'enflammer, Jean-Baptiste l'aperçut et lui cria à tue-tête.

– Azarie ! Non !

Trop tard. Aussitôt une traînée de feu suivit le liquide jusqu'au gamin. Jean-Baptiste, épouvanté, voyait la flamme courir sur les mains de son fils. Déjà, une odeur de poils grillés prenait au nez. Tout le monde s'énervait. Jean-Baptiste courut lui enduire les mains de neige. Monsieur Mireault apporta de la boue. Le père était déçu de ne pas avoir pu empêcher la catastrophe. Fort heureusement, Azarie s'en tira sans conséquence.

– J'ai rien ; seulement quelques poils brûlés, mais j'ai eu une de ces frousses !

Son père reprit ses esprits. Il semblait encore lui en vouloir ; il le semonça.

– Tu m'entendais pas quand je te criais ?

– Je pouvais pas deviner, moé, je voulais juste allumer.

– J'ai horreur de ce que t'as fait. Tu mériterais une fessée, mais pour cette fois, que la peur te serve de leçon.

La flamme courait et léchait la marmite géante en fonte noire. Tout autour, la neige fondait, se mêlait à la terre et formait une boue claire. Comme solution provisoire, Moïse installa des planches pour pallier la succion qui avalait gloutonnement les bottes. À leur tour, les pièces de bois s'enfonçaient en partie dans la vase.

– Bordel ! On dirait que la malchance nous court après.

La chaleur obligeait les hommes à reculer. Assis sur des bûches placées autour du feu, ils attendaient que la température monte. Pendant ce temps, ils fumaient et se rapportaient leurs petites misères de la saison froide. Mireault bourrait sa pipe.

– Je manque de foin, depuis deux semaines. Gaudet m'en fournit en attendant la prochaine récolte. Heureusement qu'on a des bons voisins !

– Moé, cet hiver, racontait Gaudet, j'ai perdu ma pouliche rouge. Celle-là, j'ai eu beau tout essayer, j'ai jamais pu la dompter.

– Moé, répliquait Lord, y pas une bête qui va avoir raison de moé. Toé, Gaudet, t'es pas assez coriace.

– Je le sais ben ! J'ai même jamais pu dompter ma femme.

Des histoircs suivaient renflées de mensonges sans importance.

Une colonne de fumée s'élevait vers le ciel et annonçait aux habitants de la place le début de la potasse. Même si la gloriole ne lui montait pas à la tête, Jean-Baptiste souriait.

– À la forge, les gens doivent être en train de gager sur celui qui commencera le premier. Elles ont causé ben des chicanes, ces gageures-là. Y en a qui ont misé et perdu des volailles pis des petits gorets ; d'autres paris sont restés impayés. Mais là, y en a qui vont se retrouver ben déboussolés. Moé qui a l'habitude d'être sur le tard, cette année, je serais pas surpris d'être le premier.

D'une fenêtre entrouverte s'échappait une douce voix de soprano. Médéric, envoûté, restait interdit sous l'effet de l'émotion. Il cherchait un visage derrière chaque volet, curieux de connaître à qui appartenait ce timbre riche. Se pouvait-il que ce soit Claudia ? Il n'entendait plus Jean-Baptiste déléguer les tâches.

— Toé, le blond, tu verras avec Amédée à ce qu'y manque pas de bois, ça veut dire de pas laisser le tas rapetisser. C'est sérieux, la température de l'eau doit grimper jusqu'à 380 degrés F pour fondre les cendres. C'est de là que tient la réussite de la potasse. Heille, jeune homme, aurais-tu reçu un coup sur la tête ?

Médéric sursauta.

— Qui cé qui chante de même ?

— Si t'es venu icitte pour faire du sentiment, file ! Pis si t'es venu pour aider, ben grouille un peu.

À le voir ainsi hypnotisé, Jean-Baptiste reconnut que Claudia avait une voix superbe. « Nos enfants, à force de vivre avec, on vient qu'on les entend pus », pensait-il. Toutefois, l'homme avait pour son dire que le chant n'apporterait pas le manger dans les assiettes.

Il se moucha directement par terre en se pinçant les narines. Ensuite il sortit de sa poche un grand mouchoir rouge qu'il passa négligemment sur son nez. Ce geste, Thomas avait peine à le supporter, mais il n'en discutait pas, du fait qu'il était de son père. Jean-Baptiste se tourna vers lui.

— Toé, le tonnelier, tu t'occuperas, comme l'an passé, à étancher les barils, pis tiens les prêts pour le coulage. Fais suivre les couvercles et les clous qu'on perde pas de temps, pis au besoin, sers-toé du tombereau.

— Je peux pas, y est plein de barils d'eau.

Gaudet vint à sa rescousse en appelant son fils.

– Jean-Jacques, va tout de suite chercher notre tombereau. On n'en aura pas trop de deux.

Jean-Baptiste déléguait les tâches.

– Bastien pis moé, on ira dormir à huit heures, on chauffera de minuit à quatre. Ensuite, Mireault pis Gaudet, vous prendrez la relève jusqu'à huit heures. Dans la maison, y a du thé pis du manger pour tout le monde. Les bines sont sur le bout du poêle, pis le pain est dans la huche. Allez surtout pas vous priver. Les hommes iront dormir à tour de rôle, dans le grenier à foin, mais que j'en vois pas un fumer dans la grange.

Les jours passaient. La potasse était exigeante. À maintes reprises, on devait redresser le chaland que la gadoue déséquilibrait. Là-dessus, Jean-Baptiste ne faisait confiance qu'à son expérience. À la longue, les heures de sommeil entrecoupées jouaient sur le moral de tout le monde. À l'occasion, on voyait des hommes étendus sur le perron pour de courtes siestes qui s'étiraient parfois jusqu'à deux heures d'affilée. Dans la maison, les femmes n'avaient pas le temps de flâner.

Claudia se pressait de servir un morceau de lard bouilli à Azarie et à Médéric. Elle essuyait son front, courait chercher le beurre au puits et revenait aussitôt. L'étranger la regardait toujours avec insistance, ce qui la rendait mal à l'aise. Heureusement, Marie-Anne, une fillette timide dont les boucles blondes folichonnaient, monopolisait l'attention de tout le monde.

– Claudia, elle s'en va où la potasse?

– En ville.

– Yark! les gens de la ville vont boire ça?

– Ben non! Les barils vont être transportés vers
l'Angleterre et quelque part dans le reste de l'Europe.

– Les anglais en boivent, eux-autres?

Les deux garçons s'esclaffèrent. Marie-Anne, le nez
dans son assiette, ravalait. Claudia sentait les larmes
retenues de sa sœurette. Offensée, elle fit front commun
avec elle.

– Personne en boit, Marie-Anne. Ça sert à fabriquer
de la poudre à canon, du verre, pis du savon.

La fillette était une pleurnicheuse qui maîtrisait mal
ses émotions. Atteinte dans l'orgueil de ses douze ans, elle
rougit de son ignorance. Deux larmes glissèrent sur ses
joues rondes. Elle perdit tout contrôle et étira un long cri
aigu.

– Ça va en prendre d'autres pour me faire brailler!

Et elle éclata en pleurs Elle quitta brusquement la table
et courut s'asseoir dans l'escalier, le corps tordu à vouloir
tourner le dos aux garçons. Une étincelle malicieuse
s'alluma au coin de la bouche d'Azarie, incapable de se
retenir de rire. À chaque contrariété, sa braillarde de sœur
explosait et recommençait sa sempiternelle scène d'indi-
gnation. Il se pencha vers Médéric et murmura:

– Elle est toujours comme ça!

Claudia, qui voyait Médéric se pincer les narines, se
trouvait tout insultée. «Si les gars de Saint-Paul pensent
s'amuser à nos dépens», se dit-elle. Elle le dévisagea un
court moment.

– Je vois pas ce qu'y a de si drôle. Vire-toé pas à l'envers
pour si peu, Marie-Anne. Tu pouvais pas deviner.

Claudia visait Médéric d'un œil de biais.

– Y a pire que toé, tu sais ; y en a qui ont jamais vu faire la potasse.

Azarie rigolait. Claudia s'approcha de l'étranger et comme elle lui versait une tasse de thé, elle sentit une main sur la sienne. Un frisson de douceur et de faiblesse courut sur sa chair et lui fit oublier sa rancœur. Le garçon retira sa main et avança sa tasse. Un trouble inconnu jusque-là s'emparait d'elle et l'agitait. Claudia fixait la salière qu'elle ne voyait pas et versait en étourdie. Le thé débordait sur le bois doré. Claudia versait encore et encore, jusqu'à ce que Médéric se lève en trombe. La pauvre recouvra aussitôt ses esprits et s'affola du désastre. Était-ce possible, chez elle, tout ce revirement qui se passait en dedans et en dehors ? C'en était trop. L'émotion mouillait ses yeux et changeait sa voix. Elle balbutia.

– Je vous ai brûlé ? Je l'ai pas fait exprès. Montrez !

La main sur sa brûlure, Médéric ne regardait pas Claudia, comme si elle devenait invisible, sans intérêt. Claudia s'en offensa ; elle supportait difficilement qu'on lui réponde par un silence comme le faisait son père. Elle avait honte et voulait disparaître, mais non, elle restait clouée sur place à mesurer la conséquence de son geste. Elle ne pensait qu'à une chose, prendre la main de Médéric et la retenir. Toutefois, elle n'osait pas. S'il n'y avait pas eu tout ce monde dans la cuisine…

Médéric secouait sa main. Claudia rappliqua.

– Vous voulez de l'onguent ?

– Ce serait pour rien, avec la potasse…

– J'étais distraite… J'aurais pas voulu, vous savez.

Sa mère approcha et lui présenta un bol d'eau froide.

– Trempez votre main là-dedans, ça vous soulagera.

Il obéit en silence. Claudia se rendit à l'armoire et rapporta un torchon qu'elle passa lentement sur la table, puis sur le plancher. Médéric allait-il lui en vouloir? Allait-il croire qu'elle l'avait fait exprès par esprit de vengeance. L'étranger la suivait du regard. Claudia s'empêtrait dans sa tâche quotidienne. Comment lui faire comprendre? Elle ne pouvait quand même pas lui expliquer l'émotion qui l'avait égarée. «Qu'il s'en aille, se dit-elle, y me mêle au point de me déboussoler.» Mais aussitôt lui revint la douceur de sa belle main chaude sur la sienne! Que ne donnerait-elle pas pour tout reprendre du début.

Quand les garçons retournèrent au travail, Claudia, légère comme un oiseau, vola à sa chambre. Elle se tracassait de ses timidités nouvelles. «Mon Dieu, qu'est-ce qui m'arrive? Je me reconnais pus; une main sur la mienne et tout bascule. Médéric Forget peut pas s'intéresser à moé, une fille laide! Est-ce que je peux plaire? Non, c'est idiot de penser de même.» Claudia essayait de s'épargner; quelque chose dans le regard de Médéric ressemblait à de la tendresse. D'après Claudia, il y avait toujours une raison derrière chaque action d'un individu. Elle refit le geste du garçon avec la certitude que sa main avait tremblé. Elle s'inquiétait de ce qu'il allait penser d'elle. Et si c'était pour l'arrêter de verser? Non, elle ne se trompait pas. Sa main s'était bien attardée sur la sienne. À la fin, elle n'était plus certaine de rien. Elle se tenait en retrait de la fenêtre, à l'écart des regards des hommes, libre de contempler l'étranger à son gré. Ratée, l'occasion de lui appliquer un peu d'onguent de résine sur la peau rougie.

– Claudia! Qu'est-ce que t'attends pour descendre? Hourra! J'ai besoin de toé tout de suite.

Claudia se composa une voix calme pour répondre.

– J'arrive m'man.

De savoir Médéric dans la cour lui redonnait de l'allant. Avant de descendre, elle choisit une barrette, surmontée d'une marguerite, qu'elle piqua dans ses cheveux blonds. Le bijou bon marché donnait l'effet d'un soleil dans un champ de blé. Elle craignait que sa coquetterie donne des doutes à sa mère. Si elle allait deviner ses sentiments… « Ou ben m'man voit rien avec toute sa besogne, ou ben elle parle pas. Avec elle, allez savoir! »

– Ramasse la vaisselle qui traîne; tantôt, j'aurai besoin d'un bout de table pour pétrir ma pâte à pain.

Claudia surveillait discrètement la fenêtre. Thomas montait dans la charrette et passait les barils à quelqu'un que l'ombre du tombereau cachait. Près de lui, les mains dans les poches, Médéric gardait l'œil sur la cuisine. Claudia se demandait s'il avait encore mal.

– Je vous dis que les hommes ont l'air pas mal fatigués, m'man. Y jasent moins fort qu'en début de semaine, pis à commencer par p'pa. Faudrait pas y piler sur le gros orteil à celui-là.

– On dit qu'y a rien de mieux que le temps de la potasse pour connaître son homme.

Médéric profita du temps que Justine se rende au four à pain pour rejoindre Claudia à la cuisine.

– Claudia, j'aimerais que vous m'attendiez pour dîner.

— Vous attendre? Vous savez, depuis le début de la potasse, vous mangez toujours au beau mitan de l'après-midi. Je sais pas si je pourrai tenir jusque-là.

Le garçon n'insista pas. Ne l'attendait-elle pas déjà? Elle irait même jusqu'à jeûner pour lui. Au repas, elle prit place en face de lui. Il parlait peu, si ce n'était que pour le nécessaire. Claudia s'en contentait.

Le jour suivant lui réservait une grosse émotion. Sous la grande table, Médéric touchait son pied. Elle leva les yeux vers lui. Le regard insistant de Médéric fouillait le sien. La mélancolie gagnait Claudia. Elle sentait dans ce geste comme une prise de possession. Elle se retenait de fermer les yeux. Grand Dieu! Elle ramollissait et s'enivrait des plus tendres voluptés, prête à abandonner son âme tout entière au garçon. En face de ce galant qui caressait sa bottine, en y transmettant tant de chaleur, Claudia se sentait toute remuée. « Est-ce que ça se voyait? » Le pied du garçon relevait le bas de sa jupe. Claudia savourait la chatterie, tel un dessert dont elle aurait été longtemps privée. Ils échangèrent des regards discrets tout le temps que dura le repas et, chaque fois que Claudia devait se lever pour servir les siens, elle avait peine à rompre ce plaisir intense.

Moïse tendait son assiette et en redemandait. C'est lui qui faisait les frais de la conversation.

— Vous me croirez pas, Thomas compte ses barils, vous voyez ça m'man?

Justine sourit.

— C'est ben lui! Celui-là, toujours à viser la fin de l'ouvrage, mais faut reconnaître qu'y est ben minutieux.

– Je dirais plutôt tatillon !

– Chaque jour, sa rangée de barils s'allonge en belle ligne droite, comme personne sait si ben le faire.

– Si ça l'amuse !

XIII

C'était la dernière journée de potasse. Sous la chaudière de fonte, le feu agonisait.

Assise sur le perron, Claudia se chauffait sous un soleil tout neuf. Elle s'émerveillait devant la nature en éveil. Le linge blanc battait au vent sur une corde qui mariait le gros érable au noyer. Jean-Baptiste la rejoignit et s'assit près d'elle, les coudes sur les cuisses. Et là, le dos voûté, appuyé au poteau de la galerie, il s'endormit la tête renversée sur son épaule, la bouche grande ouverte. Le vent caressait sa tête échevelée. Claudia le trouvait vieilli. Son père s'échinait à la tâche. Soudain, il sursauta et sourit, comme pour excuser un laisser-aller inacceptable, tel un engagé qui dort sur sa faucille. Claudia s'en prit à elle : « C'est moé qui dois l'avoir réveillé à force de le regarder. »

— Pauvre p'pa, vous devez vous sentir ben à l'envers ; vous, habituellement réglé comme un cadran, vous retrouver comme ça, tout désorganisé dans votre routine. Vous devriez pas tant vous démener avec tout ce monde pour vous aider.

— J'arrêterai quand je mourrai pis ça viendra ben assez vite ! Bon ! Là, les heures qui filent sont du temps perdu.

À regarder Jean-Baptiste, on aurait cru ses heures comptées. Il se commandait avec rigueur.

– Bon, un dernier coup de cœur !

En s'arc-boutant au montant de la galerie, il se leva d'un pénible coup de reins et cria :

– Les garçons, allez atteler Galopin à la charrette qu'on se débarrasse de tout ça au plus sacrant. J'ai ben hâte de pus voir un damné baril dans nos jambes.

Moïse se racla la gorge et cracha par terre.

– Reste à espérer que Russell sera au port. Ce grand singe d'agent anglais nous a fait attendre une journée complète, l'an passé.

Jean-Baptiste sourit.

– Sois donc pas si fougueux. Apprends à tirer avantage des situations, même celles que tu crois les plus vilaines.

– J'ai beau chercher, je trouve rien de bon à attendre.

– Vous autres, les jeunes, vous voudriez brûler les étapes, comme si vous aviez pas toute la vie devant vous. Tu y trouveras ben un avantage, un jour… Si tu te donnes le temps, évidemment.

– Le temps, le temps… moé, y use ma patience, le temps. Si vous aimez ça attendre, vous…

– Qu'est-ce que tu veux ; on s'est ramassé avec les petites localités du long du fleuve. M'sieur Russell pouvait pas faire de miracles. Moé, je m'en plains pas, ça m'a permis de rencontrer des étrangers.

Thomas se hâtait de remiser serre-joints, rabots et couteaux à deux manches dans l'armoire à outils pour aller retrouver tout le monde dans une cuisine bouillante du va-et-vient des préparatifs. Chaque année, la fièvre le reprenait. Le voyage était sa récompense.

Claudia, l'âme en peine, se tenait appuyée dos à l'évier. Elle insistait auprès de son père, même si elle savait la partie perdue d'avance.

— Je voudrais aller au port, moé itou!

— Toé, va aider ta mère.

— J'aimerais ça voir du pays.

Justine trouvait que Claudia ne manquait pas de culot de vouloir partir comme ça avec les garçons, et un étranger en plus.

— À ton âge, je te pensais plus raisonnable. Va plutôt leur préparer un panier de nourriture. Le chemin sera long. Tu y mettras une terrine de veau en gélatine pis le reste du pâté de lièvre.

La pauvre était vexée, sa gorge se serrait: «Dire que Médéric sera du voyage! Quel bonheur ce serait de me balader assise à ses côtés et en profiter pour faire plus ample connaissance.» Claudia décroisa les bras et baissa la tête. L'air, si léger depuis son arrivée, se changeait en un silence pesant. Elle savait que Médéric allait disparaître pour une année complète. Comment lui faire savoir qu'elle voulait le revoir? Son père disait toujours que tout était simple, que c'était facile d'être raisonnable. Mais pas pour elle, qui se retrouvait, tantôt en extase, tantôt au plus sombre du désespoir. «Je ramène tout à moé, sans mesure. Je sais que c'est enfantin, mais tant pis puis-que j'arrive pas à me dompter. Quel moyen prendre pour ne pas avoir l'air de me pendre à son cou? Peut-être devrais-je y aller franchement et lui dire que je veux le revoir? Et s'il ne m'aime pas?» Claudia réfléchit. Non, ce n'était pas à elle de l'inviter. Et si Médéric revenait aider au foulage?

Cette tâche ardue était aussi l'occasion de corvée. «Faut qu'y sache, pis qu'y vienne», se dit-elle. Elle chercha à lui mettre la puce à l'oreille, en s'informant à sa mère.

— M'man, quand est-ce qu'on commence le foulage?

— Sainte-Bénite, tâche de nous laisser un peu de temps pour respirer. Tu vois pas que tout le monde est rendu au boutte du rouleau? À la fin de la potasse, c'est l'épuisement total.

— Pas pour moé.

— Pour toé comme pour les autres: dormir à l'envers de la nature, ça débalance tout le monde.

— Oui mais, avec un peu d'aide; comme les voisins reviennent toujours aider au foulage… (Elle se tourna vers Médéric.) Comme ça, votre main aura le temps de guérir comme y faut.

Son message passé et reçu la contentait.

Les hommes partis, Claudia s'informa à sa mère.

— M'man, si Moïse part pour la ville, je pourrai prendre sa chambre?

— Bon, une autre affaire asteure! Je peux rien te promettre. Faudra que j'y pense par deux fois, mais là, de grâce, laisse-nous respirer un peu.

Claudia prétendait que si la place était libre, c'était à l'aînée, qu'elle revenait.

— C'est moé la plus vieille icitte.

— Je me demande si ce serait pas plus sage de la laisser à ce pauvre Fabien. À trente-huit ans, y a toujours enduré tes frères, sans jamais un mot plus haut que l'autre. Serais-tu prête à en faire le sacrifice, pour lui?

Claudia ne répondit pas. Elle repensait à son dévouement passé. L'histoire de Fabien l'émouvait encore, et l'aveugle était toujours une aide précieuse dans la maison. Chaque matin, il se levait à la barre du jour pour vider la chaudière d'eau qui servait au besoin de nuit. Il remplissait le coin à bois et essuyait la vaisselle. À le voir s'occuper dans son environnement, on aurait juré qu'il voyait.

– Ça veut dire que j'aurai jamais une chambre à moé tout seule?

– Le bon Dieu te récompensera pour ta générosité, ma fille.

– Ouf! Comment voulez-vous qu'y me récompense?

– La balance du bien et du mal, Claudia. Tu te souviens que je t'ai déjà parlé de ça? Les bonnes actions d'un côté font pencher le plateau du bien. C'est sur terre que tu prépares ton ciel. Bon, en attendant, viens m'aider un peu, on va enlever les châssis doubles.

– Yark! C'est vous qui parliez de respirer, tantôt?

– Hourra! Viens.

XIV

Le samedi suivant, Moïse attelait Galopin à la voiture. Son plan était tracé d'avance; en allant rendre visite au curé Riopel, il laisserait Thomas chez Pierrine.

Arrivé au presbytère, son ami Germain le reçut à la cuisine. C'est dans la berceuse que Moïse lui exposa son projet de départ. Sans détour, le prêtre tenta de le dissuader.

– Tu serais pas intéressé par la terre des Coderre, dans le haut du ruisseau Vacher? Une centaine d'arpents en culture, sans compter les trente autres en bois debout. La maison s'en retourne, mais les bâtiments ont l'air solide. Tu l'aurais probablement pour une chanson.

– Non!

– Prends donc le temps d'y réfléchir un peu avant de dire non.

– J'ai le goût d'autre chose; un salaire fixe, pis rentrer chaque soir après le travail. Sur la terre, y a pus de fin, une vache qui vêle, la potasse, les patates, les labours, les tonneaux. Les journées sont longues à pus finir, on s'assied jamais après le souper.

– Sur la ferme, le cultivateur est maître et roi!

– Son maître serait pas plutôt le travail?

Le curé sourit.

– Je perdrai pas mon temps à essayer de faire changer d'idée une tête dure comme la tienne.

– Bon! Là, Germain, tu commences à comprendre!

– Non, je comprends pas, je capitule. Tu sais, si tu pars, je perds un bon ami.

– Disons que je m'éloigne seulement. On peut quand même se donner des nouvelles. Pis rappelle-toé que tu seras toujours le bienvenu à la maison.

Le curé fixait un coupe-papier qu'il s'amusait à faire tournoyer sur le bureau.

– Je crains que les jeunes tournent de plus en plus les yeux vers la ville. T'es pas le premier à vouloir partir. Tantôt, ce sera l'exode rural au profit des villes. Dommage!

– Après avoir parlé au curé, je peux me confier à l'ami? J'ai hâte d'être plus souvent seul avec Sophie. Je devrais peut-être pas parler de ça avec une soutane, mais la vie commune est difficile. À la maison, pour jaser en paix y faut toujours monter au troisième.

– Comme tous les couples qui prennent la relève sur les fermes, Moïse.

– Sophie pis moé, ça se compare pas. Nous, on veut un vrai chez-nous.

Le curé sourit et se leva.

– Vous deux, vous êtes sans pareils. Attends un peu! J'ai des petits biscuits qui sont fameux . Parle-moi donc un peu de Fabien.

– Y va ben, comme peut aller un aveugle, évidemment. Pauvre lui, si on pouvait y redonner la vue… Que je nage en plein bonheur me fait voir son malheur encore plus grand. Lui, le mariage, y peut faire une croix dessus. C'est ben dommage, dire qu'y est pas ben ben plus vieux que nous deux, hein! Souvent le soir, les voisins l'amènent veiller au village, comme ça, au retour, y risquent pas de manquer la traverse. Là, y rencontre toujours des hommes qui traînent à la forge. Ça y fait une sortie agréable.

Le curé lui donna une tape amicale sur l'épaule.

– Vous en prenez bien soin, vous serez récompensés pour vos bontés. Tiens, j'ai des adresses pour toi. Si jamais tu te trouves dans le besoin, te gêne pas pour y recourir. Ce sont des confrères. Tu leur diras que je te recommande à eux. Tu dois te souvenir de Bérard, Omer Bérard? Il était de notre temps à la petite école.

– Ça me dit rien ce nom-là! Je voudrais pas te piquer, mais t'es plus âgé que moé.

Le prêtre sourit.

– On dit que la maturité mène à la perfection. Moïse s'empressa d'accepter la recommandation. Le prêtre l'examinait avec attention. Il sentait que son ami était moins audacieux qu'il ne le laissait paraître.

– Prends bien soin de Thomas. Tu sais, c'est toute une aventure pour lui et il doit s'en remettre complètement à toi. Dis-lui que le matin du départ, je dirai ma messe à vos intentions. Avant que tu partes, j'ai une faveur à te demander. J'aimerais baptiser ton premier enfant.

– J'allais justement te le demander! Compte sur moé pour t'envoyer un mot, pis merci ben pour tout. Dès que je trouve une pension, je t'envoie ma nouvelle adresse.

Les deux hommes se serrèrent la main.

* * *

Chez les Blouin, Pierrine refusait d'accompagner Thomas, quoique tout son être tendait vers lui. Elle ne savait pas qu'elle risquait gros, qu'elle risquait son cœur.

— Tu feras jamais de moé une fille de ville. Oublie ça. Moé, y me faut la chaleur de la forge pour respirer, pis le va-et-vient des clients. Toutes leurs histoires me manqueraient.

— Ce qui veut dire que tu quitteras jamais la forge?

— La forge, peut-être, mais la place, non. C'est surtout le dimanche après les messes quand la cuisine se remplit de gens venus des quatre coins de la paroisse. Pour moé, c'est toujours une fête.

Langoureuse, elle appuyait la tête sur l'épaule de Thomas et tenait sa main. Comme il lui avait manqué!

— Tu viens marcher?

— Non.

Thomas essayait de lui cacher sa crainte de la perdre. L'envie lui prit d'accepter sa proposition, de l'embrasser, de la posséder, de se retrouver loin des regards de madame Blouin, mais l'amertume le retenait. Tout serait à recommencer. Il retira sa main et fit balancer son pied au bout de sa jambe croisée. Le temps passait sans qu'il n'ose bouger davantage. Il avait l'obscur sentiment d'une perte irrémédiable. La perte de celle qu'il voulait de toutes ses forces.

— Si tu m'aimais pour de vrai, Pierrine, t'accepterais de me suivre au bout du monde. On dit: «Qui prend mari prend pays.»

— Moé, je rêve que tu restes par icitte. Te suivre, ce serait faire ton malheur parce que je pourrais pas tenir ben longtemps ailleurs, pis le fait de revenir te décevrait encore plus.

Thomas ne trouvait rien à rajouter, il tripotait sa casquette. C'en serait donc fini de leurs folles escapades amoureuses ?

Assis près d'elle, dans le petit salon où il était venu si souvent, il crevait d'envie de la posséder à nouveau. Qui aurait cru qu'un jour, ils en viendraient là, à se tenir tête, à attendre que l'un ou l'autre change d'idée. Quelles souffrances ils s'imposaient ! Thomas brisa le silence.

– Sophie accepte, elle, de rejoindre Moïse dès qu'il aura un emploi.

– Sophie, c'est Sophie ! Si tu pars, oublie moé.

Thomas échappa un long soupir d'insatisfaction. Lui qui désirait la voir un peu désespérée se trompait. Blessé dans son amour propre, il se leva promptement.

– Je pars, dit-il.

Pierrine le suivit et tenta de saisir sa main pour le retenir. Alors, il la prit aux épaules, la secoua en lui criant à la figure.

– Je pars seul. On n'a pus rien à se dire.

Sans saluer personne, il tourna les talons et referma brusquement la porte sur lui. Ses genoux tremblaient.

En dedans, Pierrine serrait les poings de dépit. Elle traversa la cuisine et courut se réfugier à sa chambre. Elle avait commis la pire des erreurs en pensant qu'elle retiendrait Thomas par la menace. Maintenant, elle pleurait.

* * *

Au retour, le bout de chemin que Thomas partagea avec son frère lui laissa l'impression d'une immense solitude. Il refoulait un hurlement de rage.

— Pis… Ç'a pas marché ?

— Non !

Ses pensées se bousculaient. Thomas se reprochait de s'être entiché de Pierrine. « Mieux aurait valu pour moi ne jamais la connaître. » Arrivé chez lui, la maison lui semblait étrangère. Il la voyait toute grise, comme une prison, avec des fenêtres à barreaux. Il ne retrouvait plus la joie qui l'habitait hier, quand Pierrine faisait partie de ses rêves.

XV

Le jour entrait par les claires-voies des persiennes et allumait des rais de lumière sur le lit.

Sophie s'étirait. Près d'elle, Moïse dormait la bouche entrouverte. La petite chambre était encore toute pleine de leurs ébats. Espiègle, Sophie glissa un doigt prudent entre les lèvres de son mari et le retira aussitôt au hurlement d'une bête furieuse qui cherchait à mordre. Moïse rit.

– C'est moé qui t'ai eue, hein?

– Hypocrite! Tu dormais même pas.

Elle rabattit le drap sur sa tête, se cacha dessous comme une gamine et rit aux éclats. Moïse caressait sa figure à travers le tissu blanc. Soudain, il sauta en vitesse sur ses pieds et, sans un mot, il enfila ses vêtements. Ce jour-là, c'était le grand départ et il essayait de minimiser les émotions qui pourraient prendre une importance. La tête de Sophie émergea des draps. La pauvre mourait de faim.

– Qu'est-ce que tu fais?

– Mes bagages.

– Viens déjeuner, on remontera tantôt.

Moïse faisait le sourd. Il n'était pas sans se douter que Sophie le retenait exprès pour retarder les préparatifs. Elle pourrait même, sans scrupules, aller jusqu'à ajourner le départ. Il continuait d'entasser ses vêtements dans une malle de cuir noir renforcée de coins de métal.

– Laisse, lui dit Sophie, je m'en occuperai tantôt.

Moïse ne répondit pas. Sophie se leva et le rejoignit. Les bras croisés, elle le regardait froisser son linge à force de mal le placer. Elle rit de son rire franc.

– Arrête! Je peux le faire mieux que toé.

Soudain sa bouche se tordit et son rire ressembla davantage à une grimace extirpée d'un chagrin profond. Elle se jeta sur le lit et enfouit sa tête dans l'oreiller. Les sanglots l'étouffaient. Moïse s'approcha et s'assit près d'elle. Il prit ses mains délicates et les porta à ses lèvres. Sophie s'accrocha à son cou, se fit langoureuse et désirable pour le retenir. Elle savait Moïse pressé; sa hâte de descendre était évidente. Sophie sentait qu'il l'échappait au profit des siens qu'il cherchait à rejoindre et sa peine n'était que plus profonde.

– Dès que je me trouve un travail, je reviens te chercher. En attendant, écris-moé tout ce qui se passe à la maison, compris?

Sophie sanglotait tout bas. «Pas nécessaire de faire tant d'efforts; lui, y est comblé par l'aventure, tandis que moé, je suis celle qui reste.» Elle retenait ses pensées désagréables; à quoi cela aurait-il servi de se montrer amère? Comme elle regrettait de s'être laissé emporter par ses projets insensés et d'avoir encouragé ce départ. Si elle avait pu deviner que Moïse partirait seul, elle aurait contrecarré ses projets au tout début. Moïse se leva. Dieu qu'elle le trouvait beau. Il allait terriblement lui manquer! Elle s'agrippa à lui par un pan de sa chemise à carreaux.

– Amène-moé avec toé, Moïse !

Il tapota sa main.

– Pas avant d'avoir trouvé un travail. Repose-toé comme y faut. Je te laisse entre bonnes mains avec m'man.

– Ta mère me suffit pas. Je sais même pas quand cé qu'on se reverra, nous deux. Je veux que tu sois là pour la naissance du bébé, Moïse. Tu promets ?

– Je reviendrai ben avant, cré-moé ! On se séparera pus jamais après. À mon retour, je te ramènerai en ville, c'est juré.

– As-tu les adresses de m'sieur le curé ?

– Oui, icitte.

Il évasa sa poche de chemise. Il l'attira à lui, l'embrassa encore passionnément et se retira. Sophie l'entendit dégringoler en trombe les deux escaliers. Elle restait là, assise sur le pied du lit à sangloter. Des larmes chaudes mouillaient ses longs cils. Elle lui cria :

– Écris-moé ! Pis reviens vite !

Moïse n'entendait rien ; il était déjà en bas, mais cent fois, elle lui avait fait promettre et cent fois, il lui avait répondu oui. Comment oublier ? Elle essuya ses larmes, plongea le nez dans les draps et s'enivra de l'odeur de Moïse. Elle poussa une vieille bible aux pages sèches que quelques fois elle ouvrait au hasard pour guider sa vie. Elle échangea ensuite sa nuisette contre sa robe de lin et refit le lit.

En bas, l'événement mettait la cuisine en effervescence. Sophie entendait Thomas, fébrile, qui parlait vite ; une vraie machine à paroles. Sophie se retenait de descendre. Elle ne voulait pas afficher sa peine devant la belle-famille.

Après le grand remous, les voix se mêlaient dans la cour de l'étable où gloussaient les volailles. Sophie n'attendait qu'une accalmie pour descendre. Arrivée au bas de l'escalier, elle passa devant Fabien sans le regarder. L'aveugle supportait mal la souffrance de ceux qui l'entouraient. Pour lui, toutes les émotions s'amplifiaient. Il sentait Sophie tout près avec une grosse peine.

— Sophie, dit-il, pourquoi iriez-vous pas rester chez vos parents, le temps que Moïse passera en ville ?

Comment savait-il qu'elle était là ? Elle reniflait.

— Je suis mariée asteure ! J'ai mon travail, les chaudières à lait à laver soir et matin, pis le beurre à baratter. Ma place est icitte.

— Je peux le faire pour vous. Je me demande comment Moïse peut arriver à laisser sa femme ? Moé, j'aurais jamais pu. Ça doit lui demander un effort surhumain.

Sophie, qui ne pensait qu'à elle, resta muette. Fabien avait sans doute raison. Appuyée au chambranle de la porte, elle observait à distance la famille Lamarche rassemblée autour de la voiture. Près du cheval bien harnaché, Thomas s'impatientait.

— Qu'est-ce qu'on attend pour partir ?

Jean-Baptiste lui tendit une étrille toute neuve.

— Je suis pas riche, mais je verrais ben mal de voir partir mes enfants comme ça, sans le sou.

Il glissa la main dans sa poche.

— Tiens, Moïse, je veux que tu sépares en parts égales avec ton frère. Le rouleau d'argent comprend le revenu complet d'une année de potasse. Pis si vous trouvez pas de travail là-bas, attendez pas d'être à sec pour revenir.

– Mais, p'pa, je pense pas qu'on doive accepter ça ; vous avez trimé sans bon sens pour le gagner.

Thomas protesta et rit.

– Si p'pa veut nous aider, c'est peut-être que son portefeuille déborde ?

– Je vous demande pas ce que vous en pensez. Comme je sais que vous le gaspillerez pas… En route, tâchez de ménager votre monture pour pas la brûler. Vous savez, ce pauvre cheval, ça y fait toute une trotte. Si c'est possible, dételez-le pour le faire manger.

Le père caressa le nez de la bête et s'attarda à son collier à poil lustré.

– Vous trouverez à coucher juste avant la traverse. Marchandez ! Allez surtout pas vous faire rouler. À deux, vous devriez y arriver.

La mère, impuissante devant l'inévitable, ne ménageait rien pour se sentir indispensable. Elle entassait des morceaux de lard salé et des miches de pain sous le siège de la voiture en plus des deux paniers de provisions chargés d'œufs, de pommes, de mélasse, de confitures de cerises de terre.

– Tenez, prenez une bonne couverture de laine, on sait jamais ! Pis allez surtout pas vous frotter à des gens douteux. Faites attention de pas vous faire voler. En ville, c'est pas comme en campagne, y a toute sorte de monde.

Moïse étendit la couverture sur le siège pour se préserver de la chaleur du cuir.

Un peu en retrait, Sophie mordait ses lèvres. Elle espérait une dernière approche avec son mari, même si ce n'était que pour qu'il lui accorde une attention spéciale, ou pour l'entendre répéter qu'il ne l'oublierait pas.

Justine embrassait ses fils. Ce départ lui déchirait les entrailles. «Ça valait ben la peine de les élever pour en arriver là. Quand je pense que je blâmais ma mère de pas aller chercher son fils, aux États. Pauvre m'man, comme elle a dû souffrir!»

Moïse cherchait sa femme des yeux. Pourquoi Sophie n'était-elle pas là, avec les autres? Il courut à la maison et trouva sa femme, les yeux rougis et gonflés. Dans la porte, elle s'accrochait à lui, comme à une bouée de sauvetage. Moïse l'embrassa à la sauvette, lui répéta toutes les promesses des derniers jours et se retira comme s'il venait de commettre une faute. Il sauta dans la voiture. Jean-Baptiste flanqua une tape sur la croupe de Galopin. L'élégante bête dressa les oreilles et donna un coup de tête de côté, inconsciente du long trajet qui l'attendait. Moïse tourna la tête. Les mains volaient. Les siennes répondaient. La petite maison en crépi blanc surmontée d'un comble à coyaux et de deux cheminées en chicane était déjà derrière. Sophie, les mains sur le ventre, se tenait toujours sur le pas de la porte. Moïse la regarda jusqu'à ce qu'elle rapetisse et disparaisse complètement.

Justine reprit dignement sa routine

– Claudia! Quelqu'un a vu Claudia? Voyons, les enfants, trouvez-moé Claudia.

De la lucarne, Claudia s'efforçait de digérer le départ de ses frères. À énumérer mille et un dangers, à répéter ses mises en garde, Justine avait réussi à l'inquiéter davantage que ses frères. «Exilés, par ma faute. S'ils allaient avoir des ennuis, seuls dans la grande ville, qui serait là pour les aider ? » Elle qui croyait retirer une grande satisfaction de leur départ ne ressentait que du dépit.

* * *

Au loin, la charrette roulait vers l'inconnu. Deux têtes tressautaient au gré des cahots. Le soleil luisait, la plaine était riante. Que pouvaient-ils souhaiter de plus, si ce n'était que de se dénicher un travail au même endroit. À force de se faire bringue-baler, Thomas devait lutter contre le sommeil. Il semblait avoir oublié Pierrine.

— Tu vois, Moïse, on sait même pas où on va aboutir, pourtant je me fais aucun souci. C'est vrai qu'on part pas les mains vides, je pense qu'on a de quoi vivre pour des mois complets sans travailler. Pis t'as vu comme p'pa s'occupait de nous autres ? Y restait tout le temps collé à la voiture. Moé, j'aurais jamais pensé qu'on pouvait tant compter pour lui.

— Imbécile ! Tu sais pas reconnaître les bienfaits. P'pa a toujours été trop indulgent avec toé. Y t'a toujours regardé avec une brillance dans les yeux. Moé, je prenais ça pour de l'adoration.

Thomas devint songeur.

— Ah pour ça, c'est vrai ! Mais y m'a toujours inspiré une certaine crainte. Y me semble qu'y essayait tout le temps de mettre une distance entre lui pis moé.

— C'était juste pour pas perdre son autorité. Moé, je le trouve ben correct. Y t'a tout le temps enduré à traîner derrière les autres à l'ouvrage. Des fois, je me disais : p'pa va pourtant s'emporter, mais non, jamais un mot plus haut que l'autre. Mais là, avec quatre bras en moins, je sais pas comment y va s'en sortir. Pourvu qu'y se tue pas à l'ouvrage.

– Claudia va mettre les bouchées doubles ; tu la connais ? Je me demande quelle force l'anime, celle-là ! Tant qu'à moé, je reconnais que p'pa a eu ben de la patience de m'endurer. Aux champs pis à l'étable, j'ai toujours eu envie de lâcher la besogne avant de la commencer. Y doit avoir compris depuis longtemps que je suis pas né pour la ferme, que mon rêve de partir au loin était ben sérieux. En fin de compte, c'est un peu ce qu'on fait.

La forêt tachait de vert les terres jaunes. Les chemins de ligne se succédaient et s'étiraient à n'en plus finir. Le soir tombait quand l'attelage traversa une épaisse forêt. La bête attaqua une côte à pas allongé et, tout au faîte, reprit son allure régulière. Soudain, quelqu'un s'accrocha à la monture et d'une voix forte cria :

– La bourse ou la vie !

Galopin s'arrête net. Affolé, il se cambrait et poussait un hennissement aigu. Moïse lança aussitôt les guides sur son frère et, en vitesse, courut sur le brancard et longea la bête jusqu'à la tête. De là, il sauta sur le bandit qui retenait Galopin par la bride. Moïse concentra toutes ses forces pour asséner au voleur un coup de poing en plein visage. Moïse était fort. Le coup portait. L'homme tomba immobile ; on aurait dit un mort.

– Ouf ! j'ai déjà entendu parler des bandits de grand chemin, mais j'ai toujours pris ça pour des sornettes.

– On peut dire que tu l'as sonné !

– Peut-être un peu trop. On s'arrêtera à la prochaine maison pour avertir.

Une petite lueur jaune éclairait une fenêtre. Vis-à-vis, une forme s'agitait. Moïse sauta de voiture.

– Attends-moé, j'en ai pour deux minutes.

– Grouille-toé! Y est pas mal tard.

Thomas était resté nerveux de cette attaque sournoise. Trop fier pour avouer sa crainte, il serrait et tirait les rênes au point que le cheval, inconfortable, trépignait et hennissait.

Moïse frappa à la porte. On mettait du temps à répondre. Finalement, une femme apparut aux carreaux, l'œil inquiet. Elle hésitait à ouvrir, comme si elle cherchait d'abord à reconnaître son visiteur. Après un bon moment, elle se décida à entrebâiller la porte, mais ne laissa pas entrer l'inconnu.

– Je viens de frapper un homme qui nous a attaqués. Y est sur la route à quelques arpents d'icitte. Je peux pas dire si je l'ai tué ou assommé.

La femme blêmit. Moïse tenta de la rassurer.

– Ayez surtout pas peur de moé, madame, je suis pas méchant pantoute. Je me suis juste défendu. Si je viens icitte à pareille heure, c'est pour vous laisser mon nom, au cas où quelqu'un me rechercherait.

La porte se referma sur lui sans qu'on lui laisse le temps de se nommer. Moïse regrettait presque ses bonnes intentions devant la femme qui faisait fi de son honnêteté. Puis, son instinct le porta à croire que la femme était celle du bandit.

Dans la voiture, Thomas transi n'arrivait pas à se détendre.

— Je t'admire de pouvoir garder ton calme.

— Faut toujours se croire le plus fort si on veut avoir le dessus.

Moïse reprit les rênes. Soudain, Galopin fit un écart et s'élança à fond de train. La pauvre bête, déjà nerveuse, avait dû imaginer une menace. Son trot se changea en un galop furieux. La route tremblait sous les roues. Les guides serrées, Moïse planta solidement ses jambes au fond de la voiture et appuya son dos qu'il tenait bien droit à la banquette. Comme il le redoutait, le galop se changeait en épouvante. Thomas, effrayé, étranglait le siège de ses mains. Le paysage défilait à une vitesse folle devant leurs yeux et les garçons ressentaient la même crainte de briser la voiture, de verser dans le fossé, de perdre et la bête et le contenu de la charrette, et peut-être aller se tuer. Devant le danger, Moïse conservait son sang-froid. Il laissa Galopin aller au bout de ses énergies avec tous les risques et périls que ça pouvait entraîner. Quand il crut sa bête crevée, il essaya de lui parler en douceur pour l'apaiser.

— Wô Galopin, doucement, doucement, wôô !

Il répéta encore et encore, jusqu'à ce que la bête se calme et reconnaisse sa voix. Quand Galopin en sueur reprit son amble régulier, Moïse le fit reposer. Il caressa son cou, le réconforta, mais il sentait toujours une frayeur persistante dans ses coups de tête nerveux.

Thomas, resté dans la voiture, était vert de peur.

— Partons d'icitte au plus vite, dit-il.

Les deux frères se rendirent à une petite auberge où Galopin eut droit à une terrine d'avoine et à une litière fraîche. À l'intérieur, Moïse choisit une table près de la cuisine. Un cuisinier ventru, au tablier blanc immaculé, s'avança vers eux et leur offrit un bon vin qu'ils ne purent refuser. Il se faisait tard. Les garçons commandèrent un repas léger.

Thomas se plaignait; son dos portait les marques du siège de voiture.

– On va marcher un peu.

Moïse étira le cou vers une salle adjacente où quelques voyageurs s'accordaient un peu de temps pour se distraire avant d'aller au lit. Les Lamarche se pointèrent le nez dans l'encadrement de la porte. Sans cesser de chanter, on leur faisait de grands signes des bras, les invitant à se joindre au groupe. Les hommes enchaînèrent avec une chanson du pays qui étirait un air plaintif. Tous ces étrangers, la plupart loin de leur famille, trouvaient dans cet unisson un moyen agréable de fraterniser. Vers minuit, chacun était heureux de retrouver son lit.

Moïse bâillait.

– Demain, dit-il, nous traverserons la rivière des Prairies.

* * *

Arrivés à Charlemagne, les garçons se retrouvèrent face à la rivière. L'air piquant de ce matin d'avril mettait de la joie partout. Devant eux, la file était longue. À peine étaient-ils descendus de voiture que la marie-salope pointait son nez, toute peinte en doré et ornée de banderoles rouges. Sitôt amarré au quai, le chaland déversa ses animaux et ses passagers sur la rive. Le passeur faisait patienter les voyageurs sur le sol ferme, le temps de se restaurer.

Des proches venaient saluer des familles qui s'exilaient. Une femme âgée étouffait ses pleurs. Chacun payait son passage avant le départ. On embarqua les bêtes d'abord ; venaient ensuite les attelages avec leur charge, et finalement, les passagers. Certains émigrants transportaient des ménages complets. Des hommes manœuvraient leur perche le long de la marie-salope. Les frères Lamarche étaient au comble du bonheur ; tout était si différent de leur petite campagne. Le bac s'éloignait du quai. Des vaches aux yeux imbéciles suivaient le mouvement des eaux. Le soleil les regardait. Les têtes se tournaient vers l'autre rive, vers une nouvelle vie.

Se pouvait-il qu'un cours d'eau change à ce point le paysage ? Sur l'île, les champs étaient inondés. Les savanes ressemblaient à des éponges mouillées fréquentées par de nombreux troupeaux de bœufs, taureaux et veaux. Un peu plus loin, la nature commençait à perdre sa virginité. Les maisons collaient au chemin au point que l'ombre de l'attelage se baladait sur les façades des maisons. Moïse décida de prendre un raccourci.

– En coupant par icitte, je pense qu'on peut sauver pas mal de temps.

Les arbres passaient, le chemin fuyait sous la charrette. Les maisonnettes traditionnelles laissaient place aux maisons à logements, aux commerces, aux établissements qui se resserraient. Arrivés en pleine ville, ils roulèrent encore des heures. À la fin, les garçons ne savaient plus s'orienter. Le fleuve demeurait toujours invisible. Tant de croisements s'offraient à eux que Moïse ne s'y retrouva plus. Il s'arrêta devant un entrepôt à grain.

— Bordel! Me v'là déboussolé.

— P'pa nous avait recommandé de pas perdre le fleuve de vue. On est foutu.

— Je me suis un peu aventuré en essayant de piquer au plus court… Comme c'est là, je pense qu'on est rendu trop loin. Sors ton bout de papier.

Les frères se perdaient sur le tracé. Thomas prenait la chose à la légère.

— Comment veux-tu qu'on se retrouve avec tous ces noms, quand on en connaît pas un? Vas-y à peu près. Aussitôt qu'on verra une église, on s'informera.

— Si on trouvait plutôt une auberge? J'ai une de ces fringales à force de me faire brasser.

— Si tu penses trouver une auberge à chaque coin de rue… Patiente un peu. Le plus pressant, c'est de se remettre sur le bon chemin. On digérera mieux après.

— Le cheval peut pus se traîner, faudrait qu'y mange un peu lui aussi.

— Non! Pas de passe-droit, y mangera en même temps que nous autres.

— On peut y pendre le sac d'avoine au museau, de même y pourrait se nourrir en chemin.

— Non! Le père a ben insisté pour qu'on le dételle pour manger.

— Ben, fais donc à ta tête!

La bête harassée avançait d'un pas aussi lent que pour les labours. Et Moïse se mit à bougonner; la faim lui tordait l'estomac. Thomas plongea la main dans le sac à provisions, déchira un solide quignon de pain et en tendit la moitié à son frère.

— Tiens, c'est un peu sec, mais ça nous coupera la faim. Cherche pas la bouteille d'eau, elle est vide.

— Rien que d'y penser, j'ai soif.

Une grande flèche visible à travers les arbres visait le firmament. Sa pointe effilée crevait le soleil. Le toit de zinc, que le temps avait peint en vert de gris, invitait les garçons à lever les yeux vers le ciel. Thomas se redressa, une main en visière sur le front.

— Regarde, un clocher.

Bon, reste à surveiller les restaurants ou les auberges, qu'on casse la croûte.

Moïse mena l'attelage à la première rue qui donnait vers la gauche et après trois intersections, il conduisit son attelage dans la cour d'un presbytère accroché au flan d'une église. Les garçons sautèrent par terre, le cœur joyeux, les jambes engourdies par le roulement. Ils sentaient le besoin de bouger.

— Attache Galopin au poteau pis donnes-y un peu d'avoine. Juste le temps de m'informer, pis je reviens.

Le cheval secouait sa crinière et hennissait à pleins naseaux. La servante du curé, une femme dans la cinquantaine avancée, invita le visiteur à passer au bureau où elle lui présenta un siège, mais Moïse, pressé, refusait de s'asseoir. Un gros chat blanc tacheté de gris avança en hypocrite, sauta agilement sur la bergère joufflue et s'y cala paresseusement. La servante le gratifia d'une tape derrière la tête.

— Moisi, mon vilain, va-t-en! Si ça du bon sens, voler le fauteuil réservé aux visiteurs.

— Non, merci pour moi, madame, je viens juste demander un renseignement. Je voudrais savoir …

— Monsieur le curé s'en vient. Il va vous répondre lui-même. Et elle tourna aussitôt les talons.

Moïse tendit une main pour la retenir.

— Madame, c'est pas nécessaire de le dérang…

Déjà, elle était disparue. Moïse promenait un regard paresseux autour de la pièce exiguë. Sur un guéridon, une tasse de café vide reposait près d'un bouquin. Moïse la toucha. C'était une manie chez lui de toucher à tout. Elle était encore chaude. Il en déduisit que le curé n'était pas loin. Son doigt caressa une photo en métal suspendue au mur du bureau, comme les hommes d'Église en avaient dans les pres-bytères et comme on en voyait parmi les photos de famille. L'homme, fixé sur cuivre, avait le front dégagé, les sourcils droits et, chose curieuse, une bouche sensuelle. Si ce n'était de son col romain, Moïse hésiterait à le prendre pour un ecclésiastique. Le curé n'arrivait pas. « C'est peut-être l'heure de sa sieste », se dit Moïse. Peut-être aurait-il mieux fait de s'informer aux passants? Comme Moïse allait filer, des pas accompagnés d'un froissement de soutane descendaient l'escalier. Moïse étira le cou. Un prêtre, plus en chair que sur la photo, se dirigeait à la cuisine et faisait un signe à la petite servante de les laisser.

Moïse alla droit au but.

– Je m'excuse de vous faire perdre votre temps, m'sieur le Curé. Je viens juste pour un petit renseignement. Je pense que je me suis écarté. Je cherche le presbytère de la paroisse Notre-Dame.

Le curé Archambault le toisa de la tête aux pieds comme une bête qu'on évalue avant l'achat. Il tapa sur son ventre bedonnant.

– Perdre mon temps ? reprit le curé bourru. Le temps, j'en fais mon affaire, garçon. Assieds-toi ! Ici, vous êtes à Saint-Henri, la paroisse la plus industrielle de la ville ; ici, les gens gagnent bien leur vie.

Moïse refusa le fauteuil même s'il contrastait de confort avec le siège rigide de la voiture. Il détestait se faire commander par tout autre que son père. L'impatience le gagnait. Il se demandait sur quelle sorte de prêtre il venait de tomber. Le curé de Notre-Dame, que son ami Germain lui avait recommandé, devait être beaucoup plus jeune que celui-ci.

– Merci, y faut que je reparte au plus vite.

– Non, tu t'assieds là ! Tu me tombes dessus juste à l'heure du thé pour me dire que t'es pressé. On dérange pas le monde de même pour rien.

Puis sa voix s'adoucit. Il s'informa de ce qui touchait le visiteur. Le curé s'intéressait. Moïse restait appuyé sur le chambranle de la porte. Il présumait que le prêtre s'ennuyait dans son grand presbytère. Il tentait de partir à nouveau quand la servante approcha d'un pas léger. Elle portait un plateau d'argent chargé de thé et de beignets chauds. L'arôme paralysa Moïse. Il se rapprocha du fauteuil refusé deux minutes plus tôt et s'y cala confortablement. Il avait un peu honte de sa gourmandise, de son égoïsme, pourtant il ne se décidait pas à filer. La sonnette d'entrée retentit. C'était sans doute Thomas que Moïse allait oublier au profit de quelques beignets. Il l'aperçut dans le portique et lui fit signe d'approcher. Le curé se leva.

— Il y en a encore combien, comme ça?

Thomas, qui avait toujours tremblé à la vue d'une soutane, se sentit mal à l'aise de cet accueil hostile. Heureusement, Moïse en bon chien berger vint à sa rescousse. Il se leva et donna un coup de tête de côté.

— Allons-y, Thomas. On vous remercie ben, m'sieur le Curé. On s'informera ailleurs.

— Calmez-vous, il y a des sièges pour tout le monde.

Les frères se regardèrent, hésitants. Ils se demandaient ce que le curé mijotait à les retenir. La faim et l'odeur du thé eurent raison d'eux. La conversation s'animait. Le curé était autoritaire, mais la gentille servante faisait le poids. Le prêtre ordonna:

— Sers les invités maintenant. En voyage, à se faire ballotter, ils doivent avoir l'estomac creux.

Les doigts de Moïse n'étaient pas de taille avec les oreilles des tasses en porcelaine. Il négligea l'anse pour la tenir à la façon d'un verre. À chaque gorgée, il engloutissait un beignet et, sitôt la tasse vide, il en redemandait au prêtre en désignant la théière.

— Je peux?

Thomas, plus réservé, le poussait du pied. Moïse devait se mordre les lèvres pour retenir un sourire. Il poussa l'effronterie jusqu'à prendre le dernier beignet.

Ses manières rustres gênaient Thomas. «C'est pourtant la même mère qui nous a élevés, pensait-il. Si elle le voyait, m'man serait ben déçue des manières de son fils. À force de côtoyer son ami le curé Riopel, Moïse est devenu un peu trop familier avec les prêtres; y en est rendu à se croire leur égal. En tout cas, y a pas à s'en glorifier.» Thomas attendait d'être seul pour le rappeler à l'ordre.

Moïse, lui, n'avait honte de rien. Il se disait, «Ce vieux bougon veut qu'on mange, on va s'empiffrer. Après on le reverra pus jamais.» Encore heureux que le prêtre ne puisse lire dans ses pensées. Celui-ci opinait de la tête et se versait aussi une deuxième tasse. Il s'informait et devenait intéressant. Moïse le trouvait presque sympathique. Les yeux du prêtre s'animaient, allant même jusqu'à sourire.

– Qu'est-ce que t'as contre Saint-Henri, c'est pas une belle paroisse?

Moïse lui expliqua que son ami, le curé Riopel, l'avait recommandé à celui de Notre-Dame, que celui-ci savait que les frères cherchaient un travail, et que c'était la raison qui les amenait à aboutir là.

– Si c'est de même, oubliez Notre-Dame et bienvenue à Saint-Henri!

– Pis le travail?

– Y a de la demande par ici. Je dis pas que vous allez trouver un emploi demain matin; donnez-vous un peu de temps.

Tout en parlant, le curé se leva.

– Le souper sera sur la table à cinq heures. Je veux vous y voir tous les deux et sachez que je supporte mal les retards. Cherchez pas d'auberges dans le coin; ces établissements, j'en ai contre. Ce soir, vous coucherez ici. Allez, occupez-vous de votre cheval maintenant. Menez-le à l'écurie, dans le box à côté de Fanfaron. Faites attention, Fanfaron prend le mors aux dents facilement. Ensuite, vous irez marcher un peu. Après tout ce trajet, ça vous fera du bien de vous dégourdir les jambes.

Les garçons acceptèrent l'invitation. Ils y voyaient un certain confort et une sécurité. En plus, ils étaient soulagés de ne pas avoir à chercher un endroit où passer la nuit. Un seul obstacle brimait Moïse; il n'appréciait pas qu'on lui dicte sa conduite.

— Y a plein de manger dans la voiture : des œufs, du pain, de la mélasse…

— Apportez tout ça à la cuisine.

* * *

La chambre d'invités était modeste, mais le lit était accueillant. Moïse parlait bas.

— Pas si pire, ce curé ! Au début, je le trouvais plutôt malcommode ! Si c'était pas un curé, je m'en serais méfié. Y a avantage à se faire connaître, hein ?

— Avoue quand même qu'y est drôle ! Pis madame curé ? Elle a dû être belle fille, dans le temps ! Je sais pas si ça y plaît, à elle, qu'on colle icitte comme ça ? Ça y rajoute de l'ouvrage.

Sitôt couché, Moïse eut une pensée pour Sophie qui lui manquait déjà. La fatigue l'emporta. Les frères s'endormirent avec l'impression continue d'être bercés par la charrette. Tôt le lendemain, le curé les tirait du lit.

– Levez-vous, vous deux ! Je veux vous voir à la messe de six heures.

Moïse, vexé, leva un bras lourd et, l'index en l'air, les paupières closes, il cria d'une voix tout ensommeillée.

– Oui, mon commandant !

Thomas lui plaqua une main sur la bouche.

– Ta pie ! S'il allait t'entendre...

Thomas ajouta poliment :

– On y sera, m'sieur le Curé.

La nuit n'avait pas suffi à effacer la fatigue du voyage. Moïse se leva péniblement. Il sentait ses os au moindre mouvement.

– Qui pense pas de me maîtriser comme un cheval, dit-il.

– Pas si fort ! T'aurais avantage à prendre sur toé. Tu sais comme moé qu'y nous doit rien.

– Peut-être, mais je veux garder ma liberté.

– Avoue qu'on y doit beaucoup.

Après la messe, ayant repris leur aplomb, les frères se rendirent remercier leur hôte. Les voyant vêtus de leur accoutrement du dimanche, celui-ci les reconnaissait à peine. Le prêtre tâtait la veste de Thomas.

– De la qualité, jeune homme ! Et ces chaussures ?

– Mes chaussures aussi viennent de mon oncle Thomas des États. Mon parrain m'envoie ses vieux vêtements. M'man se demande chaque fois si c'est pas du tout neuf.

Comme les garçons allaient le quitter pour de bon, le prêtre les retient de nouveau.

– Aujourd'hui, jetez un œil aux alentours, pendant que je visite mes malades. N'allez pas coucher dehors, même si le temps est au beau et cette fois, essayez de bien vous orienter pour revenir ce soir. Votre lit vous attendra.

Moïse s'en réjouit.

– Encore ? On voudrait pas abuser de vos bontés, mais si c'est comme ça, on y sera m'sieur le Curé. Merci ben !

Sitôt sorti, Thomas ne perdit pas de temps pour semoncer Moïse. Les frères ne s'étaient pas querellés depuis leur départ.

– Tu me fais honte à manger comme un défoncé. Pis quand tu fais sonner ta monnaie au fond de tes poches, t'as l'air d'un gros plein de soupe devant m'sieur le curé qui nous traite comme des invités de marque. Oublie pas qu'y nous garde par charité. Essaie donc de comprendre un peu quand je te pousse du pied. Je te dis, toé… si m'man te voyait !

Moïse, dont la franchise et la simplicité étaient les qualités premières, riait de l'entendre.

– T'es ben pointilleux ! T'es pire qu'une bonne femme.

– Non, c'est juste du savoir-vivre !

– Crains pas, je connais les bonnes manières. La preuve, je me suis retenu de tremper mes beignets dans la crème. T'as pas remarqué ?

– Ah ben, franchement, c'est le bouquet !

– Si ça peut te soulager, on offrira de payer notre chambre au presbytère, dès qu'on trouvera un travail. Icitte, on est ben logé, ben nourri, pis personne fera nos poches. Pourtant, je sais pas pourquoi, je me sens comme envahi par ce curé-là.

– Comment ça ? Tu l'aimes pas, après tout ce qu'y fait pour nous ?

– Non, au contraire! C'est autre chose. Je pourrais pas dire. J'ai comme l'impression que c'est pas nous, mais plutôt lui qui est après se faire un nid dans nos vies.

Moïse décida de garder son habit du dimanche. C'était un brin de paresse chez lui de ne pas remonter à la chambre. Et ce n'est pas Thomas qui allait s'en plaindre; il avait toujours été plus à l'aise dans des complets-veston.

XVI

En trois jours, les frères dénichèrent un boulot. Moïse, mesureur de bois dans une scierie, et Thomas, réparateur de parapluies. Thomas était mal payé mais, en attendant autre chose, il avait accepté ce métier insignifiant en se disant que valait mieux peu que pas du tout.

Après quelques jours de nouvelles activités, il allait à la rencontre de Moïse à la sortie de l'usine. Sur la rue, il saluait tous les inconnus qui ne lui accordaient même pas l'ombre d'un regard. Thomas se surprenait de cette froideur inhabituelle à la vie rurale. «Tous ces gens qui se côtoient ne se parlent donc jamais?» Graduellement, la rue se peuplait. La foule prenait le pas sur les garçons de la campagne qui, eux, ne ressentaient pas le besoin de se presser. Tout en marchant, Moïse s'amusait à faire craquer ses jointures, en tirant sur ses doigts comme s'il voulait les arracher à ses mains.

— Faudra que mes mains s'habituent à mon travail.

Thomas errait loin des préoccupations de son frère. Il voyait l'urgence de trouver un logement avant que le curé les y pousse sans ménagement. N'importe quoi de pas cher qui serait assez près de leur emploi pour parcourir le trajet à pied.

– Si tu veux t'en occuper, moé, à force d'empiler des planches et de mesurer du bois, j'ai mal partout, pis tu sais, moé pis les logements ! Va, je te fais confiance.

Moïse se rappelait les hivers passés à bûcher. Leur père disait : « La douleur dure juste un jour ou deux, le temps de s'entraîner ». Il lui semblait qu'ici c'était bien pire. L'ambition de la ferme, la nécessité de bouger pour combattre l'engelure, n'étaient plus là pour le stimuler.

La première semaine fut interminable. En plus, l'image de Sophie revenait sans cesse hanter ses nuits. Le désir de s'installer le plus tôt possible pressait Moïse. Il comptait les milles qui le séparaient de sa femme et l'ennui l'amenait à calculer le trajet en heures. Au coucher, il rêvait à elle jusqu'à ce que ses paupières tombent de sommeil.

* * *

Ce jour-là, au sortir de l'ouvrage, Thomas vit sur son trajet une pancarte pendue à une fenêtre, annonçant une chambre à louer. Il ralentit le pas. Il avait tellement hâte d'avoir un chez-lui et, même si au presbytère il ne manquait de rien, il aurait aimé avoir plus de liberté et un certain laisser-aller qu'il retenait par respect, comme s'étendre sur son lit et paresser à des heures irrégulières, sortir, s'amuser et rentrer tard. Oh, il se gardait bien de se plaindre, et se sentait même un peu injuste d'y songer. Pourtant, il se donnait raison. « Si cette pension fait l'affaire… » Il s'arrêta et monta. La pièce était au deuxième. Il s'informa à la logeuse et promit de revenir. Il courut rejoindre son frère à l'usine où il retrouva la bonne odeur de bran de scie ; la vraie, celle des coupes de bois du ruisseau Vacher. Il expliqua à son frère qu'il avait trouvé quelque chose à louer. Thomas lut un plaisir intense sur le visage de son Moïse. Pourtant, ce dernier n'était pas sans présumer que c'était trop tôt : il n'avait aucun meuble et ses économies étaient maigres. Il comptait sur l'argent de la potasse gardé en réserve, mais la moitié devait revenir à Thomas.

– Si tu veux, on va passer le visiter. C'est sur la rue du Collège. C'est simple, mais propre. La loueuse dit que la pièce est libre. On pourrait dormir chez nous ce soir même.

Le visage de Moïse s'allongea de dépit, comme si son frère venait de lui retirer un bonheur suprême. Il mordit ses lèvres.

– Juste une pièce ? Non mais t'es fou ! C'est pas assez grand pour nous autres, avec Sophie et le petit qui s'en vient. C'était trop beau !

– Je pensais que tu serais content. C'est moins cher qu'un logement. Je peux continuer de chercher si t'aimes mieux ? Je sais que les logis sont rares. Je me disais qu'en attendant, plutôt que de déranger le curé, on pourrait louer à la semaine. Comme la chambre est meublée… Viens visiter d'abord, tu décideras ensuite !

Moïse imaginait la déception de Sophie quand il allait lui donner la nouvelle adresse. Elle allait sans doute lui en vouloir. L'appartement était étroit. Moïse jouait sur cette carence et réussit à faire baisser le prix de moitié, à trente cents par semaine. La femme aux bigoudis accepta l'entente.

– C'est parce que vous avez l'air de bons petits gars. Je vous avertis, icitte je veux la paix et surtout, pas de visite de filles. En plus, pas un mot du prix aux autres chambreurs, ça me ferait du tort. Faut que je gagne ma croûte, moé itou.

Moïse décida d'envoyer la balance de ses paies à Sophie. Ce serait un bien maigre prix de consolation. En retour, il lui demanderait de mettre le tout dans le bas de laine pour l'achat de meubles.

Sitôt arrivé au presbytère, Thomas s'exclama.

– On a trouvé à se loger. C'est mal éclairé, mais comme on sera au travail toute la journée… Le plus important pour nous, c'est d'avoir un lit, pis que vous ayez la paix.

Le prêtre, visiblement déçu, restait bouche bée. Il avait eu le temps de s'attacher à eux : le brun au regard vert, jovial et déterminé, et le blond aux yeux pétillants, hautain et raffiné. Les deux, aussi sympathiques l'un que l'autre.

– Je vois que vous avez apporté des provisions. Gardez ça pour demain, mes enfants. Ma servante a préparé à souper pour quatre.

Thomas était réticent.

– On pensait manger à la pension. On vous a pas assez dérangé comme ça ?

En réalité, Thomas sentait le besoin de se retrouver seul. Mais le curé les obligeait d'une voix qui ne souffrait pas d'appel. Il les poussa d'une main dans le dos.

– Allez laver vos mains et passez à table. Un bon souper chaud vous attend. Allez !

Les garçons avaient appris à ne plus lui tenir tête. À voir la nappe de dentelle et les chandeliers d'argent, le repas promettait. Cependant, la table éblouissante s'accordait mal avec leur tenue vestimentaire. Le curé alluma un candélabre à cinq branches. Pourquoi toutes ces cérémonies qui ne rimaient à rien si ce n'était qu'à retarder la bouffe? Chez eux, ils attaqueraient immédiatement. Moïse s'amusait à faire craquer ses doigts. C'était une manie de délasser ses muscles quand ses mains étaient au repos. Il cessa carrément au contact brusque d'un pied sous la table. «Sacré Thomas! Lui et son orgueil!»

Moïse compta quatre couverts.

– Madame curé mange avec nous autres aujourd'hui?

– Non! C'est son jour de congé.

Il n'insista pas. Il l'avait appris au contact du curé et pas toujours en douceur. Le prêtre se tourna vers Thomas.

– Et toi! Parle-moi donc de ces fameux parapluies. T'as pas un métier trop, trop enviable, hein?

Thomas reçut la remarque comme un coup de masse. Une chaleur monta jusqu'à la naissance de ses cheveux. Il lui sembla soudain que les choses qui l'entouraient n'avaient plus leur aspect familier, qu'elles lui présentaient un visage hostile. Il ne s'habituait pas aux attaques directes et indélicates du curé. «Qu'est-ce je fais là, se dit-il, à subir la pire humiliation?» Il n'avait qu'une envie, s'excuser, débarrasser le plancher au plus vite et manger à sa pension les vivres apportés de l'épicerie. S'il ne devait pas tant de reconnaissance à ce curé... Le coude sur la table, le front dans la main, on aurait cru qu'il s'adressait au beurrier.

Il bafouilla :

– En effet ! Je gagne presque rien ; c'est juste en attendant mieux.

Moïse le voyait rougir et ça le poussait toujours à rire, cet orgueil de Thomas qui lui colorait la peau. Le curé se rejeta sur le dossier de sa chaise.

– Si le tannage de cuir t'intéresse, je peux dire un bon mot pour toi à monsieur Charland.

– Vous feriez ça pour moé ? Je connais rien là-dedans, mais vous savez, pour ce que je connaissais des parapluies…

Au bruit de pas légers, toutes les têtes se tournèrent du côté de la cuisine. Alors apparut une jeune fille, fort belle. Visiblement embarrassée, elle déposa dans chaque assiette un bol de soupe fumant. Moïse, d'une hardiesse inconsidérée, devança les présentations.

– Tiens, une apprentie servante ?

Le curé, mi-offensé, mi-amusé, répliqua :

– Non, Fabrianna est ma nièce !

– Fabrianna ? C'est un nom rare.

– C'est le nom de mes deux parents, Fabrice et Anna.

– Faudra que je remercie mes parents de pas avoir eu la même idée ; ça donnerait Justijean. Je vaux plus que ça !

Le rire se propagea.

À voir les yeux du prêtre aller de Thomas à Fabrianna, Moïse crut deviner qu'il cherchait un prétendant pour sa nièce. Il surveillait et analysait chaque détail.

« Si le curé connaissait les histoires de cœur de Thomas, pensait Moïse, s'il savait comme il est épris d'une fille de par chez nous, il renoncerait à jouer l'entremetteur. Mais peut-être est-il aussi ben de ne rien savoir. Et qui sait ?

Si Thomas allait craquer pour Fabrianna, la rousse en prendrait pour son rhume, au ruisseau Vacher.»

En tenue de travail, des cernes sous les bras, Thomas était mal à l'aise devant la jeune fille. Il gardait les coudes collés à son corps. Il aurait voulu se voir à mille lieues. Qu'est-ce qu'elle allait penser de lui, un réparateur de parapluies? Il tortillait sa serviette de table. Moïse s'amusait de voir Thomas dans ses petits souliers. «J'aimerais ben savoir à laquelle des deux y pense en ce moment.» Thomas prêtait une oreille attentive au récit du prêtre qui étirait la conversation sur sa jeunesse à la ferme en l'évoquant jusque dans le moindre détail.

– Mon frère et moi, nous nous laissions rouler dans un tonneau, du haut du coteau jusqu'au jardin. Nous nous méritions une pénitence chaque fois pour avoir écrasé les jeunes plants de légumes que maman s'évertuait à faire pousser. Pauvre maman! Elle en rirait sûrement aujourd'hui, si elle était encore de ce monde. Je me demande pourquoi elle situait son jardin en plein versant.

Moïse, lui, s'y connaissait.

– Sans doute pour le drainage.

Le garçon avoua que sur la terre, il n'avait jamais eu le temps de s'amuser. À la ferme, le travail commandait.

– J'ai ben de la misère à imaginer un prêtre qui pèche contre l'obéissance, un prêtre qui se fait donner une pénitence, pis encore plus, un prêtre, enfant. C'est sûr que vous pouvez pas être venu au monde habillé en chasuble.

Le rire cristallin de Fabrianna résonna dans la grande pièce. Le curé sourit. Seul Thomas restait sérieux.

Des scènes comme tantôt le rendaient muet. Fabrianna empila les assiettes à soupe vides et les porta à la cuisine. Thomas remarquait discrètement la fille. Elle avait une personnalité qui surpassait sa beauté. Autant elle parlait et gesticulait, autant elle savait écouter et s'intéresser. Thomas la suivait des yeux. Il s'attardait au charme de sa chair pulpeuse. « Si je me laissais aller, se dit-il, ce serait tant pis pour Pierrine. » Sa rancœur grandissait contre la fille du maréchal-ferrant. Elle n'était même pas venue le saluer au départ. Quelle sorte d'emprise pouvait-elle exercer sur lui pour arriver, à tant de distance, à le tenir fidèle ? Il se livrait à un examen de conscience en règle, répondant distraitement par un oui ou un non à ce qui se discutait autour de la table. Le bras de Fabrianna l'effleura. En se penchant pour lui servir une généreuse assiettée de volaille, un sein frôla imperceptiblement son épaule et attisa ses sens. Il tressaillit. Le geste de Fabrianna était-il volontaire ou purement accidentel ? Et si c'était pour l'aguicher ? Qu'est-ce donc que sa mère sous-entendait à propos des filles de la ville ? Il la surveilla et ne trouva rien à redire sur sa manière de servir les autres. Il se prit à souhaiter un autre contact, même tout innocent, qui affecterait de nouveau agréablement ses sens. Puis il se trouva irrespectueux, honteux, blâmable.

— Thomas, passe-moi le beurre, s'il te plaît, insista le curé.

Thomas revint à lui. Le curé avait-il remarqué son trouble ? Et si ses pensées libertines déformaient vulgairement ses traits ? Sa voix vibrait, désordonnée, et, quand il parlait, c'était pour se donner une contenance.

– Vous y allez pas de main morte, m'sieur le curé, de la poule en pleine semaine.

– J'ai fait un spécial pour votre dernier repas.

Moïse essaya de tirer les choses au clair. Il s'y prit hardiment. Le curé avait fait rougir son frère, mais il ne faudrait pas qu'il prenne tous les Lamarche pour des idiots. Il poussa l'insolence jusqu'aux limites de la politesse. Son rire étalait la blancheur de ses dents. Son index levé suivait le mouvement de sa tête.

– Objection, m'sieur le Curé, je voudrais pas vous contrarier, mais vous saviez pas que c'était notre dernier repas avant qu'on mette le pied ici-dedans.

Le nez pincé, le curé fit mine de l'ignorer. – Moi qui m'habituais à votre présence! Vous deux partis, le presbytère va me sembler bien grand.

– On se croyait plutôt encombrants. Vous allez nous manquer à nous aussi. Ce sera à votre tour de venir nous voir, mais tant que Sophie sera pas là, vous prenez un gros risque!

Thomas vint à sa rescousse.

– Y veut dire que jamais on pourra vous recevoir en grandes pompes, comme ce soir, sans l'aide de Sophie, mais on fera tout notre possible, prenez-en ma parole!

– Tracassez-vous pas tant, j'attendrai que madame Sophie s'installe.

La dernière bouchée avalée, Fabrianna demanda la permission à son oncle curé de sortir avec Thomas, prendre le thé sur le perron. Moïse regardait la mise en scène et souriait en coin. « Tout était arrangé d'avance ; ça crève les yeux, et Thomas, naïf comme un enfant, ne se doute de rien. Ça fera quelque chose à raconter dans mes lettres, et ce sera tant pis pour sa Rouquine ! »

– Mais oui, allez ! Nous irons vous rejoindre tantôt.

Comme Moïse allait se lever, le curé posa la main sur son avant-bras pour le retenir.

– Les jeunes n'ont pas besoin de nous. Parle-moi donc plutôt de ta Sophie pendant que nous sommes seuls.

– Attendez !

Moïse égueula la poche de sa chemise et en retira une petite photo en zinc qu'il présenta au prêtre.

– C'est nous deux, le jour de notre mariage.

Le curé ajusta ses lunettes et l'examina longuement, jusqu'à ce que Moïse se décide à parler.

– Sophie, c'est Sophie ! Une fille pas ordinaire, toujours de bonne humeur et douce comme une soie. Elle attend juste un petit signe pour venir me retrouver.

D'un coup, Moïse devient sérieux. Il allait lui dire que tant de bonheur lui faisait peur, qu'il l'aimait comme un fou, qu'il s'ennuyait d'elle sans bon sens, pis que c'était pareil pour elle, là-bas, mais une certaine pudeur le retenait.

– Elle est en famille de quatre mois. Heureusement, y a m'man qui est sage-femme ; avec elle, Sophie risque rien. Je vois pas pourquoi je vous achale avec mes histoires. Vous devez en avoir assez de celles de vos paroissiens.

– Mais non, mais non !

Moïse détectait dans le regard du curé quelque chose qui ressemblait à de la nostalgie.

– Le plus difficile pour moi, quand j'ai choisi la prêtrise, fut de renoncer à la paternité et depuis, cette obsession me suit toujours.

– Je peux vous comprendre. Un jour, j'ai dû quitter une femme que je croyais aimer. Je pensais avoir fait une croix sur l'amour pis sur la famille. Ça n'a pas été tout seul. Avoir su que la belle Sophie aurait raison de mes promesses, je me serais exempté ben des souffrances! Regardez, vous voyez ses grands yeux?

– Je vois, je vois!

– Je sais pas ce qui me prend de vous raconter tout ça. J'oserais jamais le faire avec mes parents; la gêne me bloquerait. Dire qu'avec vous, c'est si facile.

– C'est naturel. Nous sommes tous ainsi avec les parents.

– Si vous saviez comme j'ai hâte que Sophie vienne me rejoindre!

– Mon garçon, il n'est pas bon que l'homme soit seul. Va donc chercher ta femme au plus vite.

– Je demanderais pas mieux, mais je peux pas; j'ai ni table ni lit.

Le curé se désolait. «Mon Dieu, si je pouvais l'aider», pensait-il. Et comme un courant, une idée lui traversa l'esprit.

– Si tu trouvais un peu de bois à bon marché, ne serait-ce que des restes, et peu importe les longueurs, à nous trois, nous pourrions essayer de fabriquer tes meubles. J'ai quelques outils et bricoler m'a toujours amusé. Je connais un bon artisan menuisier qui se ferait un plaisir de nous guider. Les soirs de semaine, on pourrait s'y mettre.

— Où ça ?

— Ici même, en arrière, dans les dépendances du presbytère. Informe-toi donc à ton travail.

Moïse s'emballait.

— Vous feriez ça pour moé ? Vous êtes trop bon ! Thomas est ben adroit, mais moé, je sais pas ce que je vaux, sauf que j'ai déjà fait un tombereau, avec Thomas naturellement, pis y ressemblait à un vrai tombereau.

— Au pire-aller, on demandera de l'aide.

— Des fois, avec un bon professeur, je pourrai peut-être devenir un bon élève. À l'école, j'avais du talent, ça veut dire que j'ai pas la tête trop dure.

Il promit de s'informer dès le lendemain.

— Si je trouve rien, j'achèterai du bois à la scierie.

Le soir venu, les hommes se quittèrent, assurés de se revoir. Sur le chemin du retour, Moïse s'informa auprès de son frère.

— La belle mam'zelle Fabrianna, comment tu la trouves ?

— Plutôt gentille et intéressante, pis aussi simple que les filles de par chez nous.

— T'es-tu arrangé pour la revoir ?

— Te rends-tu compte ? J'ai Pierrine au ruisseau Vacher.

— Pierrine, hein ! La Pierrine, sais-tu seulement la couleur de ses yeux ?

Thomas hésitait, les mains sur sa poitrine. Son repas s'entêtait à ne pas passer.

– Bruns… noirs… En tout cas, y sont foncés. Et pis, mêle-toé donc pas de ça, hein !

– Tu tiens tant que ça à elle ?

– Oui. Si tu veux le savoir, je la trouve ben de mon goût. Et pis as-tu fini avec tes questions plates ?

– Tu l'aimes pas, parce que tu saurais la couleur de ses yeux, pis tu serais allé la saluer avant de partir.

– C'était à elle de le faire.

– Toé, Thomas Lamarche, qui parles de même ! Je pensais que tu connaissais les convenances mieux que ça. Ça revient aux garçons de prendre les devants. Moé, j'aurais jamais pu partir en froid avec Sophie. Vous êtes trop orgueilleux, tous les deux, ça marchera pas, pis si tu te mets en ménage avec elle, c'est toujours toé qui vas plier.

– Non ! C'est pas moé qui va plier. Si Pierrine veut pas me suivre, j'en ferai mon deuil parce qu'y est pas question que je retourne vivre en campagne ; même au risque de réparer des parapluies toute ma vie.

– Ho, ho ! Et Fabrianna sera la prochaine ?

– Rrrrr !

La nuit fut longue. Les Lamarche devaient s'habituer à un nouvel environnement. La paillasse de paille de maïs contrastait avec le doux lit de plume du presbytère. Moïse pensait aux meubles. Il doutait de ses capacités ; « Pour un tombereau, ça peut aller, mais une table et des chaises… ça demande de la finition. Rien de mieux que d'essayer, pis si je réussis, je cacherai ça à Sophie, ça y fera toute une surprise. »

***

Depuis un mois, les frères étaient entassés à la pension. Un voisin empestait les corridors ; l'odeur de ses œufs durs traversait les cloisons. Thomas avait une de ces faims, pourtant, la mine basse, il tournait en rond autour de Moïse qui se tenait debout, collé à la fenêtre. Dans un reste de clarté de jour, il parcourait une lettre en vitesse. Thomas se tourmentait ; la lettre pouvait-elle parler de Pierrine ? Il s'éloigna un peu et calma son impatience en s'occupant à dresser deux couverts sur la petite table à rabat. Il trancha des tomates et s'attarda à poser sur la table le pain, le beurre et le lait, en contournant son frère et, chaque fois, il essayait de lire par-dessus son épaule un mot ou une phrase qui toucherait Pierrine. Si au moins il pouvait confier ses angoisses à Moïse, mais non, son frère s'en amuserait, rigolerait. Il avait même déjà poussé les choses au point de lui dire que sa Rouquine avait les joues tachées de son. Un vrai sacrilège, de se moquer ouvertement des belles joues pleines de Pierrine où quelques minuscules étincelles se mariaient à son épaisse chevelure de feu. Le cœur serré, Thomas prenait son mal en patience, le temps de laisser son frère replier la feuille de papier.

— Qu'est-ce qui se passe à la maison ?

— Presque rien ! Y a Azarie qui s'est fait une entorse. P'pa en a parlé au docteur, pis y a conseillé d'appliquer des compresses de beurre brûlé, le plus chaud qu'y peut endurer. Là, ça va un peu mieux, mais y se porte pas encore sur son pied. Les femmes bourrent des oreillers de plumes pour nous deux. J'ai ben hâte de voir la tête de Sophie quand elle va apprendre pour les meubles ; ça va y faire une sacrée surprise. Ah oui, m'man fait dire de pas aller raconter dans la famille que tu répares des parapluies. Elle espère que tu trouves mieux comme travail.

— Elle aussi ? Tu y diras que j'aime mieux ça que la ferme.

Thomas écoutait d'une oreille distraite : l'entorse, les oreillers. Qu'est-ce qu'il en avait à foutre ? Il se retenait de demander à Moïse des nouvelles de Pierrine, vu que celui-ci l'avait en aversion.

— Rien d'autre ?

— Des bagatelles.

Le malheureux faisait mine d'indifférence et laissait le temps à son frère d'aller au bout de ses nouvelles. « Sophie ne pouvait pas écrire sans donner des nouvelles de Pierrine. Que toutes deux connaissent l'éloignement devait les rapprocher un peu. Elles se voyaient sûrement quelquefois ; dans les petites places, on peut pas se manquer.

Thomas se doutait que Moïse lui cachait quelque chose, lui qui cherchait toujours à dénigrer Pierrine. L'idée lui prit de faire entorse à la discrétion en lisant la lettre en cachette. À la fin, n'y tenant plus, le malheureux posa la question qui lui brûlait les lèvres.

— Sophie a-t-y parlé de Pierrine ?

— Je vais te dire quelque chose, mais va pas t'emporter, sinon, compte pus sur moé pour te donner des nouvelles. Pierrine te boude.

Thomas, déçu, fixait son frère.

— Ben qu'elle boude, dit-il !

Il ravalait et sa peine se transformait en rage.

– Si elle continue de me tenir tête, je vais la planter là, pis ce sera tant pis pour elle !

Pauvre Thomas, il était prêt à dire n'importe quoi pour parler de sa Rouquine. Il était conscient qu'il pouvait faire tomber les filles, mais il n'était pas prêt à se lancer dans une autre relation ; un bon fond d'honnêteté et de fidélité refaisait surface. Avant, il s'assurerait que tout serait bien fini avec Pierrine et ce n'était pas demain la veille ; sa tête était encore toute pleine de pensées pour elle.

– Et les parents ?

– C'est comme je t'ai dit tantôt, rien de spécial. Y nous saluent et pensent à nous. M'man fait dire de pas manquer la messe du dimanche, que c'est ben plus important de nourrir les esprits que les corps. Pourtant, elle s'inquiète ben gros de savoir si on mange à notre faim.

Thomas, atterré, essaya de cacher son amertume en changeant de sujet. Sa bouche se crispait tant que ses lèvres avaient peine à former ses mots.

– Demain, on commence par quel meuble ?

– Quelle question ! On achève d'assembler la table !

Son frère faisait si pitié que Moïse s'émouvait à le voir s'épuiser. Il se rappelait l'histoire de Jeanne. Thomas était-il en train de vivre une souffrance semblable à la sienne ? Fallait-il absolument que tous les Lamarche subissent cette mauvaise passe ? Il prit un ton doucereux.

– Écoute, Thomas, tu vas pas passer toute ta vie à soupirer après une fille qui se fiche de toé ? Elle va t'avoir à l'usure. Pourquoi t'écrirais pas toé-même à ta rousse ? Accule-la au pied du mur. Tire l'affaire au clair, une fois pour toutes, et sois catégorique, sinon tu sauras jamais à quoi t'en tenir.

– Comme si on pouvait savoir avec les filles !

– C'est que t'es pas assez ferme ! Insiste ou renonce.

* * *

Au coucher, Thomas se remémora le dernier souper chez le curé, la scène de la table. Il ne se souvenait plus comment tout cela avait commencé. « Il y avait eu le crémier renversé. Non, elle avait d'abord ri. » Il se perdait dans les événements. Fabrianna avait l'air tellement douce. Pierrine, elle, était plus exigeante. « Mademoiselle veut sa liberté ? se dit-il. Ben qu'elle reste fille ! » À la traiter sans ménagement, Thomas ne faisait qu'attiser sa passion. Il n'allait pas la rejeter comme si de rien n'était, comme on lance des dés. « Mon Dieu, je suis en train de me mentir à moé-même, se dit-il. Pierrine me rend fou ! Depuis des mois, elle occupe mon esprit tout entier. Pourquoi faut-il qu'il y ait des amours si compliquées et que ça tombe sur moé ? Je voudrais tant faire le calme en dedans ».

XVII

Si le ciel de Saint-Jacques était sur le point de pleurer, c'était que le printemps fanfaronnait en empiétant sur l'été avec ses vents et averses.

Comme tous les matins, Pierrine se rendait au bureau de poste. Elle portait sous son bras un vieux parapluie au manche recourbé. Convaincue qu'elle se déplaçait pour rien, que Thomas l'avait oubliée, elle allait son chemin, triste et solitaire, telle une veuve désœuvrée. Elle cherchait à mettre de l'ordre dans sa vie et aujourd'hui, elle profitait de sa sortie pour méditer. Elle se répétait que c'était la dernière fois qu'elle courait après des espoirs insensés. Depuis le début, elle n'avait pas eu de chance avec ses histoires de lettres. Thomas ne donnait jamais de ses nouvelles. Et elle se considérait comme une folle qui se pendait à son cou. Quelques pas plus loin, elle changeait d'idée. Si elle lui écrivait maintenant que Sophie lui avait donné l'adresse de Thomas… non, elle craignait qu'il reconnaisse son écriture. «Et si Poucette le faisait pour moé», se dit-elle.

Au magasin général, elle longea les comptoirs et se rendit directement à une petite pièce attenante qui servait de bureau de poste. On lui remit une enveloppe adressée à son nom. Elle la tourna et la retourna devant le maître-poste, sans se soucier de celui-ci, qui la dévisageait de ses petits yeux de chat. La figure de Pierrine s'éclaira. «Timbrée de Montréal, aucun doute, elle est de Thomas. Bon! Il s'est enfin décidé!» Au retour, elle voyait briller le soleil à travers les nuages. L'envie de chanter la démangeait. Si elle n'avait pas été sur la rue, elle se serait empressée de décacheter et de lire sa lettre. Elle enfouit le pli dans la poche de sa jupe. À la maison, elle reprit son travail en fredonnant, comme si de rien n'était. Elle se réjouissait enfin, après tous ces mois passés à se morfondre. Finalement, l'attente en valait le coup. «Thomas devait en avoir assez de la ville et de ses mirages.» Elle pensa aux frères Richard: les pauvres étaient revenus désabusés, morts de solitude. «L'ennui ramènera ben mon Thomas par icitte, lui aussi.»

Toutes les réponses à ses inquiétudes devaient se trouver dans la petite enveloppe blanche qu'elle tardait à ouvrir, comme si l'attente prolongée pouvait amplifier les déclarations d'amour. À tout moment, elle glissait la main dans sa poche, et touchait le papier pour se convaincre que c'était bien vrai. Elle s'inquiétait de connaître l'heureux jour de son retour. Elle imaginait Thomas qui frappait chez elle, les soirs de veillée. À peine croyait-elle avoir fini de se tourmenter qu'un petit nuage se mêlait d'assombrir ses pensées. Et si elle se trompait? Sophie était-elle sérieuse quand elle lui avait fait savoir que là-bas, les filles lui tournaient autour? Peut-être était-ce juste pour voir sa réaction? Pierrine essayait de contrôler sa jalousie, mais son tempérament lui jouait des tours. «Non, je déraille, pensait-elle, Thomas va quand même pas m'écrire pour m'annoncer une rivale. Y doit sûrement s'ennuyer à mourir, là-bas.» Pierrine se répétait qu'elle avait bien fait d'avoir caché ses sentiments à Sophie. Thomas et elle n'avaient pas besoin d'intermédiaire. Elle rangea les quelques bas percés dans le panier à reprisage en surveillant l'aiguille lente des secondes.

Le soir venu, elle devança un peu l'heure du coucher des petits. Ils devenaient d'une turbulence inhabituelle. Elle les retrouvait cachés derrière les portes et sous les lits. C'était la première fois que l'agitation des enfants la poussait à bout. Avec eux, il lui serait impossible de lire en paix. Elle avait tellement hâte d'apprendre l'heureux jour du retour. Finalement, elle laissa la responsabilité des petits à sa mère et en dépit de l'air frais, elle jeta un lainage sur ses épaules et se réfugia dans la balançoire. Le ciel demeurait menaçant, mais il ne pleuvait toujours pas. Les jambes allongées sur le siège d'en face, elle déchira l'enveloppe et lentement, elle parcourut la lettre. Sa figure s'allongea. Au bord des larmes, elle tint ses lèvres tremblantes d'une main et la missive de l'autre, le temps de passer en trombe à travers la cuisine. À chaque enjambée, elle s'empêtrait dans ses pieds légèrement tournés vers l'intérieur. Elle était soulagée de savoir sa mère à la forge. Elle qui en avait contre les sentiments n'avait pas à être témoin de sa peine. La malheureuse monta à sa chambre, s'élança sur son lit et se mit à pleurer sans retenue. Les larmes abondaient et brûlaient ses joues poivrées. Elle se mouchait et essayait d'étouffer ses sanglots dans l'oreiller : ses deux petites sœurs dormaient dans la chambre exiguë. Elle se leva ; debout, sa peine cesserait peut-être de comprimer sa tête. Tout le temps qu'elle marchait en contournant les lits, Thomas, son obsession, accaparait sa pensée. Elle revenait au point de départ. «Choisir et lui donner une réponse au plus tôt.» Une phrase qui la blessait particulièrement, revenait sans cesse, lancinante : «Je veux m'assurer de tes sentiments avant de m'attacher ailleurs.» La jalousie, qui germait en elle lui mettait le corps en feu. Elle n'était pas loin de se tromper quand elle doutait de lui. Lentement, les pleurs se changèrent en rancœur. Une boule bloquait sa gorge. «Ailleurs, ailleurs ! Cervelle d'oiseau, ce Thomas Lamarche. Même pas de "je t'aime", pis moé, la belle idiote, j'attendais des mots tendres.»

Elle entendit le pas de sa mère dans la cuisine.

Pierrine, aux réactions lentes et mesurées, laisserait passer quelque temps avant de répondre à la lettre. Après réflexions, elle réalisa qu'elle ne pensait qu'à elle. Toujours, elle s'était donné entièrement raison ; jamais, elle n'avait accordé le moindre avantage à Thomas. Et tout à coup lui revinrent les paroles de Poucette, qui la firent réfléchir : «Attention, belle Pierrine, le temps ne jouera peut-être pas toujours en ta faveur.» Poucette, la simple, ne faisait pas tant de manières. Elle ne pensait qu'à faire plaisir. Et Thomas, dans tout ça ? Ce qu'elle pouvait être égoïste de tout rapporter à elle ! Pierrine savait bien que Thomas ne passerait pas sa vie sur la ferme, qu'il avait d'autres ambitions. Si ça ne marchait pas à Montréal, il pourrait s'exiler aux États. C'était ce que Sophie lui avait rapporté. Et ça, c'en serait trop. Elle le perdrait pour de bon. Pierrine se sentait bousculée. Jamais elle n'avait projeté vivre ailleurs, à l'étranger ; pas plus qu'elle n'avait imaginé sa vie avec quelqu'un d'autre que Thomas Lamarche. Et si elle allait tout raconter à Poucette ?

* * *

Depuis deux mois, Poucette, mariée à Clément Laurin, vivait un bonheur tout neuf dans une petite maison en construction.

Suite à une rapide poussée de croissance, sa taille s'était affinée. Aujourd'hui, le nom de Poucette ne lui convenait plus. Pourtant le sobriquet survivait. Les sentiments naissants avaient ajouté de la grâce à ses gestes. C'était au tour de Pierrine de l'envier. En se pressant un peu, elle trouverait le temps de jaser avec son amie avant l'arrivée de Clément.

* * *

Dix minutes plus tard, c'était une Pierrine défaite qui entrait chez Poucette. À l'intérieur de la maison, une odeur de bois scié embaumait la pièce où d'étroites planches étaient empilées le long du mur. Poucette la reçut à bras ouverts.

– Ah ben, Pierrine ! Si je m'attendais ! Je te croyais morte. Viens t'asseoir.

Un petit baril de clous, dans ses jambes l'occupait.

– Prends garde ! Si y était pas si lourd, je le pousserais, mais Clément veut pas que je m'attelle à forcer, mais à deux…

Elles le poussèrent sans effort près du tas de planches. Pierrine parlait pour endormir sa peine.

– Je t'envie d'avoir une maison neuve. Elle est pas finie, mais quand même…

– Au train où vont les choses, elle sera terminée pour Noël.

Le jeune couple vivait entre les colombages. Le soir, après le travail, Clément ajoutait quelques planches aux cloisons. La petite chambre du bas se fermait lentement.

– Sais-tu au moins comme t'es chanceuse ? T'as tout, toé !

– Moé, je demande rien de plus que mon petit bonheur.

Poucette déposa deux cafés chauds sur la nappe à carreaux et les bras croisés, elle prêta l'oreille aux tracasseries de Pierrine. La pauvre poussa sa tasse de café fumant et posa ses coudes sur la table. Elle comptait sur la compréhension et l'encouragement de sa cousine. Poucette allait-elle la rassurer, la guider, l'aider ? Elle lui raconta tout.

– Qu'est-ce que t'attends pour lui envoyer un mot ?

Pierrine se moucha.

– Je peux pas ; si Thomas allait reconnaître mon écriture ?

– Allons donc ! C'est de l'enfantillage, ou ben tu l'aimes pas pantoute.

– T'es folle ! Rien que d'y penser, y m'allume, pis je perds tous mes moyens.

– Et tes petits rendez-vous secrets ? C'est fini, ces folies-là ?

Pierrine la dévisagea un moment avant de répondre.

– Non! Mais là, ça fait trois mois que je fais pénitence par la force des choses. Si Thomas peut revenir…

Poucette se scandalisait.

– Tu vas pas recommencer, retourner souiller ce lieu béni?

– Je l'aime!

– Ta mère s'inquiète pas de tes escapades? Elle que tu disais si sévère.

– Elle sait rien; j'y dis que je suis icitte.

– T'es folle ou quoi! Je te défends ben de m'embarquer dans tes histoires. Je me demande comment t'arrives à dormir la nuit, avec ça sur la conscience? Sans compter que tu peux te retrouver en famille. T'es pas inquiète?

– La première nuit a été affreuse. Après j'ai arrêté de m'en faire. Quand Thomas a pris le bord de la ville, j'ai cru devenir folle. J'ai même pas de remords. Je l'aime!

– Mais c'est péché! Demande-moé pas de t'approuver, Picrrine Blouin. Pis le beau Thomas, y me surprend. Celui-là, je l'aurais cru plus respectueux.

– Tu peux pas comprendre; on s'aime, on s'aime, je te dis!

Poucette était trop droite, trop franche pour camoufler ses impressions.

– Pis si Thomas allait s'en vanter aux gars, ou encore te rejeter comme une vieille savate usée? T'as pensé à ta réputation? Y a pus un garçon qui voudrait de toé.

La pauvre Pierrine ne pouvait retenir une moue boudeuse. Elle avait bien essayé d'y mettre fin; ça lui causait une inquiétude insurmontable, mais elle n'avait pas pu. Il y avait entre eux une trop forte attraction, comme un aimant qui les attirait et les soudait. Thomas ne pouvait pas l'abandonner puisqu'il lui appartenait, à elle, Pierrine Blouin. Poucette ne la comprenait donc pas? Le mariage l'aurait-il changée à ce point? C'était à croire que depuis son mariage, sa cousine faisait partie d'une autre génération. Pierrine s'efforçait de sourire.

– T'es dure, Poucette. Ta remontrance est assez raide. Je te trouve aussi sévère que m'man.

– Excuse le ton, mais c'est ce que je pense!

L'heure du souper approchait. Poucette ouvrit une petite porte d'armoire et sortit deux patates et un plat de pois verts qu'elle écossa lentement. Pierrine la regardait vivre. Comme la cousine cadrait bien sous le squelette de bois de son petit nid! Déjà, la charpente était chaleureuse.

– Crois-tu que Thomas va me revenir?

– J'en sais rien, Pierrine! Commence par mettre de l'ordre dans ton âme. Je peux pas croire qu'une fille si raisonnable perde la tête dès qu'elle tombe en amour.

– Je voudrais que t'écrives à Thomas pour moé.

– Moé? Oh non! Oublie ça. T'as qu'à le faire toé-même.

– Y va reconnaître mon écriture! Au début, c'est ben toé qui m'as conseillé de lui écrire?

– Au début, c'était au début. Aujourd'hui, quand je vois la tournure qu'ont prise les choses, je regrette ben gros. Je me sens responsable, pis coupable. Je m'en veux.

Pierrine s'en retourna à la maison avec une inquiétude de plus. L'amitié et la complicité des cousines étaient-elles en péril? «Je me débrouillerai toute seule. Faut que je me grouille si je veux garder Thomas.» Le soleil s'était voilé. Le ciel était noir, le tonnerre grondait, mais il ne pleuvait toujours pas.

XVIII

Les campanules se balançaient sur leurs longues jambes, comme des encensoirs.

Justine, à genoux sur ses plates-bandes, se cassait les reins à désherber. Le chiendent poussait, tenace, à travers les oreilles de souris, et risquait d'étouffer les petites fleurs bleues. Elle essuyait son front de son avant-bras, et tenait ses mains terreuses éloignées de son corps. Elle prit une longue respiration, se pencha de nouveau et arracha les petites touffes de pissenlits qui pointaient entre les campanules. C'était le premier été qu'elle s'accordait un peu de temps pour fleurir son devant de porte. À l'intérieur, Claudia et Sophie étaient là pour s'occuper du dîner et des enfants et Justine savait en tirer profit.

Tout roulait rond sur la ferme, mais depuis avril, ses grands lui manquaient énormément. Pas un jour ne passait sans qu'elle ne pense à eux. La veille encore, elle avait reçu une lettre, une lettre qui en disait si peu. Elle se demandait quand est-ce que Moïse viendrait chercher sa femme. Elle craignait qu'il reprenne goût à sa vie de garçon. «Les écrits peuvent cacher bien des comportements.» Comme elle avait hâte de respirer en paix! Heureusement que là-bas, un bon curé s'occupait de ses fils.

Un bruit d'attelage qui trottait au loin attira son attention. Il passait si peu de gens sur la route. Le sable levait autour de la voiture; en fait, elle ne voyait pratiquement qu'un nuage de poussière. Justine plissa les yeux; le soleil de midi l'aveuglait. « On dirait Galopin. Me v'là qui divague à trop penser à mes garçons! » Elle se concentra sur ses fleurs en pensant à ses fils.

Moïse avait beau tirer les guides, Galopin ne se laissait plus contrôler. Il fonçait droit vers l'écurie. Toute à sa surprise, Justine cria à tue-tête:

– Jean-Baptiste! Viens vite! Si c'est pas mes garçons!

Thomas sauta de la voiture pour aller atterrir près des marches. Comme Justine courait se jeter dans ses bras, il la soulevait et lui fit faire un tour complet dans les airs.

– Thomas, arrête tes folies; j'ai les mains pleines de terre.

Thomas la regardait lisser sa jupe de ses mains sales. Elle lui paraissait encore plus menue qu'avant.

– Je pensais justement à vous deux! J'ai cru reconnaître notre attelage, mais je me demandais si c'était pas du délire. Y a un siècle que j'espère votre retour.

De la soupente, Sophie entendit une voiture grincer sur le gravier, puis des cris de joie. Elle s'approcha de la lucarne et jeta un œil incrédule dans la cour de l'étable. Elle ne rêvait pas. Elle descendit les deux escaliers en trombe, les mains sur le ventre, et dans sa course vers les bâtiments, elle croisa Thomas sans le voir. Sa jupe mal foutue se moquait de son bedon rond. Moïse courait vers elle. Sophie se rua sur son mari et y resta soudée, le visage caché dans sa chemise. Derrière eux, les enfants envahirent le perron. Ils collaient à Thomas comme des sangsues. Jean-Baptiste les rappela à l'ordre.

– Azarie, occupe-toé du cheval, pis vous autres, poussez-vous un peu. Vous voudriez pas l'étouffer ?

* * *

Devant l'écurie, Sophie restait pendue au cou de Moïse. Son retour la grisait. Elle oubliait l'amertume des mois passés, ses longues nuits sans sommeil, à se demander si Moïse pensait à elle, si lui aussi s'ennuyait. C'était surtout dans son lit qu'elle se tracassait le plus à son sujet et tout se replaçait le matin, avec le va-et-vient de la journée. Certains jours où elle était plus vulnérable, seule dans la petite laiterie blanche, elle essuyait quelques larmes en rinçant les chaudières. En entrant à la maison, plus rien n'y paraissait. Elle n'allait pas afficher ses sentiments devant la famille. Seules les lettres la requinquaient, mais pour peu ; la nostalgie la reprenait aussitôt. Elle se retenait d'écrire chaque jour. Le prix des enveloppes et des timbres aurait pu paraître une sorte de gaspillage aux yeux des Lamarche et elle faisait tout pour avoir une conduite exemplaire.

Dieu qu'elle lui en voulait de la laisser seule ! Ces derniers temps, la rage la gagnait. Elle essayait de le détester pour l'avoir abandonnée. À la fin, épuisée, sa rancœur accumulée se changeait en larmes. Elle concentrait alors toutes ses pensées sur l'enfant qui s'annonçait. Elle finissait toujours par égrener son chapelet et attendre.

Quand Sophie arriva à s'exprimer, ce fut pour murmurer d'une voix chevrotante d'émotion :

— Je me suis tuée à t'attendre. Hier, dans ta lettre, tu parlais pas de ton retour…

— Je voulais te faire une surprise. Je m'en veux tellement de t'avoir laissée seule. Par contre, si je t'avais amenée, la vie aurait été ben dure pour toé. Et pense un peu : le curé de Saint-Henri nous aurait pas hébergés tous les trois.

— C'est passé, Moïse, c'est passé ! Y a pus à y revenir. T'es là, c'est tout ce qui compte.

Elle ne savait plus si elle avait envie de rire ou de pleurer. Si elle ne disait rien, elle allait exploser. Elle n'allait pas lui radoter ses cauchemars, son obsession, son ennui. Dans les lettres, elle ne rabâchait que ça. Elle n'arriverait donc jamais à balayer ces mois sans lui et cette ombre de jalousie, même si Moïse était à l'abri de tout soupçon ? À l'avenir, elle n'éprouverait plus cette crainte qui lui déchirait le cœur hier encore, parce que dorénavant, elle ne le laisserait jamais plus la quitter.

Il la serra plus fort.

— À force de vivre loin de toé, j'avais peur de te perdre.

Elle cachait sa propre jalousie, par orgueil.

— Je t'aime trop pour ça !

Elle n'avait qu'un désir : qu'il l'embrasse encore et encore. Elle fit quelques pas, accrochée à son bras, et à l'instant où Azarie sortit de l'étable, elle entraîna Moïse au fenil.

— Viens, monte. On a ben droit à quelques minutes seuls.

Il rit. Sophie n'avait pas changé. Grosse comme elle était, vouloir monter là-haut.

– Des plans pour te casser le cou !

– C'est la seule place où on peut être tranquilles.

Des barreaux mal équarris, cloués à un mur de planches, servaient d'échelle. L'installation était rudimentaire et à risque, mais Moïse, poussé par une passion trop forte, passa outre à ses réticences. Sophie retroussa sa longue jupe et parvint à garder l'équilibre même si sa taille distançait son corps des barreaux. Moïse la suivait, agile comme un singe, il montait un échelon sur deux. Au faîte, il vit Sophie en train de ramper comme un enfant, jusqu'au plus haut de l'immense étendue qui sentait bon la luzerne. C'était impossible pour eux de marcher debout ; l'année fertile avait gonflé le grenier jusqu'aux chevrons. Une fois assis, leur tête touchait la poutre qui formait l'arête supérieure du comble.

En bas, le chien aboyait, et Sophie s'énerva.

– Moïse, fais-le taire, dit-elle.

Moïse n'en fit rien. Il avait de longs mois d'absence à rattraper. Il coucha délicatement Sophie sur les petites fleurs violettes. Ses mains caressaient ses joues et tremblaient légèrement sur la peau soyeuse. Il ferma les yeux et l'enserra à l'étouffer.

– Tes bras autour de mon cou, lui murmura Sophie, je crois que c'est ce qui m'a le plus manqué. Dire qu'avant, on dormait toutes nos nuits, enlacés comme ça ! Y me semble que ça fait des siècles.

Ils n'en finissaient plus de se regarder, de s'embrasser, de s'étreindre.

Moïse lui souffla, d'une voix de confessionnal :

– Si tu savais comme je t'aime !

Il la couvrait de baisers fous dans chaque coin pulpeux. Son haleine chaude éveillait en lui une passion inassouvie depuis des lunes. Il la posséda corps et âme, avec mille précautions. Ils ne parlaient plus, ne bougeaient plus. Ils se contentaient d'être là, dans ce coin sombre. Et comme Sophie allait s'endormir, toute pâle sur son lit vert, Moïse la tira de sa léthargie.

– Faudrait descendre. Les parents nous attendent sur le perron.

Sophie serra sa main pour mieux le retenir et elle se remit à l'embrasser fougueusement, tant qu'à la fin, elle perdit la notion du temps.

– Regarde le ciel aux trous du plafond ; on dirait des étoiles. C'est un signe de chance.

Elle ramassa lentement le bas de sa robe et s'assit. Un sourire illuminait ses yeux.

– Comme t'as changé, mon Moïse. Je t'ai connu plus emporté. La ville te ferait-y perdre ton petit côté sauvage ?

– C'est plutôt ce ventre rond qui me modère.

Il la contemplait. Elle n'avait plus la même manière de se tenir. Sept mois de grossesse cambraient son dos. Les jambes repliées sous son siège, elle gardait les mains grandes ouvertes sur sa jupe ; ses cheveux éparpillés auréolaient sa figure. Moïse ramassa sa tignasse pour en faire un bouquet et par exprès, frôla ses cils soyeux. Il ne se rassasierait donc jamais de la toucher ?

En bas, une vache sur le point de vêler allongeait un meuglement sourd et désagréable. Sophie rampa jusqu'à une déclinaison où elle se leva gauchement et, sur la surface molle, elle perdit l'équilibre. Moïse l'empêcha de basculer et l'embrassa à nouveau. Il lui trouvait l'allure d'une fillette, en dépit du ventre qui gonflait sa robe.

– Parle-moé du grand Montréal, dit-elle.

– C'est pas la place, icitte. Je te raconterai tout ça à la maison. Viens ! En bas les parents vont se poser des questions.

* * *

Sur la galerie, Justine serrait les poings et les dents. L'absence prolongée de Sophie et de Moïse, parlait par elle-même. Plus aucun doute sur ce qui pouvait se passer dans la grange. « Comme si c'était l'endroit ! Franchement, Sophie dépasse les bornes ! » Azarie et Amédée couraient vers les bâtiments. Justine tenta de les retenir en essayant de dissimuler son mécontentement, mais son humeur la trahissait.

– Arrivez icitte, vous autres, pis laissez-leur la paix, à ces deux-là. Depuis le temps, y ont ben des choses à se raconter.

Amédée et Azarie interprétèrent cet interdit à leur manière. Ils blaguaient et riaient. Au fond, ils savaient leur mère scandalisée.

* * *

Là-haut, Sophie remettait de l'ordre dans ses vêtements tandis que Moïse retirait des brindilles de ses cheveux.

– Le bébé profite, ça paraissait pas quand chus parti d'icitte. Penses-tu qu'y va avoir de la place là-dedans pour le reste du temps ?

– Ta mère trouve que je grossis trop. Elle dit que pour un premier, c'est plus difficile à mettre au monde, mais qu'est-ce que tu veux, y me prend de ces rages de faim que je contrôle pas. Mets ta main sur mon ventre pis patiente un peu.

Moïse attendit un moment, et comme il allait renoncer, il sentit une poussée énergique soulever sa main.

– Ça y est ! Y grouille.

Sophie rit de bon cœur.

– T'es venu me chercher pour de bon ?

– Ben sûr, je repars pus jamais sans toé. Thomas a trouvé un logis de trois chambres à coucher. Y est un peu sale, mais un coup blanchi à la chaux, y reviendra comme un neuf.

– On va enfin se retrouver seuls, tous les deux !

– Écoute Sophie, va falloir garder Thomas avec nous autres. Si tu savais tout ce qu'on y doit !

Moïse se tut net avant d'échapper son secret. Heureusement, l'attention de Sophie était distraite par le déroulement des amours de Pierrine.

– Quoi ! Thomas retourne à Montréal ? Y va encore laisser Pierrine par icitte ? Tu sais…

Le regard de Moïse s'assombrit.

– Tout ce que je sais, c'est qu'elle est pas trop vite la rouquine. Une vraie tortue ! C'est à se demander si elle avance ou recule. Je me demande ce que vous y trouvez tous à celle-là.

Sophie sourit.

– C'est quand même une bonne fille. Je sais qu'elle se meurt d'amour pour Thomas pis qu'elle l'attend à bras ouverts.

– Attendre, ça y convient. Ça fait un bon mois que Thomas espère une réponse à sa lettre. Elle a jamais répondu. Pis, dans tout ça, c'est lui qui se rend malade à espérer.

Sophie tenait le bras de Moïse à deux mains.

– Moé, je suis au septième ciel avec toé, Moïse.

Il suffisait du retour de Moïse pour que Sophie oublie les longues soirées de solitude, le grand lit froid, les larmes refoulées, et l'attente qui, comme un long veuvage, n'en finissait plus.

Le perron était en grande fête. Le jeune couple rejoignit la famille. Assise sur le nez d'une marche, Sophie colla sa joue contre celle de Moïse. Elle le voulait tant à elle toute seule.

– Asteure, raconte-moé comment c'est à Montréal.

– Là-bas, tout est ben différent d'icitte. Après le souper, tout le quartier est dans la rue, même les chiens, les porcs et les poules.

– Sans clôture?

– Sans clôture! Chaque bête est marquée par son propriétaire. En arrivant, ce qui m'a le plus frappé, c'est que les gens se couchent tard, très tard, pis y a du bruit presque toute la nuit. Au début, c'est un peu agaçant, mais à la longue, on s'y fait. On vient qu'on n'entend pus rien.

Tout le monde suivait avec attention la conversation de Moïse. Ses frères le considéraient comme un chanceux de connaître la ville. Seule Claudia restait enfermée dans son mutisme. Sophie serra la main de son mari et lui chuchota à l'oreille :

— Quand cé qu'on part ?

— Dans deux jours ! Le temps de saluer tout le monde, pis de jaser un peu avec les gens de la maison. Je peux pas laisser mon travail plus longtemps. Faut aussi que je passe au presbytère donner des nouvelles à ce cher Germain. Tu viendras avec moé ?

— Non ! Je serais juste une gêne pour vous deux. Vas-y tout seul. Moé, dans ce temps-là j'en profiterai pour sortir notre linge d'hiver. Y a rien de prêt ; comme je t'attendais pas… Quand je pense, deux jours encore, pis on charge les paillasses. Ton père va-t-y encore te laisser le cheval ? Je sais qu'y s'en est privé à l'occasion.

— Va ben falloir. On a tellement de choses à transporter, pis asteure qu'y m'a habitué, je pourrais pus m'en passer. Viens en dedans, j'ai hâte de voir m'man. Elle doit être en train de se démener comme un diable pour nous préparer un festin.

— Elle s'est ben ennuyée de vous deux. Des fois, le soir, quand l'ennui me prenait, elle me parlait de ton enfance. Elle s'éternisait dans de longues conversations. Je me demande si elle en rajoutait pas un peu pour tuer mes heures de solitude. Je m'arrange ben avec elle. Ta mère a de grandes qualités.

Moïse lui secoua le bout du nez.

— Pis toé, une grande pie !

Claudia, debout dans la porte, appelait :

— Venez manger !

Moïse se retourna. La voix de sa sœur était éteinte. Claudia n'était plus la même. Elle sombrait dans une torpeur profonde. Elle semblait diminuée, mutilée, pire qu'une éclopée. Les gens de la maison ne savaient plus quelle explication donner à ce changement. Ils mettaient les saisons en cause et se contentaient de la prendre en pitié. Pas une fois, l'idée ne leur était venue que Claudia pouvait s'ennuyer. Elle n'avait jamais connu d'agrément, d'échanges amicaux; sa mère lui répétait depuis toujours : « Je sais ce qui est bon pour toé ! » Et Claudia ne disait rien. À la table, tout le monde parlait, sauf elle. Moïse remarqua son visage émacié, ses traits tirés. Sa nouvelle minceur la rendait plus féminine.

— Ça va, Claudia ? Je te trouve changée !

Elle sourit sans façon. Elle n'allait pas lui raconter la triste bataille qu'elle s'infligeait à elle-même contre un fantôme. On la trouverait folle. Elle non plus ne se reconnaissait point. Claudia la déterminée était toute songeuse, absente, effacée. Peut-être sa passion arriverait-elle à la tuer pour de bon ?

— Pis… vous deux, la ville ?

— Ça se compare pas avec icitte. Faudra que tu viennes, un de ces jours.

Elle écoutait peu les récits des voyageurs qui captaient l'attention de toute la famille. Son attrait pour la ferme était dépassé ou plutôt, mis en veilleuse. Médéric occupait son esprit tout entier et, même si elle essayait de raisonner et d'oublier, son image revenait s'imposer et désorienter toutes les conversations. Moïse insista :

— Claudia, tu m'entends ?

Confuse, elle se leva de table.

– Oui, dit-elle, je suis contente que ça marche pour vous deux, là-bas ! Je vous sers le café.

– Ma foi, t'es ailleurs !

Thomas la suivit et tira l'attache de son tablier pour la faire sourire.

– Je pars pour le village, juste un aller-retour. Si t'as des commissions, je peux te laisser au magasin ?

– Non ! J'ai de l'ouvrage.

* * *

Chez les Blouin, Thomas frappa à la porte de côté. Le père de Pierrine ouvrit et lui présenta une petite chaise en rondins qu'il avait sablée de ses propres mains, avant de se mettre en ménage.

C'était l'heure de la vaisselle. Pierrine assécha ses mains sur son tablier et s'approcha de Thomas le cœur rempli d'amour et de désir. « Quelle bonne affaire de ne pas avoir répondu à sa lettre, se dit-elle : aujourd'hui il ne serait pas là. » Elle en voulait à son père qui le retenait, qui s'informait de la ville. Il avait toujours porté un vif intérêt aux différences entre la vie urbaine et rurale. Il tentait de soutirer à Thomas des renseignements et des faits intéressants pour les communiquer ensuite à ses clients. Thomas répondait négligemment. Ses pensées étaient concentrées sur Pierrine. Plus l'heure approchait, plus le courage lui manquait. Il n'aimait pas trancher des questions de cœur. Pourquoi fallait-il que tout soit si compliqué ? Ce serait si facile si Pierrine y mettait du sien.

Il ne comprenait pas pourquoi il ne la détestait pas. Il n'avait qu'à regarder sa bouche d'enfant gâtée, sa chevelure de feu, son regard chargé de tendresse pour tomber de nouveau à ses pieds. Il devait se secouer, se fâcher contre lui-même pour ne pas flancher. Son envie de serrer la belle dans ses bras était sur le point de l'emporter.

D'une main, il dirigea Pierrine au salon, la poussa vers le fauteuil et s'assied sur la causeuse. Ses gestes étaient différents. Thomas n'était pas dans son état normal, plus sérieux, presque amer. Où étaient passés son sourire enjôleur et sa tendresse ? La porte était fermée à demi. De la cuisine, madame Blouin insistait froidement :

— Pierrine, la porte !

La jeune femme l'ouvrit à peine. Thomas, lui, se fichait éperdument qu'on les voit. On n'a plus grand-chose à se dire quand les amours agonisent…

— J'ai à te parler sérieusement.

— La dernière fois, t'as filé si vite !

Pierrine l'entendait maugréer.

— Je maudis le jour où je t'ai connue !

— Quoi ?

Un frisson courut sur sa chair. Quelle drôle d'histoire ! Avait-elle la berlue ? Elle pensait qu'il allait l'étreindre à l'étouffer et elle se retrouvait en plein mélodrame, presque effrayée. Elle s'était bien trompée. Des larmes embrouillaient sa vue. Elle ravalait. L'amertume se plaçait en travers de sa gorge et empêchait les mots de passer. Qu'est-ce qui lui prenait ? Qu'est-ce qu'elle pouvait bien lui avoir fait ? Il lui en voulait ; ça se voyait à la manière dont il la regardait.

Pendant un long moment, Thomas ne parla pas, le temps de laisser sa respiration reprendre son rythme régulier. Et cette robe écrue qui éteignait la chevelure incendiaire de Pierrine, c'était la préférée de Thomas. Le tissu chiné, ramolli par les lavages répétés, démarquait et amincissait sa taille. Ses deux mains en feraient le tour facilement. Il refoulait son envie d'embrasser ses lèvres charnues, de l'étreindre à l'étouffer. Non, il retenait ses ardeurs. Il détourna la vue pour embrasser du regard le mur d'en face. Il n'avait qu'à se rappeler que Pierrine n'avait pas donné suite à sa lettre pour que la désillusion le refroidisse. Il en était rendu à croire qu'une défaite valait mieux qu'un précipice profond. Ce soir, la bataille devait se terminer et il risquait d'y avoir deux perdants. Il allait jouer ses sentiments en l'espace de quelques minutes, et il redoutait tellement que ce soit la fin, qu'il en repoussait l'échéance. Son cœur battait maintenant au ralenti dans sa poitrine et il craignait qu'il s'arrête.

Pierrine prit place près de lui. Elle résistait de toutes ses forces à prendre sa main. Si elle s'en abstenait, c'était à cause des paroles blessantes de Thomas. Sans ambages, il alla droit au but. Il lui débita sa longue tirade, sur un ton égal, sans interruption.

– Je suis venu régler les choses une fois pour toutes. Pis va pas me demander de te laisser un certain temps pour réfléchir, parce que le temps, pour toé pis moé, y est pas de la même longueur, pis y a eu assez raison de moé, ces derniers mois. Je veux juste te dire que t'es ben libre de rester par icitte si c'est toujours ton choix. Le mien, c'est la ville, pis j'en ai assez de tirer sur toé. J'aimerais t'entendre me dire clairement si tu veux me suivre, ou pas. J'ai besoin de savoir pour continuer ou en finir avec notre histoire.

Pierrine ravala.

– Je vois.

C'était difficile pour Thomas de savoir ce qu'elle pensait. Pierrine baissa la tête et avança ses lèvres pulpeuses en une moue boudeuse. La jalousie la rongeait. Peut-être à cause de cette créature, la nièce du curé. Elle savait qu'ils avaient mangé à la même table. La fille devait être encore à ses trousses. L'envie la dévorait et lui faisait perdre ses moyens « Je le laisserai jamais à une autre. » Elle leva un regard suppliant sur lui.

– Tu sais comme je t'aime, Thomas ?

Il se mit à rire bruyamment.

– J'ai été assez naïf pour le croire.

Elle décelait dans son rire une amertume qui faisait mal à entendre.

– Et si je peux pas supporter la ville, hein ?

– T'as pas le choix, c'est ça ou rien ! Si tu me suis, tu y restes.

Pierrine en déduisait une demande en mariage. C'était si soudain qu'elle en restait estomaquée. C'était tout nouveau chez Thomas, cette assurance, cette attitude de défi. Elle jouait avec les plis de sa robe pour déguiser son embarras. Ses yeux fixaient sans la voir sa photo de communiante pendue au mur d'en face. La peur de perdre Thomas pour toujours avait raison d'elle. Jamais, de toute sa vie, elle ne pourrait en aimer un autre autant que lui. Elle n'avait qu'une seule envie, qu'il la serre dans ses bras, mais il ne posait aucun geste affectueux. Elle n'allait pas s'abaisser à mendier son affection ou prendre le risque de se faire repousser.

Plus le temps passait, plus Thomas paniquait intérieurement. Il s'en voulait de la brusquer. Pourtant, il haussa le ton.

— Et pis ?

Qu'était devenue la Pierrine d'hier, celle qui prenait le temps de réfléchir ? Ce soir, les rôles étaient inversés. Juste le fait de revoir Thomas et elle ne savait plus dire non. Elle se montra d'une gentillesse attendrissante. Étranglée, prête à éclater en larmes, d'un mouvement d'abandon, elle lui tendit les deux mains.

— Tu me proposes de te suivre avant de me demander en mariage ? dit-elle.

— Je pensais que t'avais compris. L'un ne va pas sans l'autre.

— Oh oui, Thomas !

Trop heureux, presque fou, Thomas la serrait tellement que c'était à peine s'il entendit son oui, entre deux respirations étouffées. Elle s'abandonna à une longue étreinte. L'instant d'après, elle se sentait à l'étroit, comme paralysée par cette décision rapide. Ce n'était pas qu'elle pensait autrement ; elle trouvait tout simplement idiot de décider d'abord, et de penser ensuite. Avec elle, tout devait être mûri et réfléchi à l'usure. Ça la déboussolait que chaque chose ne soit pas au ralenti. Thomas ne sentit pas sa réticence. Maintenant, la porte à demi-ouverte le dérangeait. Son bras replié sur le cou gracieux la referma à l'insu de Pierrine, et à l'abri des regards, il embrassa passionnément sa promise. Les cheveux roux s'éparpillaient en fins fils d'or qui volaient légèrement entre les doigts de Thomas jusqu'à en couvrir les deux figures. Lui aussi avait ressenti cette peur terrible de la perdre à tout jamais. Et en ce moment, tout renaissait. Thomas enfouit sa tête dans l'épaisse chevelure, colla sa bouche sur l'oreille délicate et resta là, à ne plus sentir le besoin de parler.

À peine revenue de ses émotions, Pierrine devait faire face aux problèmes pratiques.

– J'ai pas de trousseau, pis mes parents n'ont pas les moyens de me donner une dot!

– On demandera à Sophie pis à Moïse de nous endurer le temps de nous trouver un logement et quelques meubles.

– Sophie m'a dit qu'elle avait hâte de se retrouver seule avec son Moïse. On risquerait de les déranger.

– Les parents l'ont ben gardée, elle! Maintenant, fixe une date pour le mariage. Vas-y!

– Ben, pas si vite! Laisse-moé respirer un peu; j'ai même pas une couverture.

Thomas coupa court à sa phrase en posant une main sur les lèvres charnues. Il devait encore se faire violence.

– Pus de ça, Pierrine, t'entends? Fixe une date; on jasera de tout le tra la la après.

Elle hésitait.

– On pourrait se marier à l'hiver. C'est un temps mort.

– Une date, Pierrine, une date, je te dis!

Quand on la bousculait, Pierrine se retrouvait désorientée. Elle leva sur Thomas des yeux étonnés et échappa un long soupir.

– Tu vas me rendre folle! Qu'est-ce que tu dirais du six janvier? C'est la fête des Rois.

— O.K! T'as une raison spéciale de choisir cette date?

— Non! Je dis ça de même! Tu me presses ben trop pour que j'aie le temps de trouver une raison.

— Va chercher un papier, on va écrire tout ce qu'on aura besoin pour la maison. Si jamais m'man avait des choses en trop.

Pierrine revint. Elle posa un carnet sur ses genoux et inscrivit lentement les nécessités de la vie courante. Thomas, collé contre sa joue, suivait les mots. Subitement, il lui arracha le calepin des mains et le leva dans les airs. Pierrine, stupéfaite, le dévisageait.

— Cette écriture couchée vers la gauche, c'est la même que les lettres du missel? C'était donc toé?

— Ho! Mon Dieu!

Thomas évoquait un souvenir gênant. Elle sourit et sa figure devint très rouge. Elle s'accrocha vigoureusement à son bras, comme si elle craignait de l'échapper à nouveau.

— J'ai un peu honte. J'espère que tu m'en veux pas pour ça?

Ils se regardèrent un bon moment sans dire un mot. Thomas reculait dans le temps, pensait, cherchait. C'était sa mère la coupable; sans ses suppositions, Pierrine et lui n'auraient pas perdu un temps précieux. Il s'en voulait.

— Si j'avais su!

— Asteure, si tu me disais pourquoi t'as jamais donné suite à mes lettres?

Thoma lui expliqua:

— M'man supposait qu'elles venaient d'une des filles du notaire. Je pouvais pas deviner! Je me rappelle même pas de t'avoir vue à l'église. Ah ben! Si on m'avait dit…

– C'était sans doute notre destin de nous rencontrer. Asteure, tu comprends pourquoi j'ai pas répondu à ta lettre de Montréal? J'avais peur que tu reconnaisses mon écriture.

– Dire que je t'en ai tant voulu!

– Sois assuré qu'elle ne restera pas sans réponse.

L'amour emplissait le petit salon d'une odeur de tendresse.

XIX

Sophie, trop excitée pour dormir, avait roulé dans son lit une partie de la nuit, comme les veilles de Noël de son enfance.

L'attelage filait vers Montréal. Sophie regardait défiler les chaumières dans la luminosité du matin. Elle éprouvait un sentiment de paix, de contentement. Elle qui croyait que le bonheur les attendait au bout du chemin. Il était là, à l'instant même, dans toute cette splendeur gratuite. Ils n'avaient qu'à regarder rosir le ciel, tendre l'oreille aux oiseaux, sentir l'odeur du trèfle. Le roulement monotone de la charrette la portait au sommeil. Elle se serait laissé aller à dormir la tête sur l'épaule de Moïse si ce n'avait été des moustiques agaçants qui se chargeaient de la tenir éveillée. Dans les grands bois, les bouleaux s'inclinaient mollement, les peupliers s'étiraient du sol vers le soleil, et les érables entremêlaient leurs couronnes feuillées. Les piqûres et les démangeaisons devinrent vite intolérables. Sophie se retourna. À l'arrière, Thomas dormait étendu sur une paillasse, la toile rabattue sur lui, sans doute pour se protéger des insectes. Elle prit la main de Moïse et sourit. Toutes les choses qu'elle avait envisagé de lui dire s'étaient envolées; le silence causait de bien meilleure façon.

Quelle merveilleuse aventure elle vivait! Ce goût de liberté, de vagabondage qu'elle avait connu lors de son voyage au Manitoba était resté enfoui dans le secret des temps. Aujourd'hui, il refaisait surface, autrement, en mieux, non pas avec des étrangers, et avec une tante comme aboutissement. C'était un vrai voyage de noces. Et la vie, le monde entier lui appartenaient.

Moïse lui retira son châle, le laissa glisser sur le siège et profita de l'absence d'esprit de son frère pour voler à Sophie un baiser rapide. Le bonheur les attendait au bout du chemin. Des habitants de maisons isolées, plantés devant leur porte, les dévisageaient. Ils s'étonnaient de voir une voiture fouler leur route gravillonnée. Rapidement, le soleil devint timide, pâlit et, comme un enfant maussade, se mit à bouder les voyageurs. Le firmament prenait une couleur tragique et, en peu de temps, un vent mauvais se mit à souffler en violentes rafales qui fit peur aux oiseaux. Moïse n'attendait rien de bon de ce ciel enlaidi.

— Je pense qu'on ferait mieux de se trouver un abri. L'orage va nous tomber dessus.

Il s'arrêta à la ferme suivante et demanda un coin sec pour son attelage.

— Si vous nous le permettez, on passera le temps de l'orage sous l'appentis.

— Mais non, attachez votre bête à l'abri, pis venez en dedans.

La chaumière habitée par un couple dans la trentaine transpirait de bonheur. La femme simple et avenante accueillait les passants avec courtoisie. Elle essayait de calmer son maigrichon de mari qui se promenait à quatre pattes, d'un bout à l'autre de la cuisine, avec deux enfants sur son dos. À certains points stratégiques, il s'assoyait sur les talons et faisait tomber les petits à la renverse. Ils éclataient de rire.

La maisonnée comptait cinq enfants. La femme enceinte se démenait au service des étrangers. Sophie se sentait à l'aise chez ces gens. Elle se demandait si le monde de la ville sera aussi hospitalier.

Lui revenaient les mises en garde de sa mère : être prudente, baisser la vue devant les hommes, verrouiller ses portes, enfin, ne faire confiance à personne. Elle se répétait : « Tu sais, en ville, c'est pas comme par icitte. »

En peu de temps, les femmes en vinrent à causer de leur maternité prochaine. Tout en jasant, la dame dressait dix couverts. Sophie la prévint :

– Préparez rien pour nous autres ; on a de la nourriture plein la voiture. Pis on serait ben mal à l'aise de vous rajouter de l'ouvrage. Vous avez ben assez de nous abriter de l'orage.

– Bon, si c'est comme ça, allez chercher votre manger, on va tout partager.

L'ondée tombait dru. Thomas s'occupa de rentrer les victuailles pendant que Moïse, déjà à l'étable, aidait à traire les vaches. Le ciel était si noir que, dans la cuisine, la brave femme dut allumer une lampe. Après le souper, l'orage passé, le temps restait chagriné. L'homme insista pour que les voyageurs passent la nuit sous leur toit.

– Le plafond est ben bas ; je me demande si vous aurez le temps de vous rendre plus loin que chez le voisin avant que les cataractes du ciel s'ouvrent de nouveau. Et pensez comme ce serait une bonne chose pour votre petite dame de se reposer un peu. Vous aurez qu'à étendre vos paillasses dans le milieu de la place, comme le font les quêteux.

Un large sourire éclairait sa figure. Les voyageurs se résignèrent sans trop se faire prier, à passer la nuit au Portage. Thomas et Moïse préparèrent les lits de fortune. Les enfants couchés, les adultes se disputèrent quelques parties de cartes. Maintes fois, le ton monta devant les petites passes que se faisaient les hommes, aux dépens des femmes, mais toujours suivies d'éclats de rire. Thomas les écoutait de la berceuse. Une franche amitié se créait entre eux. Après une bonne nuit de sommeil, un déjeuner frugal et mille mercis, on se promit une revanche.

Le matin suivant, le ciel s'était nettoyé. La température était délicieuse. Le trio reprit le chemin avec au cœur le souvenir chaleureux de ces braves gens.

Le bruit de l'amble régulier de la bête sur la route et les multiples fondrières que la pluie avait creusées berçaient nos voyageurs. Perdu dans ses rêveries, Moïse se demandait quelle tête ferait Sophie en voyant le mobilier. Il avait dû lui mentir pour protéger son secret, en lui faisant croire à un achat de vieux meubles d'occasion. Elle avait semblé tout avaler sans trouver à redire d'autre qu'au besoin, elle les rafraîchirait d'un coup de pinceau. Moïse se mit à siffler. Sophie le regardait, lui souriait et appuyait confortablement sa tête sur son épaule. Sa hâte de se retrouver au calme, dans son petit logement était évidente ; sa tête était déjà pleine de projets pour le rendre agréable. Moïse, le chapeau sur le nez, avait déjà l'air d'un vrai citadin. Il serait maintenant à elle seule, tous les jours, toutes les nuits. Il lui avait tellement manqué, ces derniers mois. À l'avenir, elle s'occuperait elle-même de lui préparer de bons plats, de faire sa lessive, sans l'aide de sa belle-mère ni de Claudia. Et c'en serait fini pour son homme de traîner l'odeur des bêtes jusqu'à son lit.

L'attelage traversa une agglomération de quatre ou cinq maisons, qui présentaient un aspect campagnard. Plus loin venait le petit village de Charlemagne et son quai où trois voitures alignées attendaient la marie-salope. Sophie avait une peur bleue de l'onde. Comme pour son voyage au Manitoba, elle retrouvait l'inconvénient des traversées. À quelques pas, des moutons bêlaient dans une charrette. Est-ce que les animaux avaient peur aussi ? Elle descendit de la voiture, les mains sur ses reins brisés, en se tenant loin de l'eau.

Elle n'en dit rien, mais elle était la seule que le retard du chaland n'agaçait pas. Les pieds cloués au sol, elle comptait les minutes qui lui restaient à vivre. Les hommes, surexcités, parlaient fort en voyant approcher la barge. Les femmes rassemblaient leurs enfants. Le passeur fit débarquer les familles, puis les bêtes. Ensuite il donna ordre d'embarquer les bêtes d'abord ; suivraient les attelages et les gens. Sophie recula d'un pas quand Moïse s'avança et lui tendit la main pour l'aider à embarquer. Assise près de lui, elle gardait un silence de mort et ne songeait plus à abandonner sa main. Même si la traversée était calme, Sophie retenait sa respiration, et l'expression que reflétait son visage parlait d'elle-même. Sur l'autre rive, des centaines de têtes de bétail se perdaient dans une savane couverte de mousse. Quand vint le temps de s'amarrer, Sophie s'avança pour débarquer la première. Elle ne se sentait à l'aise que les deux pieds sur terre. Ses jambes tremblaient encore ; contrecoup de sa peur. Elle retourna s'asseoir dans la voiture, contente, soulagée, et lentement ses nerfs relâchèrent leur tension. L'attelage reprit sa route et longea la rivière des Prairies. Tout au long du parcours, Sophie serrait le bras de Moïse. Malgré la peur qu'elle venait de vivre, elle ne pouvait taire son admiration. Elle retrouvait la nature, mais tout était si différent : l'air était plus doux, les savanes à perte de vue étaient pauvres en arbres et en fleurs, les animaux épars marchaient sur un sol spongieux. La beauté régnait, plus impressionnante qu'au ruisseau Vacher. Le ciel était d'une toute autre couleur. Le spectacle majestueux ravissait son esprit et ses sens. Elle aurait voulu s'arrêter là, et y vivre.

– Quelle beauté incomparable !

***

Après deux bonnes heures de route, Moïse mena le cheval à l'ombre d'un chêne, sur un terrain vacant. La pauvre bête avait la croupe luisante. À chaque respiration, son ventre se gonflait et son souffle écartait ses naseaux. Moïse lui donna une terrine d'avoine et caressa son encolure. Eux aussi profiteraient de l'arrêt pour se restaurer. Thomas s'étirait pendant que Sophie s'occupait à trancher des tomates qu'elle ajouta aux tartines de pain beurré. Thomas sauta sur ses pieds.

– Laisse, Sophie. Je m'en occupe.
– Tu penses que tu… !

— Y aura peut-être pas de fioriture, mais le goût sera le même. Pousse-toé, j'aime pas qu'on me regarde cuisiner. Va marcher avec Moïse.

Moïse faisait quelques pas pour se dégourdir les jambes. Il cala les mains dans ses poches, et se remit à siffler allègrement.

L'estomac bien rempli, les voyageurs reprirent la route. Le chemin se déroulait devant eux, comme un long ruban. Plus loin, l'odeur des conifères se changeait en puanteur de fumée d'usines. Par contre, plus ils s'approchaient de la ville, plus les moustiques se faisaient rares. Une vieille chapelle et une école collaient effrontément à la rue. Des petites filles, assises sur le trottoir de planches, étaient en train de jouer aux osselets. Les mères conversaient en criant d'une fenêtre à l'autre, d'où s'échappaient des odeurs de cuisine. Les voyageurs traversaient des rues désolées où le désespoir semblait pire que la misère. Sophie se demanda un instant si c'était ce qui les attendait, puis, elle se ressaisit et reprit confiance. Tout le reste du voyage, l'attelage touchait presque la façade des bâtisses. Boulangers, forgerons, charretiers, maçons, selliers, possédaient leur atelier rattaché à leur demeure. Les maisons blanches, enfumées par les usines, étaient maintenant grises. Arrivé devant un deux logements en planches blanchies, situé sur la rue du Collège, à deux pas de leur ancienne pension, Moïse tira les guides. Autour d'eux, des ouvriers d'usine, qui rentraient du travail, couraient comme si le faubourg était en feu. Thomas se réveilla et s'étira en bâillant. Il avait dormi durant presque tout le voyage.

– Sophie, t'aurais dû changer de place avec moé.

– Merci ben ! Moé, je voulais rien manquer du paysage.

Le voyage avait été fatigant pour la future mère. L'enfant pesait lourd sur son sein. Engourdie par le trémolo des roues, Sophie descendit de la voiture en chancelant, à tel point qu'on l'aurait cru ivre. Elle avait l'impression que ses jambes lourdes ne lui appartenaient plus.

Elle détaillait les alentours. Tout était si différent. Elle ne retrouvait pas cet air de dignité qu'affichaient les maisons de campagne, et qui allait en s'intensifiant au cours des ans. Il ne restait point de traditions dans ces logements de ville ; les déménagements répétés balayaient les souvenirs secrets avant qu'ils ne s'enracinent. Les longues galeries protectrices, qu'enfant elle comparait à des ailes d'ange gardien, étaient réduites aux proportions d'un escalier.

– Toutes se ressemblent. On dirait des boîtes de carton. Quand même, Moïse, on sera ben icitte, parce qu'on sera ensemble, toé pis moé.

Elle secoua sa robe que la poussière du chemin n'avait pas épargnée, et aperçut au deuxième étage une femme et une demi-douzaine d'enfants, l'air souillon, soudés au balcon. Une vieille tête blanche, sans doute un voisin octogénaire, semblait chercher une occasion de se mêler aux nouveaux arrivants. Sophie se demanda s'ils arriveraient à avoir un peu de tranquillité dans ce quartier. Elle implora Moïse du regard.

– C'est toujours comme ça, icitte ?

– Viens, dit-il, entrons.

Deux garçonnets aux cheveux sales, accompagnés d'un jeune chien restaient plantés devant la porte, à les dévisager, comme s'ils venaient d'une autre planète. Moïse s'empressa de rentrer les paillasses. Une poule lui passa dans les jambes. Il s'en débarrassa d'un coup de pied. Thomas le suivait, portant une lourde malle. Sophie poussa la porte qui s'entrebâilla en grinçant. À l'intérieur, une odeur de moisi prenait à la gorge et la fit éternuer sans répit. Moïse la talonnait, pressé de voir son expression devant l'ameublement.

Le vestibule donnait sur un étroit passage menant à la cuisine. Dans le coin supérieur de la pièce, la jeune femme remarqua le plâtre qui se désagrégeait et laissait les lattes à jour.

– Enfin, Moïse, un vrai chez-nous ! Il a mauvaise mine, mais un enduit de crépi et une bonne couche de chaux y redonneront un aspect de neuf.

Soudain, la grande table retint son attention. Elle qui croyait se contenter d'un vieil ameublement était ébahie. Sa main caressait le meuble blond frais huilé et les chaises à fond empaillé. Les meubles étaient peu raffinés, mais solides. Les riches veinures du bois d'érable étaient douces à force de ponçages répétés. Le travail avait été exécuté avec patience et acharnement ; si ce n'était de sa passion pour Sophie, Moïse aurait renoncé cent fois.

Tout au bout de la cuisine, la jeune femme s'amusait à ouvrir les portes d'une grande armoire. Elle promena son nez à l'intérieur, respira l'odeur du bois et referma. Elle sentait le besoin de toucher le bois et les charnières de métal en forme de queues de rat. La commode était peu ouvragée, mais comme elle serait utile.

— De l'espace pour la lingerie! C'est pas tout le monde qui est aussi ben meublé! Quelle chance! J'ai tissé des couvertures rayées sans savoir qu'elles iraient si ben avec les meubles. J'en ai même assez pour en accrocher aux fenêtres.

D'un œil rapide, Sophie fit le tour de la pièce. Elle poussa les persiennes vertes; la clarté entrait, mais le soleil ne viendra jamais aux deux fenêtres du côté nord. Dans les cours arrière, des dizaines de cordes à linge, tels de longs lacets glissés dans des œillets, réconciliaient les maisons qui dos à dos se boudaient. Aux endroits plus passants, le sol piétiné avait atrophié le gazon.

Moïse talonnait Sophie.

— J'ai acheté le poêle à deux ponts de l'ancien locataire. Si jamais on déménage, on le revendra au suivant. C'est tout un morceau, ce poêle-là!

Sophie, surexcitée, ne cessait de papoter, et quand Moïse put placer un mot, ce fut pour vanter son talent.

— Tu connaissais pas mes capacités en menuiserie, hein? J'ai passé des soirées complètes à sabler avec Thomas pis m'sieur le Curé.

— Dire que je me faisais du souci pour toé! Je pensais que tu t'ennuyais à mourir.

— Je m'ennuyais aussi, pis c'est ben comme tu dis, à mourir! Asteure, viens voir notre lit.

Elle criait et riait aux éclats de se faire traîner par les cheveux, jusqu'à la grande chambre où elle paralysa d'admiration devant un bureau à trois tiroirs, surmonté d'une glace d'un ovale parfait.

– Magnifique!

Les mains de Moïse glissaient sur les frêles épaules et s'attardaient aux cheveux ébouriffés. Il colla sa figure contre celle de Sophie et, comme par magie, le miroir répliqua leur photo de mariage. Sophie riait.

– Si ça de l'allure, on croirait que je me suis battue avec le peigne. Si on me voyait!

Moïse la regardait intensément.

– T'es si belle! Tu me rends fou.

Ses joues brûlantes lui rappelaient la petite écolière gênée. De grands pinceaux noirs battaient ses yeux ronds comme des billes. Moïse l'embrassa derrière les oreilles, où le chatouillis la faisait se contorsionner et échapper des petits cris. Comme une couleuvre, elle glissa agilement de ses mains et se sauva à l'autre bout de la pièce où elle pivota et lui fit face.

– Moïse, réfléchis un peu; y a Thomas dans la maison!

– Au diable, Thomas! Si tu savais comme je me retiens de t'entraîner au lit en plein cœur d'après-midi.

– Là, Moïse, tu dépasses les bornes! Presse-toé un peu! Va aider ton frère à vider la voiture.

Moïse s'amusait de voir Sophie scandalisée. À la fin, il se calma.

– Ce miroir-là est un cadeau de madame curé.

– J'ai ben hâte de la rencontrer, celle-là, Je pense que je la connais par cœur juste par tes lettres. On ira la remercier un de ces jours.

Le chiffonnier était agrémenté de chaque côté d'un porte-serviettes. Une tête de lit, tout en hauteur, cachait presque la moitié du mur. Sophie ne se lassait pas d'admirer les meubles. Elle réservait une caresse pour chacun. La paillasse de paille de maïs avait été jetée négligemment en travers du lit. La jeune femme tira l'enveloppe aux quatre coins et s'allongea dessus toute habillée.

— Je suis morte de fatigue. La route m'a pas mal secouée.

Moïse s'avança vers elle et tira sa main.

— Oh non, madame ! Pas avant d'avoir fait le tour du logement au complet. Viens, pis après, tu seras libre de faire à ta guise.

— Ça va, Moïse. J'ai tout vu.

— Oh non ! T'as pas tout vu.

Un ber de bébé se perdait dans la nudité de la pièce d'à côté. Sophie le fit balancer doucement, comme si le bébé y dormait déjà et elle en oublia sa lourdeur.

— Faudra l'apporter dans notre chambre, lui dit Moïse, pour laisser la place à Thomas. Bon, asteure, tu peux aller t'étendre si tu veux. T'es toute pâle.

— On va manger d'abord, j'ai une de ces faims. La nourriture est dans la cuve, pis la cuve est restée dans la voiture. Que quelqu'un l'apporte avant que les poules s'en régalent.

Pendant que les hommes traînaient des boîtes à l'intérieur, Sophie errait d'une pièce à l'autre et s'amusait à tâter le mobilier, comme pour se familiariser avec ses meubles en bois massif qui partageraient désormais son quotidien et seraient témoins de ses petits bonheurs.

Moïse profita de chaque aller de Thomas pour embrasser sa femme qui ne cessait de le rappeler à l'ordre.

Soudain, Sophie sursauta à un bruit violent, comme une galopade effrénée et des éclats de voix qui venaient d'en haut. Suivit un long cri.

– T'entends, Moïse? On dirait que les gens d'en haut se chamaillent. Icitte, les murs sont minces comme du carton. Va falloir parler tout bas, et tu vois ça, avec le petit qui s'en vient… Chaque fois qu'y va pleurer…

– T'en fais pas. Chaque chose en son temps, ma belle.

– Ça me préoccupe quand même, dit-elle. Écoute: ça recommence.

Thomas, pressé d'en finir, entrait les bras chargés de vêtements.

– Mon Dieu! Qu'est-ce qui se passe en haut? encore un peu et leurs meubles vont nous tomber dessus.

Les Lamarche n'avaient pas l'habitude des scènes de ménage. Ils se retenaient de faire du bruit pour mieux écouter. L'homme criait, suivait un gros boum, des jurons, des pleurs d'enfants étouffées, puis plus rien.

Moïse regardait le plafond.

– Pour la première journée, c'en est une spéciale!

Sophie était toute retournée.

– La pauvre femme a peut-être besoin d'aide?

– Non! En ville, chacun se mêle de ses affaires.

Sophie se désolait.

– C'est pas par chez nous qu'on laisserait faire des choses qui se font pas! Par icitte, personne aide ses semblables?

– Personne!

Sophie, bouleversée, avait peine à oublier le drame. Elle se sentait presque coupable d'être si heureuse.

À la brunante, elle alluma une lampe à manchon et la déposa sur le bureau, le temps de quelques allers et retours à la cuisine où elle fouillait les boîtes. Elle aurait dû écrire le contenu sur chacune. Sophie les passa toutes en revue. Il y en avait beaucoup. Durant tous ces mois chez les Lamarche, Justine accumulait maints objets usagés susceptibles d'être utilisés et elle les ajoutait au neuf. Sophie se disait qu'elle avait sûrement oublié quelques boîtes à Saint-Jacques. Il y avait de quoi s'énerver. Elle recommença, plus attentive cette fois, et trouva la literie dans la dernière boîte.

Mettre de l'ordre dans la maison lui paraissait une tâche insurmontable. Était-ce la fatigue du voyage? Elle ressentait une douleur au dos, et le bébé semblait peser une tonne dans son ventre. Dans la berceuse, Moïse sifflait un air entraînant et Thomas faisait un brin de toilette dans sa chambre. Soudain, encore un bruit, plus sec cette fois, comme un coup de fusil, vinrent déranger la tranquillité de la maison. Sophie sursauta.

– Cette fois, on dirait que ça vient de notre chambre!

Elle avança sur la pointe des pieds. Moïse la suivait de près. Sur le bureau, la flamme dansait toujours, collée au miroir. Une ligne brisée en diagonale traversait la glace. Sophie éclata en sanglots devant le désastre.

– C'est de ma faute, j'aurais dû éteindre la chandelle.
Moïse muet, était visiblement déçu. «Madame curé aura même pas eu le temps de voir son cadeau en place.» Il refoula sa pensée et s'efforça de consoler Sophie.

– On tâchera de le remplacer.

La pauvre, déjà accablée par la journée épuisante, se jeta sur la paillasse de maïs, pleura un bon coup, et sombra dans un profond sommeil pour ne se réveiller que le lendemain, encore toute habillée. Une seule nuit suffit à remettre Sophie en forme. Elle mettait tout en œuvre pour organiser son intérieur en cadre douillet. La maison était toujours accueillante, le linge éclatant de propreté, la table joliment dressée et les repas appétissants. Moïse n'avait pas perdu son habitude de siffler dans la maison, et ce n'était pas Sophie qui allait s'en plaindre ; si son mari sifflait, c'était qu'il était heureux. La jeune femme avait l'impression de renaître, dans son rôle important de maîtresse de maison. Toutes les richesses de la terre ne valaient pas plus que son simple bonheur.

* * *

Thomas venait d'être engagé aux Tanneries Rive-Nord, à un travail bien rémunéré. C'était plus qu'il n'osait espérer. « Pierrine n'en reviendra pas, elle qui s'inquiétait, qui comptait sou par sou, le loyer, la nourriture et les meubles à acheter. Elle aura pus à calculer, additionner, déduire. Double salaire ! C'est-y Dieu possible ? » Les mains dans les poches, il serrait son chapelet. Il avait le sourire radieux des jours de chance. En passant devant l'épicerie, il entra s'acheter une orange, la plus juteuse. Restait à trouver un logement, mais pour le moment, l'achat d'une paire de bottes se faisait plus pressant. Il laissa à Sophie le soin de lui chercher un logement.

Elle lui en dénicha un, trois rues plus bas. Et par un heureux hasard, Thomas acheta un ménage complet à la suite du décès d'une veuve. De riches meubles à l'image de l'âme des vieilles gens. L'héritière, une dame de Saint-Jacques, dont la maison était déjà meublée, avait décidé de conserver la vaisselle et la lingerie, et de se débarrasser des meubles imposants qui ne feraient que l'encombrer. À la lecture du testament, le notaire Dufresne avait pensé aux fiancés Lamarche-Blouin et le dimanche suivant, il en avait soufflé un mot à Jean-Baptiste. En l'espace d'une semaine, l'affaire avait été conclue.

C'était au tour de Moïse de se morfondre pour aider son frère. Il lui devait tant.

— Tu pourras compter sur moé pour aller chercher ton ménage au train, Thomas. Pis je tiens à ce que tu viennes manger chez nous jusqu'à ton mariage. Quand y en a pour deux, y en a pour trois.

— J'accepte, mais j'aimerais coucher chez moé si tu peux me prêter une paillasse. J'abuse un peu trop de vos bontés. Y a Sophie qui vient chaque jour décrasser notre logement. J'ambitionne déjà assez sur vous autres.

— Pense pas de même ; c'est un juste retour des choses. Tu m'as aidé à fabriquer nos meubles sans que j'aie à tirer sur toé, ça fait que moé, chus pas prêt d'oublier un service de même.

XX

Deux lunaisons plus tard, soit le 19 août 1866, sur la rue Du Collège, Sophie donnait naissance à une fille, Véronique. Moïse tenait le bébé dans ses bras, tout impressionné par la fragilité d'un si petit être. Était-ce l'émotion qui serrait sa gorge? Ce n'était pas lui qui allait se laisser bouleverser par une si petite chose. Il parla pour reprendre ses esprits.

– T'as gagné ton pari, mais tu l'emporteras pas toujours. Le prochain sera un garçon.

Le timbre de sa voix n'était plus le même. Sophie l'observait avec plus d'attention. Elle s'étonnait de sa sensibilité. Une peur maladive de briser sa petite fille, empêchait Moïse de bouger. Il passa l'enfant aux bras de sa mère.

* * *

La petite famille vivait des moments précieux, touchants et simples.

* * *

Sophie était de nouveau enceinte. La petite Véronique, une enfant sage, occupait agréablement ses journées. Elle marchait à peine quand naquit un second enfant, Antonin.

* * *

Quelques rues plus bas, Thomas et Pierrine, mariés depuis huit mois, filaient le parfait bonheur. Pas une fois Pierrine n'avait regretté son village natal depuis qu'elle vivait à la ville. Elle ne pensait pas s'adapter aussi facilement.

Ils venaient d'acheter une belle résidence que le soleil tapait de tous ses feux. Des gerbes de glaïeuls reposaient sur l'appui des baies vitrées. Ce jour-là, le jeune couple se rendait chez Moïse pour le baptême. Ils seraient parrain et marraine. Ils y trouvèrent une maison pleine de vie. Les gens de la campagne étaient tous là : Claudia, Azarie, le curé, sa servante et les parents de Sophie. Ces derniers étaient hébergés au presbytère sur l'invitation du pasteur.

Sitôt arrivée, Pierrine se glissa en douce à la chambre de Sophie. Sa figure radieuse accusait un grand bonheur.

— Tu sais la nouvelle ? J'ai pas eu mes mois. Je dois être comme ça !

— Ben bravo, Pierrine ! On va pouvoir chouchouter à notre aise, hein ! Et pis se prêter des vêtements.

— Je t'avertis, je compte sur toé pour me donner des conseils ! Ça me fait si peur de mettre un enfant au monde !

— T'as pas à avoir peur ; nos corps sont faits pour donner la vie.

Les voix et les rires se mariaient au bruit des casseroles. On entendait à peine les coups énergiques frappés à la porte arrière. Moïse s'empressa de répondre.

– Entrez!

Quand il reconnut la femme du deuxième, il entrebâilla à peine la porte. La misérable était enceinte et tout échevelée. Le devant de sa robe écourtée laissait voir ses bas qui ravalaient en accordéon sur ses savates éculées.

– Je viens à cause du bruit. Y a pas moyen d'avoir la paix en haut. Mes enfants peuvent pu dormir depuis que vous restez icitte. Pis vous savez, votre femme qui crie à fendre l'âme pour accoucher, c'est mauvais pour mes filles.

La femme faisait tellement pitié à voir que Moïse n'osa pas en rajouter. Pas une semaine ne passait sans qu'une querelle de ménage n'éclate en haut et, chaque fois, la pauvre recevait une raclée. Sans dire un mot, Moïse referma la porte poliment et la malheureuse retourna chez elle bredouille.

* * *

Les naissances se succédaient chez Moïse et Sophie. Elle relevait à peine d'un accouchement difficile qu'elle était de nouveau enceinte. À un an, Antonin lui faisait encore passer des nuits blanches. Sa mère était trop occupée avec le mariage de sa sœur Rosa pour que Sophie ose lui demander de l'aide.

La tenue de maison était en souffrance, le plancher de cuisine demandait un bon récurage, mais la pauvre Sophie allait au plus urgent. Pourtant, elle tenait à une vie plus agréable pour les siens. Ses traits étaient tirés et l'épuisement la portait à pleurer pour tout et pour rien. Moïse l'obligeait à profiter du temps que les enfants fassent leur somme de l'après-midi pour se coucher.

Pour ménager sa fragilité, il lui cacha qu'il venait d'être remercié à son travail. Lui, si franc, arrivait difficilement à affronter ses grands yeux noirs. Il espérait trouver un nouvel emploi assez rapidement et arriver à gagner suffisamment d'argent pour payer une servante à Sophie. À courir d'usine en usine, son inquiétude allait croissante et, chaque fois, il s'éloignait davantage de la maison. Thomas lui promit d'en souffler un mot au contremaître des Tanneries Rive-Nord. Peut-être qu'avec un peu de chance…

La mise à pied l'empêchait de se rendre au mariage de sa belle-sœur Rosa. Le loyer, la nourriture et les accouchements à régler vidaient le portefeuille. C'était surtout pour Sophie que Moïse s'en faisait. Elle n'avait pas remis les pieds au ruisseau Vacher depuis les noces de Thomas.

La veille du mariage de sa sœur, Sophie alla tristement se coucher. Moïse voyait bien qu'elle avait perdu sa façon.

– Qu'est-cé que t'as?

– Tu le sais ben!

Elle éclata en sanglots. Du coin du drap, Moïse essuyait ses larmes. Sophie était toujours aussi attirante. Moïse était conscient que depuis quelque temps, le travail et la routine avaient raison de leur intimité et Antonin occupait toutes les nuits de Sophie. Il la serra contre lui. Elle le repoussa.

– Tu parlais toujours comme si on irait aux noces, pis tout d'un coup, pour rien, tu vires ton chapeau de bord.

La voix de Moïse se fit tendre.

– Sois raisonnable, tu fais juste abîmer tes beaux pinceaux. Nous nous reprendrons.

– Raisonnable ! Se reprendre ! Je suis allée aux noces de Thomas, moé ! C'est à se demander si ma famille vaut autant que la tienne.

– Tu sais ben que oui ! Essaie pas de mêler les choses.

– Demain y va y avoir un monde fou à la maison. Toute la paroisse sera ramassée là, même que la parenté de l'Ouest est déjà rendue, pis moé, je vais rester tout seule dans mon coin.

– Je suis pas là, moé ? On se reprendra à l'automne. Pense un peu aux enfants ; ces jours-ci le soleil darde à plomb, même pour toé, ce serait mauvais dans ton état.

– Y a l'ombrelle ! Pis quelques rayons de soleil feraient peut-être passer ce sapré rhume qui en finit pus !

– Écoute, Sophie, de toute façon pour aujourd'hui, c'est déjà trop tard. En septembre, ce serait l'idéal. Y aura encore des journées douces.

– On remet toujours ! En septembre, Rosa se remariera pas !

– Non, je sais, mais en septembre, cré-moé !

– Tu le jures ?

– Parole d'honneur !

– Une promesse est une promesse ! T'as ben dit septembre. Je m'en souviendrai.

Moïse caressa de la main son front et ses joues. Et s'il lui avouait que depuis trois semaines il avait perdu son emploi ? Il préférait se taire pour ne pas l'inquiéter.

* * *

Ce soir-là, Sophie n'arrivait pas à dormir. Elle avait la nostalgie des veillées de famille. Lui revenaient les soirées dans l'Ouest où, assise près d'un jouvenceau, elle écoutait les conteurs d'histoires. Et au retour, les heures qui se prolongeaient sur le pas de la porte sans se soucier des lendemains aux levers difficiles. Sa tante la surveillait chaque fois, le nez sous le rideau.

Sophie tournait le dos à Moïse pour mieux le bouder. Dans son âme malheureuse, elle accusait son homme d'avoir violé ce qu'elle reconnaissait être un droit, et ce, sans raison valable. Le cœur au ruisseau Vacher, transportée à la noce, elle imaginait Rosa qui prononçait son oui, agenouillée au pied de l'autel. À la maison, sa mère n'arrêtait pas, elle devait se faire mourir à servir tout son monde. Ses frères et sœurs, cousins et cousines envahissaient le salon et dansaient. Les jumelles étaient sûrement devenues de belles adolescentes. Que devenait Jacques, le gentil cousin qui lui tournait autour, au Manitoba ? Peut-être était-il marié ? Quel désordre dans sa tête. À s'évader de la sorte, elle était en train d'oublier que son ventre portait un enfant. Si Moïse l'entendait penser !

La parenté de l'Ouest allait encore coucher à la maison. Sophie, la tête sur l'oreiller, entendait les violons. Elle se sentait comme une veuve. Elle avait tort. Sur son côté de lit, Moïse s'en faisait pour elle. Lui aussi avait la tête au ruisseau Vacher. Il ratait une belle occasion de revoir les siens. Toute sa famille fêtait chez les beaux-parents. La belle Rosa aux narines frémissantes faisait maintenant partie d'un autre clan, celui des gens mariés. Le clan des responsables, de ceux qui, faute de moyens, ratent une noce. Moïse ravalait. Là-bas, il imaginait tous les hommes assis en cercle autour de la cuisine, à fumer, chanter et boire du petit blanc. Et Azarie et Amédée ne donnaient pas leur place pour faire rire. Le violoneux du dimanche allumait son archet. Les couples endiablés se tenaient par la main et s'avançaient au centre du salon pour former un set carré. Azarie criait : « Et swingue la baquaise dans le fond de la boîte à bois. » Des amours naissaient. Sophie était là, enceinte, Antonin endormi sur un bras et Véronique sur l'autre. Moïse les caressait du regard. Il s'endormit au son du violon.

Il se réveilla le lendemain. Depuis trois semaines, il partait chaque matin, la boîte à lunch sous le bras. Ce jour-là, en plein cœur d'après-midi, il revint à la maison en sifflant. La cuisine était calme. Les enfants faisaient leur somme de jour. Moïse trouva Sophie, debout devant la cuve, à frotter des pieds de bas. Elle se retourna, surprise.

– Toé, déjà ? Y m'avait ben semblé aussi t'entendre siffler.

Debout derrière elle, il entourait sa taille de ses bras. Sophie sentait son souffle chaud dans son cou. Elle se retourna et lui fit face. Il avait le regard d'un homme heureux.

– J'apporte une grande nouvelle.

– Baisse de ton, les enfants dorment.

Moïse lui enleva le bas qu'elle essorait en le tordant et le déposa sur le rebord de la cuve. Il sautillait plus qu'il ne marchait en la traînant d'une main jusqu'à la berceuse. Là, il la prit sur ses genoux et la retint prisonnière de ses deux bras. Ce besoin d'étreindre sa femme ne lui passait pas. L'eau dégoulinait au bout des doigts de Sophie et mouillait ses vêtements. Elle sentait que son homme mijotait quelque chose de sérieux ; peut-être devancer le voyage au ruisseau Vacher ?

– J'ai perdu mon emploi, y a trois semaines. Le patron m'a remplacé par son neveu.

– Quoi ? T'as perdu ton emploi ?

– Oui, mais y est trop tard pour t'en faire ; je viens d'acheter une épicerie licenciée sur la rue Lusignan. Avec une clientèle installée, madame ! Celle-là même où tu fais toujours ton marché. C'est pas rien, un commerce à nous ! Je suis arrêté là par hasard, juste pour m'informer aux flâneurs s'ils connaissaient pas quelqu'un dans le coin qui aurait besoin de bons bras. Je suis tombé sur le propriétaire qui me dit que son temps est fait, qu'y veut vendre, mais que personne a d'argent pour acheter. «Je suis votre homme», que j'y ai dit. Y s'est mis à rire, comme si je blaguais. En fait, je blaguais. Pis là, y est devenu ben sérieux. Y m'a regardé au fond des yeux, pis y m'a dit tout bas : «Passe à la cuisine qu'on se parle tous les deux.»

Sophie le regardait en fouillant le plus loin possible dans ses pensées.

– Minute, minute! Tu charries pas un peu, Moïse Lamarche? C'est une farce, cette histoire d'épicerie?

Au fond, elle craignait une désillusion. Si Moïse plaisantait… Pour toute réponse, Moïse riait et elle s'inquiétait.

– Tu travaillais pas depuis trois semaines pis tu m'en as pas soufflé un mot?

– J'ai pas pu, tu braillais pour aller aux noces de Rosa. J'osais pas en rajouter sur le tas; tu te serais inquiétée sans bon sens. Chaque matin, je partais me chercher de l'ouvrage, d'usine en usine. Ah, j'aurais pu en accepter souvent, mais rien qui vaille la peine, du pas payant. Et avec la famille qui grossit… Chaque fois, je me disais que je valais plus, pis je filais.

Sophie conservait sa moue boudeuse. Moïse semble déçu de sa réaction.

– J'ai tout fait pour m'en sortir. Je pensais que tu serais contente!

– Mais je suis contente! Comprends donc! Tu me parles pus. Tu me tiens toujours en dehors de tes projets.

– À vrai dire, j'attendais qu'on passe devant le notaire pour que tout soit signé avant de t'en parler. J'aurais pas voulu te décevoir ensuite. Je trouve que depuis quelque temps, t'as eu plus que ta part de déceptions. Là, on s'en va de l'avant. J'ai eu une sacrée veine. Le notaire m'assure que j'ai fait une affaire en or. Je vais enfin travailler à mon compte, pis on va déménager chez nous, dans le logement attenant à l'épicerie.

– T'avais assez d'argent pour acheter une épicerie?

– Inquiète-toé pas; tout s'est arrangé avec un prêteur. À chaque fin de mois, j'y remettrai une somme raisonnable retenue sur les ventes.

– Tu t'es endetté? Quel prêteur?

– Je te le dis seulement si tu me jures de tenir ta langue. Faut absolument pas que ça se sache!

– Parle donc!

– C'est le curé Archambault. C'est lui qui m'a offert son aide quand je suis allé y demander conseil.

– Lui? Ça te gêne pas? Moé, je serai pus jamais capable de le regarder en face.

Sophie était scandalisée de cette dette. Son père à elle n'avait jamais emprunté de toute sa vie. Par contre, elle n'avait qu'à penser au temps où, au ruisseau Vacher, ils demeuraient entassés chez la famille de Moïse pour échapper à ses remarques. Elle n'avait jamais connu le montant des économies de son mari; ç'aurait été mal venu de demander des comptes à Moïse quand il la faisait vivre convenablement.

– Ben coudon, t'as pas perdu ton temps. Je suis pas fâchée de partir d'icitte, avec les voisins qu'on a!

Elle essuya ses mains sur la chemise de Moïse.

– Qu'est-ce que tu connais en boucherie?

– Rien, mais je garde l'aide-boucher déjà sur place. Y me montrera.

– Parle-moé du logement.

– Faudrait que tu le visites. Je me rappelle juste qu'y a six chambres à coucher! Si j'ai retenu ça, c'est que j'ai pensé que sur le nombre, y en aurait une pour la grande visite. On s'arrangera pour remplir les autres.

Elle rit.

– On est ben partis pour ça!

Moïse prit sa tête à deux mains et l'embrassa.

– Une chambre à visite, c'est presque indispensable avec la parenté qui vient de la campagne. Attends que je me souvienne… La cuisine est à l'arrière de l'épicerie, un escalier éclairé d'une petite fenêtre tourne en coin et mène au deuxième. Pis je me rappelle pus trop si y a une chambre au premier. Une longue galerie longe l'arrière de la maison.

La nouvelle fit l'effet d'un coup de fouet. Sophie se réjouit.

– J'aurai pus à courir chaque fois que j'aurai besoin de nourriture. Ce sera fini d'acheter ma farine, mes œufs, pis ma graisse, à petits poids, petites mesures. J'aurai qu'à ouvrir une porte.

Désormais, toutes les pensées de Sophie tendaient vers ce logement qu'elle essayait d'imaginer. La petite Véronique, encore ensommeillée, approchait de son père avec l'air boudeur qu'ont les enfants au réveil. Elle lui présentait son dos et attendait pour se faire bercer. Moïse la souleva et aussitôt, le pouce dans la bouche, l'enfant indolente se rendormit dans ses bras.

– Je prends possession de l'épicerie demain.

– Quoi? Si vite que ça?

– Je viens de signer, Sophie. L'épicerie est à nous. Je dois m'en occuper. L'ancien propriétaire m'a demandé d'y laisser le logement pour jusqu'en septembre. Ça y donne un mois, pour s'installer ailleurs, pis le temps qu'y sera là, y va m'accompagner aux achats, pis m'entraîner au roulement. Ce soir, on ira le visiter en allant remercier le curé.

    – Je peux écrire la bonne nouvelle à mes parents?

    – Tant qu'à y être, écris donc aussi aux miens.

XXI

Au ruisseau Vacher, les dix dernières années avaient semblé une éternité pour Claudia. Elle repoussa les couvertures et sauta sur ses pieds. En bas, l'horloge sonnait huit coups et personne ne l'avait réveillée. Elle s'étira paresseusement devant la fenêtre. Le soleil ouvrait un œil louche à travers la brume grise d'un petit matin sale et frisquet. Cette année, la potasse avait été ennuyante à mourir. Médéric ne s'était pas montré le bout du nez et Claudia en avait le cœur en compote. « Quel gâchis que ce temps ! Et les hommes qui devaient commencer le lessi. » L'odeur des rôties brûlées montait à sa chambre et lui chatouillait les narines. « Cette année, Médéric viendra-t-il pour le foulage ? » L'inquiétude la reprenait. Cette passion, nourrie de bonheurs et de déceptions, durait depuis des années et lui laissait un goût amer dans la gorge.

Claudia la sage était devenue inapte à raisonner. Comme chaque printemps, la folie l'emportait. Une sorte de fièvre la reprenait et se changeait en frénésie. Elle avait l'impression que Médéric jouait à la retenir et la relâcher, comme un chat qui s'amuse avec une souris avant de la dévorer. Et pourtant, quelque chose lui disait qu'il reviendrait bientôt. Bien droite, au beau milieu de la pièce, ses bras encerclaient ses épaules et elle restait là, sans bouger, comme enveloppée d'une tendresse imaginaire.

En bas, un bruit de chaises déplacées la ramena sur terre. Elle reconnut les voix d'Amédée, d'Azarie et de leurs femmes. Ses frères étaient mariés aux deux sœurs Melançon et habitaient sur les fermes voisines. Soudain, la voix grave de Médéric donna la réplique à Jean-Baptiste.

– J'appelle pas ça trimer dur, c'est une besogne plutôt agréable. Moé, j'attends toujours le printemps avec impatience.

Claudia avait-elle bien entendu? Son cœur ne fit qu'un tour. Pas une seconde, elle n'avait pensé que Médéric pouvait souffrir les mêmes attentes qu'elle. Pouvait-il avoir un sentiment égal au sien?

Elle se retenait de crier son nom. Vivement, elle jeta sa robe de nuit sur le lit défait et, en hâte, elle s'habilla et descendit à la cuisine. Elle le vit tourner les yeux vers l'escalier, comme s'il reconnaissait son pas. Claudia, pressée de rattraper son retard, feignit d'ignorer le garçon au profit de sa belle-sœur Joséphine qui abattait sa besogne. Claudia lui pinça la taille.

– T'es là, à faire mon ouvrage, toé? T'aurais mieux fait de me réveiller.

– J'osais pas! Y avait rien qui pressait.

– Si ça de l'allure, dormir si tard!

Les hommes achevaient de manger, le nez dans leur assiette. Ils parlaient peu. Tout le temps qu'elle lavait sa figure et ses mains sur le bout du poêle, mine de rien, Claudia observait Médéric dans le miroir du réchaud.

Elle le trouvait beau avec son air sensible et sa mine tranquille. Elle prit place en face de lui. L'espace d'un éclair, leurs yeux se rencontrèrent et tout recommença.

Médéric arrivait comme une bourrasque, comme le vent qui tourne et se met à souffler du bon côté, si bon, si caressant, que d'une bouffée, il expédiait le désespoir de Claudia au diable vert.

Elle avança son pied, juste un peu, qu'il n'ait pas à trop allonger le sien. Un charme inexplicable l'envoûtait. L'émotion était à son comble. « Pourquoi, mon Dieu, est-il revenu ? » Claudia sentait qu'elle se préparait une autre déception. Était-elle heureuse, malheureuse, ou folle ? Elle était bien consciente que dans une semaine ou deux, Médéric repartirait comme par les années passées et qu'elle se retrouverait de nouveau seule, à se ronger les sangs, le cœur en pièces comme un tas de cendres mourantes. Elle savait bien qu'il serait préférable de ne plus le revoir. Mais que faire ? Il s'amenait chaque printemps comme pour s'amuser à la démolir davantage d'une potasse à l'autre. Dire que Médéric n'avait qu'à apparaître pour que l'envie la prenne de chanter toutes les vieilles chansons que sa mère lui avait apprises. Encore une fois, ses sentiments indomptables l'emportaient et, comme une pendule soumise à l'action de la pesanteur, son cœur reprenait un tic-tac énergique qui colorait du rose à ses joues.

Jean-Baptiste sortit de table, le premier.

– Hourra, tout le monde, au travail !

Les hommes disparurent aussitôt, emportant une pièce d'étoffe. Claudia restait assise devant une tasse vide, le pied déçu. Elle ne se comptait pas battue pour autant. Elle savait qu'il serait là pour le dîner et les jours suivants. Tout compte fait, elle décida de prendre le bonheur qui passait, même s'il pouvait être éphémère. Dix jours exactement à profiter de sa présence. Dix jours de béatitude qu'elle allait savourer seconde par seconde !

La cuisine était en désordre. Fabien entassait la vaisselle sale sur un bout de table pendant que Claudia passait un torchon distrait. Elle frottait toujours au même endroit, comme si une tache lui résistait. Elle n'arrivait pas à dissimuler ses émotions. Personne ne pouvait s'empêcher de remarquer le changement qui s'opérait en elle au fil des saisons. Toute la famille la voyait revivre chaque printemps et personne n'en devinait la cause. On accusait l'automne et l'ennui d'être responsables de ses états d'âme. Qui aurait cru qu'un homme puisse semer tant de désordre dans la vie d'une vieille fille raisonnable ?

C'était maintenant au tour des femmes de manger. Près de Claudia, Joséphine attendait, les mains chargées de vaisselle, prête à dresser de nouveau la table. Elle attendait et riait de voir Claudia user le bois à force de frotter toujours au même endroit.

– Claudia ! Es-tu dans les limbes ?

Claudia sursauta. Le lobe de ses oreilles vira au rouge. Elle bafouilla.

– Je… j'étais en train d'organiser d'avance mon travail de la journée.

– Avant, on va prendre le temps de manger. Y a rien qui presse pour reprendre le collier.

Claudia approuva.

– On croirait entendre notre belle-sœur Pierrine.

Le repas joyeux s'étira tant, qu'à la fin le gruau devenu froid s'épaissit. La mère retourna à sa berceuse et posa un tricot sur ses genoux. Depuis sa dernière grippe, elle gardait continuellement un bonnet de coton sur la tête. La vieille femme tira un bas gris à ligne rouge qui paressait sur ses aiguilles et remonta agilement les mailles. Ses mains ressemblaient à des araignées en train de tisser leur toile.

– Espérons que ça leur ira.

– Voyons, m'man, y en a assez qu'on sait pus où les mettre !

– J'achève, j'achève. Après, je commencerai une liseuse pour Sophie. Avant, j'aurais voulu teindre la laine avec du sang de bœuf, mais je parle ben pour rien dire, les hommes font jamais l'abattage avant décembre. J'ai rien qu'à prendre mon mal en patience encore une fois.

– Poussez donc votre chaise, m'man. À force de bercer, vous v'là rendue au beau milieu de la cuisine.

Claudia pointa le nez vers la porte et cria :

– Amédée, va me tuer une couple de volailles.

Amédée, occupé à suivre une conversation, ne bougeait pas. Jean-Baptiste exigeait l'obéissance immédiate au commandement, et que ses fils soient mariés ou pas ne changeait rien à ses principes. Il leva les yeux sur le garçon et, sans un mot, donna un coup de menton vers le poulailler. Amédée comprit aussitôt qu'il devait obéir. Il fila à la basse-cour, attrapa une poule et lui coupa le cou de son couteau de poche à lame recourbée. Il réserva ensuite le même sort à une autre.

Son père déléguait les tâches.

– Azarie, va chercher le lessi. Toé, Forget, occupe-toé du feu, pis que j'aie pas à vous le répéter.

* * *

Les jours heureux filaient trop vite pour Claudia. Chaque soir, elle se remémorait les plus précieux moments de la journée jusqu'à les incruster dans sa mémoire. Que ce soient des regards, des mots, des effleurements, elle les analysait, les épluchait, les amplifiait au gré des émotions qu'ils éveillaient en elle. Ils avaient beau tous se ressembler, se répéter, ils prenaient une importance majeure et toujours nouvelle. Ainsi, elle alimentait sa passion sans se lasser.

* * *

Jean-Baptiste plongea prudemment la pièce d'étoffe dans la charrée bouillante. Le foulage commençait. À chaque bout du foulon, Amédée et Azarie, munis d'une sorte de rame, se renvoyaient mutuellement la pièce d'étoffe. Le tissu était lourd et la tâche ardue. Quelques jeunes essayaient des pilons utilisés pour broyer le chanvre. Jean-Baptiste les repoussa.

– Éloignez-vous, les jeunes, vous risquez de vous brûler.

Les équipes de jour et de nuit se relayaient. Ils étaient des groupes de deux ou quatre. La sueur qui perlait sur les visages ne semblait guère les affecter. La vapeur montait de la chaudière et endormait l'équipe de relève. À la fin, les muscles des bras faisaient mal jusqu'à en devenir inefficaces. Le souffle était court. On entendait des soupirs, mais pas de grognements. Ces gens semblaient nés pour le travail et la peine. À midi, une nouvelle équipe prenait la relève. Ce n'était pas trop tôt : Amédée et Azarie entrèrent pour dîner les faces rouges comme des coqs. Médéric les suivait.

– Avec le lessi, dit-il, pas besoin de se laver les mains. Regardez-moé ça !

Le père, déjà attablé, demanda le silence et murmura le bénédicité entre deux signes de croix. Sitôt la prière récitée, Amédée jubilait.

– Vous me croirez pas m'man, Azarie pis moé, on a tenu le coup à fouler, un quart d'heure d'affilée.

La mère leur jeta un regard incrédule, mais Jean-Baptiste les approuva.

– Y ont ben raison. Pis un quart d'heure, c'est le plus qu'un bon fouleur peut supporter.

Amédée riait.

– Regardez ! Mes mains tremblent encore, je peux pus les contrôler.

– Allez pas vous tuer à l'ouvrage, ajouta Jean-Baptiste, le foulage fait juste commencer, pis on a besoin de bras pour tenir jusqu'au bout.

– Les gars de la place le croiront pas, hein, Médéric ?

– T'as qu'à leur dire de venir se mesurer !

Les hommes profitaient des interruptions pour monter un échafaudage de boulins et d'écoperches qui serviront à sécher les pièces d'étoffe.

Le soir, au clair de lune, le travail continuait de plus belle. Au petit matin, pour terminer l'opération, ils foulaient à quatre hommes en chantant. De son lit, Claudia entendait le refrain, «Fringue fringue sur la rivière».

À la fin, on retira du lessi une belle pièce épaisse et feutrée. Les hommes l'étendirent sur l'échafaud de perches pour la sécher. On ne pensait pas à se reposer. D'ailleurs, il ne restait pas de temps pour penser, s'analyser, se replier. Et personne ne se plaignait sur son propre sort. Ces gens trouvaient dans leur travail rustique une camaraderie qui les animait. Et le soir, exténués, les animaux engraissés, les pièces feutrées, ils se contentaient de se mettre les pieds et le cœur au chaud.

Le travail reprenait aussitôt avec une nouvelle pièce. En plein cœur d'après-midi, Claudia se rendit au four à pain, les bras chargés de contenants de pâte. Elle croisa Médéric. Pendant un moment, leurs yeux se rencontrèrent. Pourtant, elle ne faisait rien pour attirer son attention. Il la regardait discrètement racler la cendre et les tisons vifs. À l'aide d'une palette de bois à long manche, Claudia poussa les moules débordants de pâte et referma aussitôt les deux portes de fonte qui emprisonnaient la chaleur dans les parois de pierre. Elle se sentait surveillée, mais était-ce une impression, ou une émotion si puissante qu'elle provoquait la sensation du vrai? La force de la pensée pouvait-elle aller jusqu'à se transmuer en réalité?

Médéric profita de la relâche pour s'approcher de la jeune fille.

– Claudia, dit-il, je voudrais vous parler. Chez vous, on est jamais seuls. Si vous veniez dans la grande remise…

Claudia se sentait de nouveau comme une écolière, le cœur en cavale. Dans une délicieuse extase, son gracieux visage s'anima d'un sourire. Elle était touchante.

– Dans la remise ? Pourquoi pas sur le perron ?

– Je serais pas aussi à l'aise.

Médéric ne parlait jamais devant les siens et ça la rendait songeuse. Que pouvait-il avoir à lui dire de si secret ? Aurait-il de tendres aveux à lui confier ?

– Si on se voyait plutôt à la traverse, dit-elle ?

– Comme vous voudrez. Vous avez rien qu'à me dire à quelle heure ça vous irait.

– On pourrait faire adonner la rencontre entre deux relèves. Disons vers huit heures, huit heures trente. Je ferai mon gros possible pour être là, mais je peux rien jurer. À la maison, la besogne pousse pas mal dans le dos. Vous voyez, on en est rendus à boulanger l'après-midi.

Le soir venu, Claudia cherchait un prétexte pour sortir sans semer le doute.

– M'man, je vais marcher un peu. Je me rendrai chez mon oncle Donat. Si quelqu'un veut manger, la soupe aux pois est sur le bout du poêle. Y sont tous assez grands pour pas se laisser mourir de faim !

– T'as pas l'idée de sortir comme ça, en plein foulage ! Te vois-tu arriver chez le monde à la brunante ? Y vont se demander ce qui se passe de si urgent !

– On est pus dans l'ancien temps. Aujourd'hui avec les lampes à l'huile, même la nuit, y fait clair comme en plein jour.

– Tu sais ben ce que je veux dire. En tout cas, va pas faire veiller le monde trop tard. Tu connais Donat ; y est réglé comme une horloge. L'idée peut aussi ben y prendre de te foutre dehors.

Claudia jubilait intérieurement. Elle avait bien cru que sa mère la retiendrait. Ce soir, elle aussi était réglée comme une horloge.

Claudia fit une courte visite aux Landry et au retour, passé le ruisseau, elle s'attarda, un peu en retrait de la traverse. Malgré la brunante, tout en flânant, elle réussit à distinguer la silhouette des arbres qui, semblables à des squelettes, remuaient au vent léger. «Mon premier rendez-vous ! Et j'ai dû faire une cachotterie, comme une petite fille. » Elle fit un pas, tourna sur elle-même, piétina les herbes. Elle ne pouvait s'arrêter de bouger, des hanches et de la tête, au même rythme que les questions qui se mouvaient dans son esprit. Elle croisa les bras sur sa poitrine et les décroisa. Elle s'interrogeait. « Que me veut Médéric ? Venir me voir au salon, ou peut-être simplement me dire que je l'intéresse ? De toute façon, que ce soit l'un ou l'autre, ce serait le paradis ! Et si c'était pour une question banale, insignifiante ? Il pouvait le faire à la maison. » Au bout de vingt pas, un profil sombre vient vers elle. La jeune fille appela.

– Médéric, c'est vous ?

Elle entendit un gros rire.

– C'est pas Médéric, c'est Hervé !

– Ah ! À ta manière de marcher, j'avais cru reconnaître Médéric. Comme y fait sombre…

– On peut faire le bout de chemin qui reste ensemble.

– Non ! Je m'en vais chez mon oncle Donat, j'ai une commission pour lui.

Sitôt dit, Claudia se sentit bouillir. « Belle dinde ! Comme si j'avais des comptes à y rendre ! » Elle avançait en feignant l'insouciance. Le rire malicieux résonna à nouveau. Claudia était honteuse. « J'aurais dû fermer ma grande pie ! Hervé aurait peut-être pas remarqué ma présence. Mais là, trop tard, ce qui est fait est fait ! Lui pis son rire gras ! Dire qu'on a ça comme voisin, pis que ça se permet de faire le malin en passant sur notre traverse ! Allez savoir ce qu'y va aller inventer sur Médéric pis moé, asteure. » Dépitée, Claudia s'assit sur une souche et attendit. Elle avait chaud. « Dieu que ça commence mal, se dit-elle, Médéric va arriver et je suis dans tous mes états. » De nouveau, elle entendit des pas fouler les herbes sèches. Cette fois, elle ne parla pas. Médéric appelait sans élever la voix :

– Claudia !

– Je suis là !

En quelques enjambées, le garçon se retrouva près d'elle.

– On peut marcher un peu, mais faudrait pas abuser, j'ai pas beaucoup de temps. Ce rendez-vous me tracasse. J'ai raison ?

Le garçon ne parvenait pas à trouver les mots. La bouche sèche, il secouait la tête et s'empêtrait dans ses propos.

– C'est que, je voulais juste savoir… à matin au déjeuner, vous aviez l'air troublé, c'est à cause de moé ?

Il prit sa main et sa voix se fit tendre.

– J'avais cru, Claudia…

Malgré la pénombre, Claudia était prête à jurer qu'il la mangeait des yeux. Jamais de toute sa vie elle n'avait ressenti une telle émotion. La façon qu'il avait de tenir sa main la mettait en confiance. Elle fit un effort surhumain pour se convaincre. «Vas-y, Claudia Lamarche, parle! C'est aujourd'hui ou jamais!» Elle détourna un peu la tête pour qu'il ne voie pas son embarras et se laissa aller aux confidences.

– Je vais vous dire quelque chose, mais allez pas mal me juger. Vous m'avez toujours un peu préoccupée, Médéric. Oh, c'est pas votre faute. Vous savez depuis l'histoire de votre pied sous la table… ben j'avais cru… je m'étais dit, en dedans de moé, que je vous déplaisais peut-être pas, et ça, depuis le tout début, pis ensuite, d'une potasse à l'autre, je fondais des espoirs sur nous deux. À la fin, je me suis faite à l'idée que je rêvassais pour rien. J'en ai mis du temps à comprendre.

Elle frissonnait à l'alternance des températures que son cœur lui faisait subir.

– J'aurais pas dû vous raconter tout ça, hein? Je suis allée un peu loin.

– Vous avez pas à regretter, Claudia, on est pus des enfants. Vous savez, moé, aller voir les filles, pis toutes les cérémonies qui vont avec, c'est pas mon fort, mais si vous voulez de moé, vous avez rien qu'à dire oui, pis on passera devant le curé.

D'un coup, Médéric la demandait en mariage, d'une façon plutôt simple, mais c'était la sienne en propre. Claudia resta bouche bée. Son cœur reprit une vitesse vertigineuse. Tout était confus dans son cerveau. Tant d'années de rêveries, désirs, fantasmes, qu'elle croyait des rêves de pierre, fleurissaient en l'espace d'un instant, et c'était comme trop de bourgeons en travers de sa gorge. Sa respiration en était bloquée. Il lui faudrait du temps pour assimiler, pour réapprendre à respirer. Pourtant, Dieu sait si elle en avait eu du temps.

— Mais… Médéric, vous m'aimez ?

— C'est ben ça !

— C'est-y pour moé que vous veniez icitte à toutes les potasses ?

— Oui ! Au début, c'est Moïse qui m'avait parlé de vous. Comme je connaissais pas la potasse, je me suis dit : v'là la belle occasion. Pis avec le temps, ben j'ai jamais pu vous le dire parce que les mots restaient pris.

— Que vous m'aimiez ?

— C'est ben ça !

— Et ça remonte à loin ?

— Dix ans, Claudia !

Elle se retrouvait enlacée.

— Tenez, je vous déteste pour avoir tant attendu.

Et elle lui fit un câlin en frottant son nez sur le sien. Il la serra à l'étouffer. Ils n'entendaient plus que le bruit de leur respiration saccadée. À deux, ils pourraient éteindre cent bougies d'un seul coup. Il écrasa fougueusement ses lèvres sur les siennes. Claudia ferma les yeux pour empêcher ses émotions de fondre en larmes. Les bras solides du garçon la tenaient prisonnière. Il la serrait, la sentait faiblir, la possédait presque. Elle se complaisait de toute cette force et de cette douceur qui l'emprisonnaient, elle, Claudia, toute tremblante, presque usée de la longue lutte qu'elle s'était infligée pour un amour qu'elle croyait insensé. Son âme tentée était-elle sur le point de flancher ? Si ce n'avait été de ses principes… Elle crut bon de se dégager de son emprise si elle voulait protéger sa vertu.

— Je vous ai toujours trouvé de mon goût, Médéric !

— Moé aussi, Claudia !

— J'avais beau chercher, rêver, imaginer, attendre… Attendre, vous savez ce que c'est ? C'est un calvaire.

Il lui coupa la parole en posant ses lèvres sur son front, sa bouche, son cou.

— J'aime votre visage de fille tranquille, encadré de beaux cheveux blonds, pis votre belle voix !

— Médéric ! Vous me flattez.

Elle s'amusait à dire tout haut le prénom qu'elle sauvegardait enfoui en dedans d'elle et qu'elle s'interdisait depuis des années, tant qu'aucun privilège ne le lui permettait. Et ce jour bienheureux venait lui en donner le droit. Elle le répétait et, plus elle le répétait, plus Médéric lui appartenait.

— Avant de retourner chez vous, je voudrais que vous me chantiez une chanson, pour moé tout seul. Celle que vous voudrez.

— Et si on m'entendait ? Quelqu'un est passé sur la traverse tantôt.

— Oubliez les autres, pis chantez-moé quelque chose !

Elle se tenait debout devant lui. Il garda les mains sur ses hanches pendant qu'elle entonna d'une voix vibrante, *La chanson des blés d'or* :

Mignonne, quand le soir descendra sur la plaine,
Et que le rossignol viendra chanter encore.
À la fin, sidéré, il s'exclama :
— Vous avez une de ces voix, Claudia !
Il la serra dans ses bras.
— Chantez encore.
— Médéric, je resterais icitte toute la nuit, si je pouvais, mais j'aimerais mieux qu'on se voit à la maison. Si vous voulez venir veiller au salon, vous avez pas à vous gêner, hein. Moé, ça me ferait ben plaisir. Comme ça, on pourrait se connaître un peu mieux.

Claudia voulait prendre le temps de rêver pour de vrai, de s'habituer à ce bonheur intense qu'elle n'attendait plus.

Tout en marchant, Médéric lui avoua que depuis longtemps, il formait des projets pour eux. Elle pensa aussitôt au commerce.

— Ce qui voudrait sans doute dire laisser la ferme pour le magasin ?

— Moé, je serais ben prêt à vous aider sur la ferme. J'aime mieux travailler la terre que servir des clients.

— Pourtant, le public, ce doit être ben intéressant. Ça permet de rencontrer plein de gens de son patelin.

— C'est ben différent de la ferme. Icitte, on se tue à l'ouvrage toute l'année.

Claudia aurait été curieuse de le visiter, mais elle n'en parla pas. Ce serait mal vu pour une fille d'aller courir les paroisses voisines, quand pour les achats, sa famille avait toujours fait affaire dans le haut du ruisseau Vacher.

Claudia s'attardait sur sa comparaison sans fondement. Avait-elle seulement le choix ? Même si les garçons étaient tous partis, la terre appartenait toujours à son père. Et Médéric avait-il déjà manié la faux, le pic, la pelle ? Médéric savait-il que la terre est exigeante ? La terre était une vocation. Ne fallait-il pas y naître pour l'apprivoiser ? ! Et lui revenaient à l'esprit la grêle, les sauterelles, la sécheresse, la vermine. Elle n'allait pas effrayer Médéric avec tout ça. Son feu sacré lui laissait croire qu'elle le lui ferait aimer. Elle prit sa main, comme si par ce simple geste elle lui vouait une confiance absolue.

— Je vous montrerai ! On en reparlera. Faudrait marcher plus vite, à la maison, m'man va s'inquiéter.

Ils s'en retournèrent main dans la main.

Claudia ne parla à personne de ses projets, mais il lui poussait des ailes aux talons.

XXII

L'an 1880 traînait son hiver comme une maladie chronique. Moïse n'avait pas le temps de regarder passer les saisons. Sa famille était comblée. Sa vie filait avec ses jours toujours semblables à s'évertuer pour servir une clientèle exigeante. Le ber en bois d'érable n'avait connu aucun repos. La famille comptait maintenant sept enfants, deux filles et cinq garçons, dont le dernier, le petit Charles, n'avait que trois jours. Celui-là, son berceau était secoué par la maladie de sa mère.

Dehors, la tempête se déchaînait, le vent sifflait et faisait courir la neige au ras du sol. Les flocons légers tourbillonnaient jusqu'à ce qu'ils rencontrent un obstacle où se blottir et là, ils formaient des amoncellements qui allaient jusqu'à rendre les rues difficilement praticables. Dans la cuisine, une neige effrontée parvenait à s'infiltrer au bas d'une porte mal jointe et formait un monticule qui ressemblait à des blancs d'œufs battus. Sophie attendait que les enfants partent pour l'école pour tasser le tapis sur le seuil, mais sans résultat évident. Debout, un peu en retrait de la fenêtre, elle tenait dans ses bras son dernier-né. Elle remonta la couverture rayée bleue sur la tête fragile. À travers les fleurs blanches que le givre avait brodées aux carreaux, elle guettait une accalmie, mais le paysage se cachait derrière la poudrerie qui s'entêtait. Le vent courait en rafales, comme un chien essoufflé, autour de l'épicerie. Sophie se désolait ; Claudia allait-elle retarder son arrivée avec ce temps de chien ?

Le poêle ronronnait dans une lutte à n'en plus finir contre le froid qui pénétrait par tous les interstices des portes et des fenêtres. Moïse tisonnait les braises et alimentait le feu.

— Va te reposer un peu en attendant que Claudia arrive.

Devant les nuées de poudrerie qui voilaient ciel et terre, Sophie perdait confiance. Elle se tracassait pour les siens et les soucis minaient ce qui restait de sa santé.

— Regarde comme le vent prend de la force, on voit à peine les maisons d'en face. Elle viendra pas, ni aujourd'hui ni demain, pis y a les couches sales qui traînent. Si au moins j'étais plus solide.

Sophie, impuissante, était sur le point de pleurer. Son menton tremblait. Moïse cherchait un moyen de la soulager.

— Véronique va revenir de l'école tantôt, elle pourra te donner un coup de main.

— Celle-là, elle en a déjà assez avec ses classes.

— Ben, garde-la donc à la maison, asteure qu'elle sait lire.

— J'y ai pensé quelquefois, mais vu que c'est l'année de son certificat, je remets toujours, confiante de remonter la côte. Mais t'as peut-être ben raison, si c'était juste pour quelques semaines. Avant, on va voir si ta sœur vient… Comme si on avait besoin d'une pareille poudrerie, juste au moment…

– Enlève-toé donc de devant la fenêtre, tu fais juste te tourner les sangs. Je te répète que c'est pas ce qui va empêcher le train de passer.

Moïse poussa son coude sec. Il la regarda mieux. Il voyait bien qu'elle dépérissait à vue d'œil et le fait de la voir se consumer à petit feu l'affligeait horriblement. Il avait peur qu'elle ne puisse pas s'en tirer, toutefois, il n'abdiquait pas complètement. Au plus bas quand il croyait tout perdu, il pensait à madame Froment qui, atteinte du même mal, s'en était assez bien tirée ; pas forte la pauvre, mais tout de même en vie. Il regrettait de ne pas avoir demandé l'aide de Claudia plus tôt.

– En attendant, va t'étendre un peu. Profite du temps que les petits dorment. Après-midi, dans les heures creuses, je surveillerai le poêle. Avec la tempête, les clients devront se faire rares. À quatre heures, je ferai un saut à la gare. La lettre dit ben qu'elle arrive aujourd'hui ?

– La lettre, la lettre… elle devinait pas la tempête, la lettre !

Sophie déposa le nourrisson dans le berceau. Une quinte de toux la secouait. Elle s'allongea et toussa tant qu'elle n'arriva pas à dormir. Épuisée, elle s'appuya sur trois oreillers et finit par s'assoupir.

Dans la rue, une charrue tirée par deux chevaux ouvrait une éclaircie. Moïse la suivit et se rendit à la station, d'où il revint bredouille. Le train était bel et bien bloqué quelque part dans la nature. Lui qui espérait que sa sœur lui apporte des nouvelles fraîches du ruisseau Vacher. Il s'en faisait surtout pour Sophie : « Elle va être ben déçue. Si au moins elle pouvait se débarrasser de sa toux, pis arriver à se reposer un peu. » Il entra à la maison à l'instant même où les enfants revenaient de l'école.

— Véronique, tu vas rester à la maison pour aider ta mère.

La fillette était agréablement surprise.

— Je lâche l'école ? Bon ben, je suis pas fâchée, j'ai presque l'âge de me marier.

— Comment s'appelle la jeune Vézina, celle avec qui tu te tiens toujours ?

— Delphine ! Pourquoi vous me demandez ça, p'pa ?

— J'aimerais qu'elle vienne donner un coup de main à la maison. Vous vous arrangez ben toutes les deux ? Je paierai ce que ça vaut. Je passerai voir ses parents dans la soirée, mais avant, si tu traversais sonder le terrain…

— Oui, p'pa, je vais y demander tout de suite.

Véronique, tout aussi heureuse que si elle recevait un cadeau, courut à la porte arrière. Sans attacher son manteau, elle sortit. Le vent s'engouffrait dans ses vêtements. Elle piqua au plus court en sautant l'amoncellement de neige qui séparait les deux maisons. À son retour, Delphine la suivait.

L'adolescente, une grande blonde bien en chair, avait treize ans, quoiqu'on lui en donnait vingt. Elle secoua ses pieds enneigés sur le tapis et jeta son manteau sur la chaise la plus proche.

— M'sieur Lamarche, ma mère serait ben contente que je travaille pour vous. Elle dit que de même, elle pourra peut-être régler ce qu'elle vous doit au magasin, pis elle dit aussi qu'elle a déjà trop abusé de vos largesses. Moé, je vous promets de ben travailler. Madame aura juste à me dire quoi faire.

— À deux, vous devriez venir à bout de tout faire. Commencez le souper tout de suite, pis si y manque de quoi, vous trouverez tout ce qu'y faut à côté.

Moïse retourna à l'épicerie.

— Antonin, Jean, venez m'aider.

Véronique se réjouit d'avoir une fille de son âge dans la maison. Avec les garçons, ce n'était pas toujours facile. Elle se chargeait d'une lourde responsabilité, toutefois, l'inconscience de ses jeunes années l'empêchait d'en mesurer l'étendue. Elle se rendit à la chambre de sa mère et frappa à petits coups.

— M'man?

La mère sursauta.

— Oui!

— Delphine Vézina est icitte! Toutes les deux, on a laissé l'école pour vous aider. Vous allez guérir vite.

— Écoute, Véronique, fais ben comprendre à Delphine que pour le temps que Claudia sera icitte, on se passera d'elle. Si elle veut travailler en attendant, ça ira.

— Là, j'ai demandé une cloche à p'pa, pour quand vous voudrez m'appeler. Je la laisserai à côté de vous, comme ça, vous aurez pas à vous époumoner. Y m'a promis d'y voir.

— T'es ben bonne, Véronique, d'avoir pensé à ça. Je regrette d'en arriver là, en plus, l'année de ton certificat, mais comme c'est là, j'ai pus le choix. Tu vas voir, ma pauvre petite, que c'est pas l'ouvrage qui manque ici-dedans.

– Faites-vous-en pas ! Je m'arrangerai ben !

– Dis-toé ben que, tout nouveau, tout beau. Tu sais, je voudrais pas te décourager, mais y faut que tu saches que dans une maison, tout est toujours à recommencer. Heureusement, Delphine sera là pour t'adoucir la tâche.

– Inquiétez-vous pas, maman, j'ai quand même treize ans !

– Treize ans... Dis à Jean que je l'appelle.

Le garçon ne tarda pas.

– Oui, m'man !

– Jean, va donc vider le pot de chambre, pis oublie pas de le rincer ben comme y faut.

XXIII

Les grands vents beuglaient comme des bêtes traquées. Chez les Lamarche, tout reluisait, de la table de bois sans nappe, aux carreaux sans rideaux. Le poêle de fonte qui trônait au fond de la grande cuisine était frais miné. Sur la table, les assiettes en fer blanc et les casseroles brillaient.

Claudia, femme économe, énergique et volontaire, avait pris sur elle de tout mener dans la maison. Au ruisseau Vacher, sa mère s'en accommodait : ainsi, elle avait tout son temps pour tricoter, tisser, piquer des courtepointes, et elle s'y donnait entièrement. Elle accumulait des mitaines, des tuques, des bas en laine du pays pour les garçons, des chemises de nuit pour les filles et des pièces d'étoffe pour les brus.

— Tiens, Claudia, t'apporteras tout ça à Montréal.

— M'man, tâchez de me laisser un peu d'espace pour mon butin.

Pour fermer le couvercle de la grosse valise, Claudia dut s'asseoir dessus. La vieille Justine riait de satisfaction.

— On trouvera ben moyen de tout rentrer là-dedans, en forçant un peu.

***

Amédée conduisit Claudia à la gare de l'Épiphanie. L'attelage traversa le rang tout entier. De la neige, tant de neige, et si blanche et étincelante au soleil qu'elle obligeait à fermer les yeux. La tempête des derniers jours avait rendu les chemins difficiles et certains étaient mal ouverts. Le cheval, la neige au ventre, avançait par bonds. Derrière le siège, la grosse valise noire n'était pas sans attirer l'attention des commères qui, accrochées aux fenêtres, supposaient aussitôt un départ obligé.

* * *

Dans le train, les secousses répétées des wagons endormaient les voyageurs. Claudia ferma les yeux. Toutes ses pensées tendaient vers Médéric. Maintenant soudée par une promesse, elle n'était plus seule. Auraient-ils un jour la chance de refaire le voyage ensemble, à bord du même train ? Comme elle serait fière de se balader au bras de son Médéric à la tenue impeccable, aux ongles soignés. Elle repensait à ses paroles : « On passera chez le curé ! » Cher Médéric, sans prétention. Il ne sentait pas le besoin de farder ses mots ; avec lui, c'était franc, clair et direct. Elle essayait de se convaincre qu'il l'aimait, qu'elle ne rêvait plus. Elle sourit intérieurement et ouvrit les yeux. Tant de belles choses lui arrivaient en même temps. Elle n'en parlerait à personne, même si elle en brûlait d'envie. Toute passion mérite bien son petit coin secret.

Claudia ne voulait rien manquer du paysage qu'elle découvrait pour la première fois. Les rails coupaient en deux les grandes prairies que la tempête avait chaulées d'une blancheur immaculée. Quelle merveilleuse invention que le train ! De voyager à l'abri du vent et du froid comblait Claudia. En face d'elle, un homme dormait la bouche entr'ouverte. Elle tourna de nouveau les yeux vers la fenêtre. Les maisons fuyantes faisaient place aux grands espaces blancs. Elle se demandait si derrière chaque porte se cachait une petite histoire d'amour, comme chez Moïse, chez Thomas.

À quoi toutes ces femmes de ville pouvaient-elles employer leurs journées ?

Plus loin, c'était la ville et ses murs sales aux fenêtres enfumées par le charbon des usines. Près de la gare, un petit hôtel jaune se faisait invitant. Chaque croisée, habillée de dentelle blanche, était protégée des intempéries par un auvent et des persiennes vertes. « Si le jour de notre mariage, Médéric pis moé… Oh non ! Ce serait ne pas regarder à la dépense. »

* * *

À la gare de Saint-Henri, dans la salle des pas perdus, assis sur une banquette, Antonin attendait l'arrivée du prochain train. Les voyageurs formaient un cercle autour du poêle à charbon. Le garçon salua quelques personnes qu'il reconnut vaguement pour être des clients de l'épicerie. Au sifflet de la locomotive, la grosse bête noire ralentit pour s'arrêter devant la gare. Antonin attendit que le monstre se taise pour s'en approcher. Chaque fois, ses peurs d'enfants refaisaient surface. Il avança sur le quai où le train déversait son flot de voyageurs. Parmi eux, une tête dépassait les autres. « Ce doit être elle, p'pa dit qu'elle mesure six pieds. » Sur le quai, il hésitait et attendait. La grande femme s'avança. Elle tenait à deux mains une énorme valise noire démodée. Ses yeux semblaient chercher quelqu'un. Le garçon agita les bras pour s'annoncer.

— Ma tante Claudia ?

— T'es un petit Lamarche ?

— Oui ! En plein ça !

— Et lequel ?

— Antonin.

— Attends un peu, laisse-moé deviner, Antonin. T'as dix ans, toé, si je me trompe pas ?

Antonin sourit.

— Non onze, pis je fume.

— Je te crois pas.

Le gamin retira une pipe de sa poche et la brandit fièrement sous les yeux incrédules de sa tante. Claudia attrapa la jeune main au vol et la secoua affectueusement.

— La dernière fois, t'étais si petit !

— Ben, mettez votre main sur la mienne, vous verrez qu'elle est aussi grande que la vôtre.

Il riait encore en soulevant la lourde malle noire.

— Laisse-moé ma valise, elle est un peu lourde pour tes onze ans.

— C'est ce que vous croyez, hein ? Je me suis fait des bras à livrer les commandes d'épicerie. Vous savez, je suis pus un bébé. Arrivez ! L'attelage nous attend.

Claudia se surprenait de l'entendre commander avec autorité, comme Moïse ! L'idée lui prit d'embrasser ses belles joues rouges, mais comme le garçon cherchait à affirmer sa précocité, elle se retint.

– T'es pas mal débrouillard, Antonin, tu me rappelles ton père, plus jeune.

À bout de bras, le garçon devait bondir pour attraper la bride. Il laissa à peine le temps à Claudia de monter et, debout dans la voiture, il secoua les guides sur la croupe de la jument.

– Hue, Fripouille!

La distance de la gare au magasin était courte. Claudia eut à peine le temps de faire connaissance avec son neveu attendrissant qu'ils étaient déjà devant l'épicerie. Antonin, comme chaque fois que son père arrivait à destination, se plantait debout dans la voiture, tirait les guides et criait.

– Wô bèque!

Devant eux, deux grandes vitrines à carreaux affichaient en lettres rouges: ÉPICERIE LICENCIÉE MOÏSE LAMARCHE. Au faîte de la bâtisse, un drapeau se déhanchait au caprice du vent. Antonin sauta de voiture et tendit la main à Claudia.

– Je reviendrai chercher votre valise tantôt avec Jean. Venez!

Comme il précédait sa tante vers le commerce, celle-ci le rappela aussitôt.

– Antonin, t'attaches pas ta jument?

– Ce serait pour rien! Avec les livraisons, Fripouille est dressée pour attendre à toutes les portes. Saviez-vous que p'pa est propriétaire du plus important magasin d'alimentation du quartier?

– Je savais pas!

– Venez par icitte, vous verrez !

Il la fit passer par l'épicerie où fourmillait une clientèle variée. Après la tempête des derniers jours, les habitués venaient se réapprovisionner. Claudia en avait plein la vue. L'immense pièce sentait bon les épices et le café. Tout au fond, au comptoir des viandes, Moïse, en tablier blanc, faisait figure de parvenu. Elle le regarda vivre un instant. Il inscrivait ses comptes sur le papier d'emballage et rendait la monnaie. Les plus pauvres s'en allaient sans payer leur dû. Chaque fois, Moïse inscrivait les crédits dans un grand livre qu'il appelait sa main courante. Un mot, un sourire, un regard, un geste de la main suffisaient à satisfaire son monde. Soudain, il aperçut sa sœur près de la porte, le dos appuyé à la vitrine. Il abandonna aussitôt la caisse et courut à sa rencontre en essuyant ses mains sur son tablier.

– Claudia, enfin !

Elle se jeta dans ses bras.

– Moïse, dit-elle, t'as l'air radieux.

Moïse reconnaissait l'odeur familière du ruisseau Vacher, un parfum sauvage, enivrant. Il conduisit Claudia à la cuisine et près de la porte, il baissa le ton.

– Laisse-moé le temps d'en finir avec les clients. Après on piquera une bonne jase. En attendant, prends tes aises.

Et il murmura comme pour lui-même : c'est Sophie qui va être contente !

Dans la cuisine, les enfants intimidés dévisageaient la grande dame au chapeau noir. Les plus petits la connaissaient peu. Les enfants de Moïse, qu'elle adorait, étaient négligés. Claudia remarqua le désordre qui allait de pair. Qu'était donc devenue sa belle-sœur, elle si perfectionniste? Relever d'un accouchement avec sept enfants, n'était pas rien. Après avoir jeté son manteau sur la malle qu'Antonin et Jean avaient déposée près du poêle, Claudia caressa une à une les petites têtes.

– Vous changez tellement, d'une fois à l'autre, que je vous reconnais à peine, mais ça fait rien, les enfants de Moïse resteront toujours mes préférés. Faut pas aller répéter ça à personne, hein? Laissez-moé le temps de voir votre petit bébé, pis après, j'ai quelque chose dans ma valise pour chacun de vous.

Les enfants s'apprivoisaient rapidement avec des présents. Arthur alla même jusqu'à chialer. Claudia hésitait à le contrarier; le petit la connaissait à peine. L'enfant piétinait avec force.

– Moé, je veux le quelque chose tout suite.

D'en haut, Véronique l'entendit. Elle descendit l'escalier en vitesse et, avant de saluer sa tante, elle plaqua une main sur la bouche du gamin et étouffa ses pleurnicheries.

– Si tu te tiens pas tranquille, ma tante Claudia va rapporter tous les cadeaux aux enfants de mon oncle Thomas. Toé, tu t'en passeras!

La fausse menace fit son effet. Arthur se calma, mais à sa manière de la dévisager, Claudia comprit qu'il lui en voulait. Elle se rendit à la chambre de Sophie et en ouvrant la porte, elle figea. Sa belle-sœur, calée dans trois oreillers, était décharnée et méconnaissable. D'une pâleur anormale, ses grands yeux étaient démesurément creux. La pièce aux fenêtres jamais ouvertes emprisonnait des odeurs infectes. « Mon Dieu! Moïse aurait dû nous prévenir plus tôt que

Sophie était si malade. Je serais venue avant.» Claudia essayait de cacher sa déception, mais aucun son ne sortait de sa bouche. Par chance, Sophie parla pour elle. Épuisée par la maladie, elle causait tout bas.

— Toé, c'est le bon Dieu qui t'envoie! Tu peux pas savoir comme ça me soulage de te savoir là! Je t'ai tellement attendue. Le bébé a pas été lavé depuis sa naissance. On confie pas un bébé de quelques jours à des fillettes de treize ans. Y pourrait prendre froid, pis moé, j'ai pus la force.

— Je suis venue pour ça, je m'en occupe tout de suite. Je ferai comme maman. Tu te rappelles, quand elle lavait Alexis sur la porte du four?

— Je te fais confiance. Les filles vont t'aider. Si tu peux leur montrer à faire l'ouvrage, après ton départ, elles sauront peut-être se débrouiller.

— Je vais pas te lâcher comme ça. Je resterai jusqu'à ce que tu sois complètement remise. Pis, tu verras, avec un peu de bourrache, rien de mieux pour les bronches.

— Je vois pas le jour de remonter la pente.

— Écoute, Sophie, tu vas pas te laisser aller au découragement; c'est pas ton genre. C'est pas la petite pêcheuse de la Langue-de-Chatte qui parle de même? Tantôt, tu vas te remettre sur pied, pis ça va rester juste une mauvaise passe à oublier. Tu l'as voulu, mon frère? Tu vas t'en occuper jusque dans sa vieillesse. Pour toé, y a qu'un remède, c'est le repos! Ah je voulais te dire aussi, ton Antonin… ben y va être quelqu'un celui-là! C'est un petit débrouillard.

Sophie sourit tristement. Claudia tapota le bras squelettique.

– Bon, comme que l'ouvrage commande, si tu peux te rendre dans la berçante, je ferais aérer ta chambre, pis j'en profiterais pour changer les draps.

Claudia se mit à l'ouvrage avec une sorte de frénésie. En peu de temps, elle ramena dans la maison une odeur de linge frais lavé. La chambre aérée, Claudia sortit des assiettes de fer-blanc du four et réchauffa la paillasse de Sophie. Elle la reconduisit ensuite à son lit en tenant son bras. Elle était presque gênée de pousser un membre si cassant.

– Merci, Claudia, merci!

Adossée sur sa pile d'oreillers, la jeune mère toussait sans relâche. Claudia baigna le bébé et l'enveloppa chaudement dans une couverture de laine. Elle s'accorda ensuite quelques minutes pour le bercer et le combler de caresses et de bécots. Elle lui chanta ensuite une chanson douce pour l'endormir. À chaque bain, elle recommençait le même rituel en disant qu'il faut toujours réchauffer les bébés pour éviter les coliques. C'était plutôt un besoin chez Claudia, ces effusions de tendresse. Elle se laissait aller à rêver que bientôt ce serait ses propres enfants qu'elle bercerait, des enfants aux traits de Médéric, à la chevelure d'or. Comment pourrait-il en être autrement, avec deux parents aux cheveux blonds?

Le soir venu, les petits endormis, Claudia, épuisée, relaxait devant une tasse de café. C'était l'heure où Moïse goûtait dans la fumée de sa pipe le repos d'une épuisante journée de clients, trop souvent pressés et pas toujours commodes.

Il prit la chaise voisine de sa sœur. Subitement, il se leva, traversa à l'épicerie et revint les bras chargés de biscuits variés qu'il déposa devant Claudia.

— Sophie a pas un moral à tout casser, hein ? dit-il.

— Non, pis en rentrant icitte, je l'ai à peine reconnue ; mauvais teint, le regard vide, elle m'inquiète ben gros. Toé, à être toujours là, tu dois même pus remarquer le changement.

— Je vois ben qu'elle a pus de viande sur les os. Demain, je demanderai au docteur de passer la voir.

— Avec de l'aide, si le docteur y donnait un bon tonique, je vois pas pourquoi elle se remettrait pas. La nuit, je monterai le bébé dans ma chambre ; comme ça, elle dormira plus tranquille.

— Parle-moé donc de toé, Claudia. Qu'est-ce que tu fais de bon ?

— Comme tu vois, toujours vieille fille !

— Ton Médéric, c'était pas sérieux ?

— Comment, mon Médéric ?

Claudia mentait pour se donner le temps d'apprivoiser ses sentiments, mais le bonheur était gravé sur sa figure.

— Entre lui pis moé, y a jamais rien eu.

Elle se retenait pour ne pas tout raconter à Moïse. Elle bouillait de le faire, de lui avouer qu'il l'attendait là-bas, que toutes ses pensées tendaient vers lui, qu'elle aussi aurait des enfants un jour, qu'elle serait heureuse comme ce n'est pas possible. Non, rien ne pressait ; il fallait d'abord qu'elle se fasse à l'idée du bonheur. La semaine dernière encore, ce n'était qu'un fragile château de cartes. Et si le château délicat se brisait comme du verre ?

— Tu le revois ?

— Y revient tous les printemps, au temps de la potasse, comme un oiseau migrateur.

— Y est-y marié ?

— Non, mais je pense qu'y a quelqu'un dans sa vie.

— Quelqu'un du pays ? Pourtant, lui pis toé… J'avais cru… Y collait tellement à la maison. Y m'a même déjà dit qu'y te trouvait de son goût.

— Ah oui ? Tu m'as jamais dit ça. Je le prenais pour un vieux garçon endurci.

Elle rit et son rire résonnait comme une musique. Ça faisait des années que Moïse ne l'avait pas entendue rire. Elle s'efforça de changer de sujet.

— Joséphine pis Antoinette sont en famille. On dirait qu'elles se sont passé le mot.

Moïse rit.

— Amédée pis Azarie ! C'est pas vrai ! Ces deux moineaux-là auront ben toujours fait la paire ; en plus d'avoir marié les deux sœurs Melançon.

Claudia murmura :

— Pis Jeanne Landry, t'as su pour elle ?

— Su quoi ?

— Disparue, pas longtemps après que vous êtes partis pour la ville, toé pis Sophie. J'ai ben idée qu'elle a appris son adoption pis qu'elle a pas pu le supporter. En plus, si elle est un peu lucide, elle doit en vouloir à ses parents d'avoir brisé ses fiançailles avec un gars qui, au fond, avait aucun lien de parenté avec elle. Excuse-moé, si je te parle de ça, c'est pas que je cherche à attiser les vieilles cendres, hein.

— T'as pas à t'excuser. Tu sais, les vieilles cendres, y a pus rien qui couve en dessous.

— Chez mon oncle Donat, y ont ben de la peine, Jeanne était toute leur vie. Y l'ont quand même élevée, cette enfant-là. Y s'attendent toujours à ce qu'elle leur revienne. En attendant y s'accrochent au ciel, pis y se meurent de chagrin. C'est ben simple, on dirait que la mort est passée dans leur maison.

— Ben, tant qu'à moé, Donat peut ben mourir ! C'est pas moé qui va aller brailler sur sa tombe. La vie dans cette maison-là devait pas être drôle tous les jours. Aie, on me raconte pas tout sur les lettres, si je me fie à ce que tu me rapportes ?

— Faut croire que non, mais tu sais, à cause de Sophie, c'est un peu délicat de parler de Jeanne. Aussi, y a Coquin qu'est mort, y avait ben l'âge.

— Oui y était de l'âge de Galopin. Avant longtemps, je m'achèterai un jeune trotteur, pis un selky à capote de toile cirée comme celui du docteur Desrosiers. J'aimerais ça le dimanche après-midi, aller faire le tour de Lachine, histoire de changer d'air.

— Tu mènes un gros train de vie par icitte ?

— J'ai pas à me plaindre, sauf que les clients viennent me déranger à toute heure, même le soir, pis le dimanche. Heureusement, les années sont bonnes, c'est une compensation pour la peine au travail. J'ai promis à Sophie qu'on se bâtira une grande maison, pis qu'on posera des réverbères à gaz sur la façade, comme chez les notables du quartier. Je pourrais commencer la construction tout de suite, mais tant que Sophie file mal, je remets ça ; icitte je peux garder un œil sur la maisonnée.

— Aie, mon frère, la vie est pleine de promesses, pis les patates semblent ben loin derrière toé, hein !

— Avec les patates pis la potasse, comment vous vous arrangez ?

— On a de l'aide en masse. Y a seulement Thomas qui a été difficile à remplacer aux barils, mais c'est de la vieille histoire. P'pa a dû montrer à Azarie. Celui-là, y égalera jamais Thomas ; méticuleux comme lui, ça se fait pus.

Une quinte de toux les ramena à la réalité. Moïse tourna la tête vers la porte de chambre.

— On abuse de l'heure. J'allais oublier que t'as une grosse besogne, avec la maisonnée. Si on se couchait ?

— Ça me fait tellement de bien de jaser avec toé. Je suis contente de voir que tes affaires marchent comme sur des roulettes. T'as assez d'être loin des tiens. Heureusement que t'as Thomas pis Pierrine, t'es moins seul.

— Ces deux-là, y ont beau rester à quelques minutes d'icitte, je les vois pas ben souvent. Sacrée Rougette, avec ses cinq moineaux, elle est de moins en moins sorteuse. Je pensais qu'elle prendrait de la vitesse avec l'ouvrage qui y pousse dans le dos, mais non ! Je te dis, celle-là, quand elle raconte à Sophie qu'elle porte ses enfants dix mois, ben moé, je la crois dur comme fer.

— Demain, je me proposais d'aller y faire une petite visite. Je connais pas ses deux derniers.

Moïse bomba le torse.

— Comment tu trouves les miens ?

— Véronique est ben belle, t'en feras pas une vieille fille comme moé.

— Voyons donc, Véronique te ressemble.

Claudia sourit.

— Oh non! tu mens pour me faire plaisir, mais j'ai ben envie de te croire. Je trouve ton Antonin ben drôle, pis attachant avec ça. Les autres, je les connais si peu. Encore un peu de temps et je t'en reparlerai.

— Antonin est un gros travaillant. Y me donne un bon coup de main à l'épicerie. Jean est pas ben fort, je me demande ce qu'y va devenir, celui-là. Des fois, il y prend de ces sensibleries. Benjamin est encore jeune. Lui y pense rien qu'à s'amuser.

— Pis ta petite Elisa?

— Quoi, ma petite Elisa?

Claudia se leva.

— Celle-là, elle a les grands yeux de Sophie, des pleines lunes! Imagine-la à seize ans, avec un chapeau de paille sur la tête, tu vas voir Sophie en personne.

— J'avais pas remarqué, mais asteure que tu le dis!

Claudia n'avait pas à parler du bébé, rien qu'à la voir dévorer le nourrisson, Moïse savait qu'elle en était folle.

— J'espère que tu remercies le bon Dieu de t'avoir donné une si belle famille.

Moïse la retient par un poignet.

— Pis les parents?

— Eux, ça va, la santé est bonne. M'man s'ennuie de Marie-Anne depuis qu'elle est mariée. Elle vient pas aussi souvent que m'man le voudrait, mais son mari peut pas laisser traîner son travail. M'man se plaint que ses enfants la négligent. Elle est à son aise juste quand la maison est ben pleine.

— C'est une femme qui a l'habitude des grandes tablées.

— Si tu la voyais, dernièrement, elle comptait ses graines de semence. Elle a décidé de forcer ses plants plus tôt cette année et chaque fois, elle double ses quantités. Les boîtes de terre vont envahir toute la cuisine.

Ils riaient. Ils seraient restés là des heures, à deviser à voix basse, sourds aux sonneries de l'horloge.

XXIV

Les giboulées de mars retenaient les paysans dans leur maison. Ils attendaient patiemment l'arrivée des outardes et le début de la potasse.

Le dimanche, après la messe, quelques paroissiennes regroupées sur le perron de l'église s'amusaient à ternir la réputation de Claudia à qui mieux mieux. Madame Bastien parlait tout bas pour laisser croire à une certaine discrétion.

– C'est pas drôle pour les Batissette, hein ?

Madame Morin, avec sa faim dévorante de cancans, attendait la suite.

– Ayez pas peur de parler, madame Bastien. Soyez certaine que ça restera entre nous.

– Je voudrais pas faire de médisances, mais… c'est leur fille, la grande Batissette ! Madame, ç'aurait l'air qu'elle et un certain Médéric… Ben, on dit qu'elle serait comme ça ! Pis là, la v'là partie cacher sa honte en ville. Je l'ai vue, de mes yeux vue, en personne. Son frère l'a menée au train avec sa grosse valise derrière le siège.

Madame Morin n'allait pas laisser décliner son prestige. Elle qui avait toujours tenu la tête en ce qui regardait les bobards. Elle subissait un certain rejet d'arriver deuxième.

– Vous m'apprenez rien, je le savais depuis longtemps. Si j'en parlais pas, c'était pour pas y faire perdre son honneur, mais comme c'est là, si tout le monde est au courant…

– Imaginez-vous que le soir, à la noirceur, elle allait rencontrer son cavalier sur la traverse. Y allaient pas là pour réciter des chapelets. Mon Hervé l'a surprise ben des fois. Ah, j'y ai ben dit de se taire là-dessus, de pas aller ébruiter ça partout ; vous savez, comme les Batissette sont nos voisins… Y a ben pas à se fier à ses airs de sainte nitouche, hein ? C'est ben celles-là les pires ! Toujours est-y que j'ai calculé, pis ça donnerait ces temps-citte.

La rumeur effarée démangeait les mauvaises langues, prenait la paroisse d'assaut et imputait à la pauvre Claudia une faute honteuse, dérisoire, mensongère.

La Beaupré, le panier percé du village, entendait tout. Une compétition s'engageait entre les commères. Conforme à la règle de tout savoir pour mieux rapporter au curé, elle s'attardait en attachant lentement sa bottine. En bonne samaritaine, sous prétexte de rendre service, elle attendit que les femmes se dispersent et se rendit au presbytère d'un pas décidé.

– M'sieur le Curé, c'est mon devoir de bonne chrétienne de vous informer de ce qui se passe sur le perron de l'église. Sitôt sorties de la messe, quelques supposées bonnes âmes s'amusent à démolir Claudia Lamarche. Si elle a pas déjà perdu sa réputation, ça tardera pas. Y me semble que la pauvre fille mérite pas ça.

Le curé était habitué de voir débarquer chez lui ce personnage très cocasse qui s'immisçait dans toutes les situations et l'informait de ce qui se passait dans sa paroisse. Le plus souvent, les propos scandaleux ne s'arrêtaient pas à la porte du presbytère. D'écho en écho, le refrain venimeux prenait le large et traversait le patelin tout entier.

— Que Dieu leur pardonne! Pourquoi faut-il que les critiques courent les rues et que les éloges se fassent si rares? Enfin... Vous avez bien fait de m'avertir. Je m'en occupe.

* * *

Le lundi suivant, Apolline Lamarche revint de l'école, furieuse. La porte battit violemment sur ses talons. Sa mère s'inquiétait de son humeur massacrante.

— Doucement, Apolline, c'est pas des manières de jeune fille!

La fillette boudait. Elle restait assise, le coude appuyé sur la table, le poing sur la joue.

Apolline, la cadette, était une enfant douce et choyée. Avec elle, Claudia avait toujours exercé un rôle de mère et Justine, de son côté, l'élevait à la façon d'une grand-mère. «Qu'est-ce qui se passe qui rende une enfant facile de si mauvaise humeur?» Sa mère caressait ses cheveux avec une douceur dans le regard.

— Y a quelque chose qui va pas? Raconte-moé donc ce qui te tracasse plutôt que de te tourner les sangs comme ça.

Apolline, en confiance, rapporta à sa mère les paroles perfides de ses amies de classe.

– Les filles bavassent sur le dos de Claudia.

– Ah… Et qu'est-ce qu'elles bavassent ?

– Elles disent que Claudia est allée à Montréal pour avoir un bébé.

Justine, sidérée, croisa les bras et fronça les sourcils. Son visage se durcit et une ride barra son front. Ses lèvres tremblaient. « Ces rumeurs-là viennent sûrement pas des enfants. » Elle dissimula sa colère pour en apprendre plus long.

– Et qui a dit ça ?

– Les filles de sixième.

– Quelles filles de sixième ?

– Toutes, Ernestine Bastien, pis les autres ! Ernestine veut pus être mon amie à cause de ça. (Apolline leva le ton.) Pis sa mère a dit que les Batissette sont pas des gens convenables pour elle. Pis moé, j'en reviens ben de me faire appeler Batissette !

– À l'école, la maîtresse vous laisse parler de ces choses ?

– Non ! Quand on parle de comment se font les bébés, on surveille pour pas qu'elle entende ce qu'on dit.

Justine essayait de contrôler ses emportements. La petite n'avait pas à connaître ses états d'âme. Même si la pauvre mère paraissait calme, son cœur sautait dans sa poitrine. Elle s'assit près de sa fillette et emprisonna les deux mains délicates dans les siennes.

– Écoute, Apolline, c'est pas des choses à raconter, même pas entre amies. Pour garder ton âme chaste et pure, tu dois t'éloigner des filles qui parlent de choses défendues. Tu m'entends ?

Apolline leva un regard repentant sur sa mère.

– Oui, m'man, mais asteure, c'est faite !

– Pis, moé, je te dis que t'es une fille convenable. Si Ernestine veut pus te parler, c'est son affaire à elle, mais tu es et tu restes une fille convenable ! Autre chose aussi pendant qu'on y est, sois pas gênée de porter le nom de Batissette, la tête haute. C'est un nom respectable !

Justine retint son envie d'en rajouter. Elle en savait long sur les Bastien. À maintes reprises, les garçons avaient été arrêtés par l'agent de la paix pour avoir organisé des combats de coqs à la coulée des pins. On disait même que l'aîné s'était retrouvé plus d'une fois derrière les barreaux pour avoir volé des chevaux qu'il aurait aussitôt revendus à prix dérisoires. Chaque fois, ils avaient essayé d'étouffer l'affaire, mais tout se savait dans les petites places. Et voilà que cette même madame Bastien osait descendre les Batissette en les traitant de pas convenables.

Justine avait beau rager, un doute planait au-dessus de ses dissensions. « Et si Claudia… Je veux ben croire que ma fille rencontre aucun garçon, mais allez donc savoir ! Si elle avait ses petits secrets ? Je garderai un œil ouvert. »

La semaine suivante, à la forge, deux hommes, assis devant un jeu de dames, étaient attentionnés à élaborer des stratégies. À leur sérieux, on aurait pu croire qu'ils jouaient leur vie sur les petites cases. Au fond de la pièce, deux garçons causaient devant le fourneau d'affinage. Azarie Lamarche entra et entendit prononcer le nom de Claudia puis, plus rien.

– Je vous ai coupé le sifflet, dit-il ?

Personne ne lui donna la réplique. Azarie insista :

– Vous disiez quoi au juste, au sujet de Claudia ?

Hervé cherchait à se sortir de sa situation précaire. Il rougit.

— De Claudia? Tu sais des Claudia, y en a pas rien qu'une dans tout le Canada!

— Ben d'abord, pourquoi tu finis pas ta phrase? T'en fais des manières!

Azarie l'ignora et revient vers les joueurs. Il laissa le temps à monsieur Blouin d'avancer un de ses vingt pions rouges, d'une case.

— Je viens vous porter la dernière lettre que mes parents ont reçue de Pierrine. Tant qu'à tout vous rapporter, m'man dit que vous serez content de la lire. Vous allez voir, y a une grande nouvelle là-dedans.

Le forgeron eut tôt fait de deviner. Chez Pierrine, chaque année amenait une nouvelle grossesse. Cette fois, à ses cinq filles s'ajouterait peut-être un garçon? Comme le forgeron ne savait pas lire, il flanqua la lettre dans sa poche et termina sa partie.

* * *

Les arbres, les maisons, les clôtures, le tout Saint-Jacques était couvert de verglas que le soleil argentait, tel un fin cristal.

Le dimanche midi, le curé Riopel, assis en face du vicaire, achevait son repas.

— Quel décor incomparable!

— Dommage! Ça durera pas! Ça dure jamais! Tantôt, le soleil va tout avaler en un rien de temps!

– Videz votre assiette, ensuite, vous sortirez prendre un peu d'air avant mon départ.

Lorsque le curé s'absentait, le jeune vicaire s'ennuyait.

– Vous sortez par ce verglas ?

– J'ai de bons couvre-chaussures à crampons. Je m'absenterai au moins trois jours. Il y a longtemps que je veux visiter des confrères de la ville, c'est le temps ou jamais. Après-midi, vous chanterez les vêpres à ma place. Et ne vous inquiétez pas si un retard de ma part se produisait, ce serait à cause de la mauvaise température.

– Vous croyez que je dois chanter les vêpres ? Avec ces chemins verglacés, il n'y aura pas âme qui vive.

– Faites ce que je vous dis ! Moi, j'ai d'autres chats à fouetter !

– Ça me fait plaisir de jouer au curé, même si je n'en ai pas encore la noblesse. En attendant, si vous voulez, je peux vous conduire à la gare.

– Non, ne quittez le presbytère, pendant mon absence, sous aucun prétexte autre que les derniers sacrements. Vous devez rester disponible en tout temps.

* * *

Le nordet sifflait aux trous des serrures et répercutait le son des grelots jusque dans la chaude cuisine des Lamarche. Jean-Baptiste étira le cou vers la fenêtre.

– Ça ressemble au traîneau de m'sieur le curé. Du temps de Moïse, le curé Riopel était un habitué du dimanche midi et depuis, ils étaient toujours restés bons amis. Comme l'attelage allait s'engager dans la cour,

Jean-Baptiste reconnut le chapeau de castor du prêtre. Il courut lui ouvrir la porte du salon.

– Arrivez par icitte, m'sieur le Curé. Soyez prudent, le perron est glacé comme un miroir.

– J'ai des caoutchoucs à crampons.

Les hommes se donnèrent une franche poignée de main.

– Pis votre jument ? Des plans pour y casser une jambe, sortir par ce verglas !

– Vous, vous raisonnez comme mon vicaire. La glace est si fine qu'elle brise sous son poids.

– Donnez-moé votre bougrine, pis amenez-vous à la cuisine. Vous tombez ben, on allait se mettre à la table.

La cuisine fourmillait de monde, comme tous les dimanches. Amédée, Azarie, Marie-Anne et leur famille étaient venus dîner. Justine, aidée de ses brus, changea en vitesse la vieille vaisselle contre la neuve.

– Vous excuserez mon dîner, vous m'en voudrez pas si c'est à la bonne franquette ! Comme Claudia est pas là…

Le curé feint de cacher sa surprise. «Les rumeurs seraient donc fondées ?»

– Je viens de sortir de table, quoique j'accepterais volontiers un bon café noir. Je passais comme ça, prendre des nouvelles. Je pars pour Montréal cet après-midi. Si vous avez des commissions pour Moïse, je peux m'en charger. Au fait, Alexis, me rendrais-tu un service ?

– Ça dépend quoi !

La mère sursauta.

– Voyons, Alexis, tâche d'être plus respectueux envers les prêtres. Dis oui, tout de suite, à m'sieur le Curé.

— Oui, m'sieur le Curé.

Un sourire resserrait sa narine.

— Si tu pouvais me conduire à la gare et t'occuper de mon cheval pendant trois jours, pour ensuite revenir me chercher au train, mercredi à quatre heures, ça m'arrangerait.

— Je peux faire ça pour vous, m'sieur le Curé. Vous méritez ben ça, pour toujours me pardonner mes péchés.

Le garçon réussit à arracher un demi-sourire à son père et il s'en glorifia. Sa mère, elle, s'indignait.

— Alexis! Si t'es pas capable de t'exprimer autrement qu'en plaisanteries, ferme-toé! On badine pas avec la religion!

Justine, embarrassée, cherchait à excuser une grave lacune dans l'éducation de son fils.

— Vous savez, avec les jeunes, c'est pus ce que c'était! Allez essayer de les éduquer avec les grands qui sont toujours derrière à les encourager de leur rire?

Le gamin, l'humour à la bouche, répliqua:

— Moé, je suis la gloire de mon père et la honte de ma mère.

Le curé ne rit pas. L'affaire de Claudia ne cessait de lui trotter dans la tête. Il écouta madame Lamarche, surpris de l'entendre discourir en toute innocence. Il regarda un instant la brave femme qui l'avait toujours reçu à bras ouverts, comme un fils. Aucun souci ne transparaissait sur son visage. Madame ne savait donc rien? Elle rappela Alexis à l'ordre:

— Ça suffit, toé! Laisse parler le grand monde.

Alexis n'en faisait pas de cas.

– Votre cheval y sera ben soigné icitte.

– Je savais que je pourrais compter sur toi, mais va pas m'oublier, mercredi à quatre heures.

Justine s'empressa de le rassurer.

– Inquiétez-vous pas, dit-elle, je serai là pour lui rappeler.

– Votre café est délicieux, madame Lamarche !

– Vous êtes au courant que chez Moïse, y viennent d'avoir un garçon ? Y a à peine deux semaines. Avec celui-là, y en sont rendus à sept.

– Non ! À ce que je vois, Moïse néglige ses amis. Je manquerai pas de le semoncer.

– Vous savez, avec l'épicerie, ses journées sont épuisantes ! En plus, Sophie file mal. Claudia est partie l'aider. Avec la tempête des corneilles qui a retardé son départ, y ont dû ajourner le baptême.

– J'aurai peut-être la chance d'arriver assez tôt pour le faire moi-même !

– Ça me surprendrait ben gros. Le curé de Saint-Henri a dû y voir.

Au fond, que le curé Riopel aille en visite chez Moïse soulageait Justine d'un gros poids. Si les rumeurs n'étaient pas fondées, là seulement, elle en soufflerait un mot à son curé.

* * *

Le curé présumait que madame Lamarche lui cachait l'état de Claudia. Il savait bien qu'en présence des siens, elle ne parlerait pas ; on n'ébruite pas ces histoires-là.

Il s'en retourna, avec sur ses épaules la lourde tâche de refaire une réputation qu'il croyait déjà ternie et il se sentait les jambes coupées devant cette entreprise hasardeuse. Comment y arriver sans blesser la famille? «Pauvre Claudia! Et, sur son compte, quel manque de charité chrétienne!» Tout lui semblait perdu d'avance. Dans le train, ses pensées s'ébranlaient au rythme des secousses brusques des wagons. Elles revenaient toujours à Claudia; une fille qu'il aurait cru intègre. «Que lui est-il arrivé pour qu'elle perde la tête, comme une brebis égarée?» Il s'en faisait pour les Lamarche. Et madame qui feignait de tout ignorer. Quelle affliction pour elle! «Je dois jeûner et prier.»

* * *

Chez Moïse, Claudia se démena comme un diable quand on lui annonça l'arrivée du curé Riopel. Elle profita du temps que le prêtre et Moïse causaient au salon pour préparer un souper convenable. Heureusement, comme c'était le dimanche, les enfants étaient tous propres et leurs cheveux brillaient.

Déjà fatiguée du va-et-vient de la journée, Claudia arriverait-elle à joindre les deux bouts? Il restait à s'occuper de la toilette de Sophie qui insistait pour passer en dernier, vider la cuve, ramasser le linge sale, préparer un dessert et dresser la table. Claudia exigeait des garçons qu'ils l'aident. Aujourd'hui, avec toute la responsabilité de la maisonnée, elle s'énervait et suait. C'était la première fois qu'elle recevait un prêtre à manger, sans l'appui de sa mère. Elle haussa la voix pour enterrer les cris d'Élisa.

— Jean, viens m'aider à dresser la table pendant que je m'occupe des légumes.

Elle courait plus qu'elle ne marchait.

— Non, attends! La nappe d'abord.

Sur l'entrefaite, le curé entra et la surprit. Il serra sa main.

— Cesse de t'en faire, Claudia; je ne suis pas venu en visite ici pour t'épuiser. Besogne donc comme les jours ordinaires.

«Comme si c'était possible!» Le prêtre n'était pas sitôt arrivé, qu'elle avait hâte qu'il reparte. Elle ignorait qu'il s'était invité pour trois jours.

Si seulement Claudia savait qu'il venait pour elle!

Elle remarqua son air déconcerté à la vue de Sophie. Il la bénit et l'assura de ses prières.

Claudia ne voyait pas que le prêtre la détaillait tout le temps qu'il causait avec Moïse. Après le repas les deux hommes sortirent marcher. Claudia retrouva son calme. Dieu qu'elle était soulagée que le bébé soit déjà baptisé. Elle ne s'en serait jamais sortie seule.

Le soir, les hommes fumaient un cigare près du feu. Moïse était heureux; il avait toujours aimé se coucher tard; c'était le seul temps que les clients lui laissaient un peu de répit. Claudia, à bout de forces, s'excusa et se retira dans sa chambre.

Après trois jours d'enfer pour elle, Moïse reconduisit le curé à la gare et la routine reprit son cours.

***

Le prêtre revint de la ville soulagé et convaincu que la conduite de Claudia était irréprochable. Sa taille fine et son allure vive en étaient la preuve indéniable. Loin de là, il lui avait trouvé une mine réjouie. Il avait même été jusqu'à la trouver belle avec ses yeux qui brillaient comme des pépites d'or, pour se reprendre aussitôt et s'en tenir à sa mission ecclésiastique. Les jours qui suivirent, il rumina l'affaire. La pauvre Claudia, dévouée, tolérante, charitable, n'hésitait pas un instant à porter secours à sa belle-sœur, en dépit des sept enfants dont elle avait à s'occuper. Pourquoi la démolir? Il crut de son devoir de semoncer ses ouailles, de les ramener dans le bon chemin. Claudia innocente, il voyait les choses plus faciles. Reste que sa fureur grandissait face à ces rumeurs.

Toute la nuit, il s'agita comme l'aiguille qui cherche le nord sur sa position aimantée. Il prépara son sermon sur la charité chrétienne, sans prendre de notes sur le sujet.

Dans une église pleine à craquer, le curé laissa libre cours à sa colère. Sitôt monté en chaire, il asséna un violent coup de poing sur l'accoudoir. S'ensuivit un silence de mort. L'heure était grave. Tout le monde retenait son souffle. La raison devait être très sérieuse pour que le curé s'emporte de la sorte. Les plus jeunes se serraient contre les parents. Seuls les visages d'hommes restaient sereins. Si le prêtre attendait, c'était pour donner plus de poids à ses paroles. Du haut de la chaire, son regard courroucé cahotait lentement de banc en banc. C'était contre le péché qu'il en avait. L'atmosphère s'alourdit. Chacun devina qu'il s'agissait, soit de racontars, soit de personnes pudiquement déplacées. Les femmes se regardaient discrètement, à savoir ce qui allait suivre et qui était coupable. Dans l'allée centrale, quelque peu mal à l'aise, madame Lamarche se raidit, comme si une baleine de corset déplacée la torturait. Elle pensa aussitôt à Claudia.

Elle ne voyait pas comment les commérages auraient pu se rendre aux oreilles du clergé. Et si elle se trompait? Monsieur le curé pouvait-il être au courant des rumeurs le dimanche d'avant, quand il était passé chez elle? Soudain, tout s'éclairait dans sa tête. Le curé se serait-il rendu chez Moïse pour se rendre compte lui-même de l'état de Claudia? Si c'était ça, Dieu merci, les commères allaient en prendre pour leur rhume. Suite à son interminable silence, le prêtre commença lentement.

– Nous avons dans cette assistance des gens qui prennent plaisir à dénigrer leur prochain; qui vont jusqu'à inventer de toutes pièces des histoires malveillantes qui risquent d'entacher une réputation. Aucun qualificatif n'est assez bas pour exprimer le dédain que ces gens m'inspirent. Ce sont des renégats, des traîtres, des goujats. J'espère qu'ils vont se reconnaître, et si jamais l'idée les prend d'en savoir davantage, je les invite au presbytère où j'ai la preuve formelle de leur mensonge (Il leva le ton, jusqu'à crier à tue-tête.), de leurs cancans, du tort qu'ils causent à leur prochain, à leurs frères en Dieu. (Il baissa la voix.) Dire que tantôt, ces bonnes âmes vont s'avancer à la balustrade. Pour terminer, je vous demanderais d'avoir une intention spéciale pour Sophie, l'épouse de Moïse

Lamarche, qui se remet difficilement de sa dernière naissance. Et j'aimerais souligner que sa belle-sœur, Claudia, consacre son temps à l'aider. Heureusement qu'il existe encore des âmes charitables sur cette terre. J'ai eu le plaisir de les visiter lors de mon dernier voyage à Montréal. Prions aussi pour les pécheurs. Au nom du Père et du Fils et du Saint-Esprit. Son homélie se termina ainsi, brève et mordante.

Sur le perron de l'église, et ensuite au retour, dans la carriole des Lamarche, tout le monde ne parlait que de ça. Justine ne voulait pas que les commentaires tournent au radotage.

– Asteure que l'affaire est réglée, qu'on en parle pus !

XXV

Avec l'aide de sa belle-sœur, Sophie se remettait lentement. Elle dormait presque jour et nuit. Sa toux diminuait, et elle pouvait rester debout un bon moment, sans trop se fatiguer. Après quelques semaines de dévouement, Claudia envisageait de retourner au ruisseau Vacher, ce qui décevait la maisonnée. Toute la petite famille s'était attachée à elle. Les enfants, suspendus à ses jupes, essayaient de la retenir. Elle n'allait pas leur avouer que depuis son arrivée à Montréal, son beau Médéric ne quittait plus ses pensées et qu'elle s'ennuyait de lui à en mourir.

– Je reste encore un peu, mais dans trois jours, après trois dodos, je pars ! À la maison, mémère a besoin de moé.

Sophie se sentait les bras et les jambes coupés par la nouvelle. Depuis l'arrivée de sa belle-sœur, elle redoutait ce départ. « Ça devait arriver ! » Toutefois, elle ne voulait pas laisser paraître qu'elle était désolée, devant Claudia. De quel droit pourrait-elle l'obliger à rester plus longtemps ? Elle rappela ses enfants à l'ordre.

– Laissez votre tante tranquille ! Ça fait ben un mois qu'on abuse d'elle.

– Si ça peut te soulager, je peux amener le petit Charles à la maison, pour quelques semaines. L'offre vient de m'man.

– Mon bébé? Oh non! Ça me demanderait un trop gros sacrifice. Je vois pas pourquoi je le laisserais partir au moment même où je remonte la pente.

– Écoute, m'man veut seulement te rendre service, mais comme cet enfant-là vous appartient, c'est à toé pis Moïse de décider. Réfléchis un peu avant de prendre une décision, le petit a pas encore fait une nuit complète. À la maison, on serait plusieurs à s'en occuper. Icitte, après ce que tu viens de traverser, s'y fallait que tu retombes malade, je m'en voudrais ben de t'avoir écoutée.

– T'es ben bonne, mais on sépare pas un bébé de sa mère.

Claudia s'évertuait à la supplier.

– Je te jure qu'y manquera pas de soin. Si c'est ce qui t'inquiète… Je peux l'amener juste le temps de voir comment tu vas te débrouiller sans mon aide. Dès que tu le veux, t'as rien qu'à écrire, pis je te le ramène aussitôt.

Le visage de Sophie était de glace.

– Faut d'abord que j'en parle à Moïse.

Les jours qui suivirent, Sophie ne cessait de se tourmenter au sujet de l'enfant. Le seul fait de penser s'en éloigner lui arrachait le cœur. Elle n'osait pas en discuter avec Moïse. Elle trouvait toujours une bonne raison de remettre, pourtant, elle devait le faire, sinon Claudia la devancerait et alors, comment apporter ses arguments devant sa belle-sœur? «Mon Dieu, en plus de perdre ma santé, faut-il, par-dessus le marché, que j'aille jusqu'à sacrifier mon bébé? Là, je pourrais pas! Ce serait trop m'en demander.»

Sophie savait déjà, de par sa santé fragile, qu'elle allait devoir s'en séparer, et elle n'en finissait plus de l'admirer. Elle se promettait de régler l'affaire le soir même. Finalement, quand Moïse se coucha, elle dormait. Elle remit encore, et au matin du troisième jour, juste avant le départ de sa belle-sœur, le cœur serré, elle se décida à parler. Comme elle le présumait, Moïse savait déjà et il appréciait l'offre.

— Ma sœur essaie de te soulager, je vois pas pourquoi t'en profiterais pas; comme ça, tu reprendrais le collier modérément.

Sophie, sur le point de pleurer, ressentait la vive appréhension qu'on lui arrachait son bébé, sa chair. Elle repoussa son bol de café au lait.

— Tu raisonnes comme si tu t'en fichais. Avec leur travail qui prend tout leur temps, les pères s'attachent beaucoup moins aux enfants que les mères!

— Va pas croire ça.

— Asteure que ma santé revient, je peux me débrouiller.

— Et si tu passes tes nuits debout, tu pourras tenir encore longtemps?

Entre deux bouchées, Sophie s'accorda du temps pour réfléchir. Elle savait que ce serait plus sage, mais l'idée de la séparation lui déchirait les entrailles.

— Pis si on trouvait un autre moyen?

— Écoute, après-midi, je mènerai Claudia pis le petit au train. Toé, tu vas essayer de reprendre la besogne avec les filles et si dans quelques semaines, disons un mois, tu continues de prendre du mieux, on ira chercher le petit ensemble.

Que Moïse prenne la décision rendait Sophie moins coupable.

– Quatre semaines, Moïse! T'entends? Pas un jour de plus. Je te demanderai pas de me signer un papier, mais je veux que tu t'en rappelles.

L'enfant devenu familier avec Claudia lui faisait déjà des risettes. Une pointe de jalousie serrait le cœur de Sophie. «Je passe deuxième, mais si j'avais pas eu Claudia, je serais morte, pis mon petit Charles aussi.»

Sophie abdiquait mais son menton tremblait au bas de son visage émacié.

* * *

Les semaines passaient et les forces de Sophie déclinaient de jour en jour. Si elle ne parlait pas de reprendre son enfant, c'est qu'elle se savait incapable de s'en occuper. Le matin, comme sa toux se calmait un peu, elle retint Moïse.

– Ferme la porte; j'ai à te parler.

– Faut que j'ouvre l'épicerie.

La chemise ouverte, les bretelles tombantes sur les reins, l'esprit engourdi par la lourdeur du sommeil, Moïse fouillait les tiroirs.

– Je trouve pas mes tabliers de boucher.

– Demande aux filles.

– Les filles, les filles ! Avec elles, mes tabliers sont pus aussi propres qu'avant. Les taches de sang restent marquées. Tu vois ça devant la clientèle ?

– Mon Dieu, si tu portais une chemise blanche, pour une fois, tes ventes baisseront pas pour si peu. Je m'arrangerai ben pour les blanchir tes tabliers ; si je peux renforcir un peu. Faut que je me lève, je me laisse peut-être faiblir à rester couchée.

Le plus qu'elle put faire, fut de se tenir debout pour aller s'accouder à la fenêtre.

– Tiens, v'là la diligence qui passe !

Un comique bouffon à l'allure énergique la conduisait. L'attelage, les grelots, les lanternes, tout n'était que dorure qui scintillait au soleil du matin. Les cuivres et les cuirs étaient bien astiqués. Monsieur Dupéré, avec sa longue tresse noire retenue par une barrette et son teint bistré, ressemblait à un indien. Jamais cocher n'avait conduit carrosse avec plus ostentatoire main de maître. Il trônait avec orgueil sur la banquette de sa lourde voiture aux sièges de velours, en récitant à ses élégantes pouliches des kyrielles de qualificatifs surfins. Au long du trajet, pour stimuler ses gracieuses bêtes, de sa cravache à longues lanières, il traçait dans les airs des arabesques qui sifflaient et finissaient en claquements secs qui retentissaient comme des coups de pistolet. À chaque halte, pour permettre à ses majestueuses bêtes de reprendre haleine, il déposait sa cravache et sa pipe et sonnait de la trompette pour annoncer son passage avec éclat. Il ouvrait la portière aux voyageurs et faisait une courbette révérencieuse propre aux souverains. L'attrait, le fabuleux, la magie frappaient l'admiration. Et de ce coup théâtral, le cocher fantaisiste se gonflait de gloriole. Il aurait fallu être dur d'oreille pour rester sourd au passage de la diligence Montréal — Saint-Henri — Lachine. Fascinés par l'omnibus, les enfants accouraient à la fenêtre.

Véronique était surprise de voir sa mère s'affairer dans la cuisine.

— Vous êtes là, m'man, vous allez mieux ?

— Va me chercher le lessi pis les tabliers de boucher.

— Je les ai lavés hier, y sont étendus là, avec les couches.

Véronique montrait du doigt la corde à linge intérieure qui traversait la cuisine et longeait le passage.

— Je sais ben, mais ton père les trouve pas assez propres. Tu sais comme y est pointilleux là-dessus. Je vais te montrer, une fois pour toutes, comment les blanchir. Avant, tu dois ben surveiller les enfants, parce que s'ils boivent du lessi, c'est mortel. Toé, Delphine, ramasse un peu, tu sais que m'sieur déteste le désordre.

— Oui, madame.

Sophie, à la limite de ses forces, disparut entre les couches suspendues qui faisaient obstacle à sa porte de chambre. «J'ai encore abusé de moé», se dit-elle. Elle se jeta sur le lit. Une quinte de toux la reprit. Une douce chaleur régnait dans la pièce, mais Sophie se sentait glacée jusqu'aux os. «Le feu doit être bas… Appeler et crier, ça use les forces à la fin.» Sophie allait oublier la cloche. Elle sonna. Véronique accourut, tout heureuse que serve sa trouvaille.

— Véronique, mets donc une bûche dans le poêle, j'ai assez froid !

– Mais, m'man, le poêle est gavé, pis y fait bougrement chaud dans la cuisine.

– C'est bon, ça va aller.

La fillette ajouta un édredon et le corps frêle de sa mère disparut sous l'épaisseur imposante de couvertures.

* * *

Six mois plus tard, par un beau matin d'août, Claudia prenait mari. Justine était soulagée que sa fille préfère un mariage intime à une grande cérémonie. «De même, les grandes langues qui l'ont calomniée n'auront pas le toupet de venir manger à notre table.»

La jeune fille n'aimait pas les falbalas, ce qui accommodait Médéric au caractère solitaire, quasi sauvage.

On fit asseoir les mariés à une table généreuse à outrance. La main de Claudia chevauchait celle de Médéric. Les visages se rencontraient, radieux. Des deux familles présentes, il ne manquait que Moïse et les siens. Sophie, trop mal en point, avait renoncé de plein gré à entreprendre un si long voyage.

Les nouveaux mariés demeurèrent chez les Lamarche.

Entre sa grand-mère et sa tante, le petit Charles commençait à marcher. Dans sa dernière lettre, écrite de la main de Véronique, Sophie disait sa crainte de ne jamais revoir son petit Charles. Pourtant, elle n'insistait pas pour le reprendre. Elle supportait mal cette vague et confuse appréhension de ne pas reconnaître son propre enfant. Claudia ne cessait de lui en parler dans ses lettres.

Si tu voyais Charles! Il appuie ses coudes sur les genoux de mon oncle Fabien, et ses petites mains sous le menton, il attend patiemment de se faire prendre. Si cet enfant-là est pourri, tu t'en prendras à mon oncle. Y le berce à cœur de jour.

Le matin, je l'amène dans notre lit, pas longtemps, on voudrait pas trop le gâter; on le fait sauter un peu. Oh là, je sens que tu vas me gronder, mais c'est juste pour lui ouvrir l'appétit avant le déjeuner.

Sophie observait de loin le bonheur de son fils qu'elle considérait comme une désertion de tendresse. Elle enviait Claudia qui profitait de ses caresses. Cependant, elle la trouvait irréprochable. Puis elle conclut qu'elle n'était pas raisonnable d'adorer son petit d'une façon si exclusive.

Non, elle ne la gronderait pas. Que son enfant soit heureux, c'était tout ce qui comptait pour elle. Dieu qu'elle s'en ennuyait, mais elle ne pouvait rien faire de plus pour lui. Elle menait une lutte continuelle, entre la vie et la mort, entre la raison et l'amour.

* * *

Assise dans un fauteuil profond que Jean avait tiré près du poêle à son intention, Sophie laissait tomber lourdement ses mains au creux de sa jupe, où elles demeuraient ouvertes comme pour rendre ce qui lui restait d'énergie avant de capituler. Sa pensée traînait d'un enfant à l'autre. «Véronique n'a que quatorze ans et déjà une lourde tâche pèse sur ses frêles épaules. Les garçons s'ébattent, insouciants; eux aussi, ils ont encore besoin d'une mère. Et Élisa, à trois ans, celle-là se rappellera même pas de moé. Pauvre petite ! Et Charles, mon bébé ! Mon Dieu, faites que Claudia le garde, celui-là ! Y pourra jamais trouver mieux que sa tante et ses grands-parents pour l'élever. » Il lui manquait tant. Elle avait peine à se priver de ses sourires, de ses caresses, de plonger son nez dans la douce odeur des replis de son cou. « Cher petit ange ! » À la fin, elle jugea bon de renoncer à ses emportements maternels à l'avantage de son bébé. « Comme c'est là, j'aurai même pas la force de le tenir dans mes bras, pis si Claudia le ramène, après, je serai ben mal à l'aise d'y retourner. Que deviendront les autres ? Si m'man avait pas une si grosse besogne ! » Sophie regardait le plafond. « La maison aurait ben besoin d'être rafraîchie. Mais pourquoi m'arrêter à ces peccadilles, quand ma fin approche. » La toux la secouait. À chaque quinte ses os menaçaient de se briser. Jean supportait mal de l'entendre ; ça le faisait mourir de voir sa mère malade. Il s'agenouilla près d'elle et posa sa tête sur ses genoux. Les os pointaient sous ses joues. Il voyait bien que sa mère fondait un peu plus chaque jour.

Sophie caressa ses mèches blondes et le repoussa doucement par peur de la contagion.

– Va, mon grand, va dire à Véronique de coucher les enfants.

Jean s'inquiétait. « Faut faire quelque chose pour elle, se dit-il, ça peut pas continuer de même. » La mine triste, il franchit la porte du commerce et entre deux clientes, il s'en remit à son père.

– P'pa, m'man fait rien que tousser, pis cracher le sang.
Si vous la voyiez…

– Je sais ben !

La naïveté du garçon lui laissait croire que le médecin
pouvait tout guérir.

– Voulez-vous que j'aille chercher le docteur ?

– T'as ben beau, si ça peut te donner confiance, mais je
pense que tu ferais mieux de prier.

Le même soir, le médecin trouva Sophie assise près du
feu, dans une maigreur de morte qui ménageait ses forces
pour cracher ce qui restait de ses poumons. Mouillée de
sueur, elle tremblait sous l'emprise de la faiblesse. L'homme
fronça les sourcils en accent circonflexe, ce qui lui conférait
un air incertain. Il s'aperçut qu'en toussant, Sophie serrait
les poings jusqu'à marquer ses paumes de ses ongles.
Sophie le questionna sur sa maladie. Elle avait l'ouïe
sensible et les sens assez en éveil pour ne pas s'en laisser
conter. Le docteur lui conseilla de faire bien attention aux
siens.

– La tuberculose est contagieuse. Vous feriez mieux de
garder la chambre et d'en éloigner les enfants.

Elle savait déjà, avant qu'il ne prononce le mot. Seul le
souci des siens la tenait encore là. Jean la reconduisit à sa
chambre et l'installa dans le grand lit. Il remonta la
couverture sous son menton. Sophie était touchée de ses
attentions. Son Jean avait toujours été sensible et prévenant
à son égard.

– Jean, t'es un bon garçon !

Jean laissa sa mère seule devant une bougie presque
éteinte. La petite flamme diffusait une lueur tremblante

sur les murs de la pièce. Des secousses interminables reprenaient Sophie. Elle s'esquintait à tousser. Tout se brisait en elle. L'angoisse la resserrait. « Il ne me reste qu'à refermer le livre du grand roman. J'ai connu tant de bonheur. » Déjà, Sophie pensait au passé. On eut dit qu'elle comptait les derniers battements de son cœur. Elle évoquait jusque dans le moindre détail : « Au ruisseau Vacher, l'hiver achevait. Le dimanche, on revenait de veiller de chez les parents, c'était la course, à qui arriverait le premier de la traverse à la maison ; ça nous faisait oublier la lenteur de la saison froide. Chaque enjambée défonçait la neige qui formait une croûte à la surface du sol. Dieu que j'avais de l'énergie dans ce temps-là ! Moïse, monté sur ses échasses, était toujours en avance. Moé, j'essayais ben de mettre les pieds dans ses pas, mais j'y parvenais mal, le sien était si long. J'y disais : je te rattraperai ben un jour, Moïse Lamarche… Y m'attendait en riant de toutes ses dents. Y me soulevait dans ses bras, pis y me faisait tourner dans les airs jusqu'à m'étourdir. Nos pas… Tantôt, je devancerai le sien. » Elle rejeta la tête en arrière, désespérée de quitter un mari et sept enfants qui lui tenaient tellement à cœur.

De sa maladie, elle ne parlait point. Son Moïse qu'elle aimait en était malheureux et triste. Elle n'allait pas causer avec lui de ce qui le faisait souffrir. Elle ne pourrait traiter de sa maladie qu'avec réserve et mensonge. Elle le ménageait. Ainsi, chacun avait raison d'écarter le sujet. De rares fois, ces derniers temps, elle essayait de s'en remettre à lui, à savoir comment organiser la maisonnée avant le grand saut dans l'au-delà, et toujours elle remettait à plus tard ce qu'elle appelait ses jérémiades. Combien de fois, dans la solitude de sa chambre, elle avait échafaudé des plans, placé ses enfants ici et là, et toujours elle finissait par compter entièrement sur Claudia pour prendre la relève. Claudia qui n'avait pas d'enfant se sentirait en quelque sorte leur mère. Elle n'en parlait pas, craintive d'inquiéter Moïse. Ils ne se parlaient presque plus, mais a-t-on besoin de se parler quand on a la même raison de vivre, les mêmes affections, quand on mange la même soupe? La douceur de l'habitude suivait, comme une journée suit l'autre. « Si m'man était là! »

* * *

Le médecin passa par l'épicerie pour dire au père qu'il était désolé, qu'il ne pouvait guérir sa femme. Moïse l'invita à le suivre dans l'arrière-boutique. Le docteur, l'air grave, secoua les épaules et baissa les bras.

— Il lui faut de grands ménagements. Préparez-vous au pire.

Moïse ne parlait pas. Il n'était pas sans le savoir. Depuis le tout début, il la voyait dépérir. Le pauvre s'affaissa sur sa chaise.

— Elle en a encore pour combien de temps?

— C'est Lui, en haut, qui décide.

L'espoir le reprit.

— Elle vivra.

— Si vous voulez l'humble avis du médecin, je serais surpris qu'elle s'en sorte. Le mal est contagieux. Surveillez les mouchoirs.

* * *

Depuis six jours, Sophie gardait la chambre. Elle repoussait les bouillons et le pain grillé que lui apportait Jean. Elle était si faible qu'elle ne pouvait plus marcher. Elle parlait tout bas. Jean posa une main sur son épaule, elle s'efforça de lui sourire. Ce soir-là, elle se trouvait beaucoup mieux. Elle arriva à dormir huit heures d'affilée.

Le matin du 4 janvier 1881, Sophie frissonnait. Elle sentait sa fin toute proche. Elle prit la main de Moïse pour le retenir. Sa voix était faible.

— Attends un peu, y faut que je te parle.

— J'ai pas le temps, y a l'épicerie.

Elle se força à lui sourire et laissa sa main.

Une heure plus tard, Delphine traversait à l'épicerie, épouvantée. Elle appelait à l'aide.

— M'sieur! M'sieur, venez vite.

La phrase résonnait dans le rayon des caisses. Puis plus rien, pas le moindre bruit. Tout le monde figea, flairant la mauvaise nouvelle.

— C'est madame! Madame est morte!

FIN

Découvrez la suite
de l'histoire des Batissette

Micheline Dalpé

Les
Batissette
2. L'habitant

Les Éditions
COUP d'œil

En vente dès maintenant

Des romans historiques à dévorer !

**Micheline Dalpé, romancière émérite,
vous offre quatre œuvres écrites d'une plume habile.
Découvrez ses histoires inspirées du terroir
et de notre patrimoine.**

MARQUIS

Québec, Canada